피렌체 테이블

그곳에서 한 달, 둘만의 작은 식탁을 차리다

피렌체 테이블

김은아 · 심승규 지음

예담

피렌체로 **떠나며**

남편의
피렌체

원래는 알래스카였습니다. 제 나이 서른다섯, 그리고 아내의 나이 서른하나에 오랫동안 한곳에 머무르며 인생의 중요한 멈춤을 경험해보고자 한 곳, 그곳은 사실 피렌체가 아니라 앵커리지가 있는 알래스카였어요. 그런데 아내가 추운 곳을 싫어합니다. 겨울을 너무나 사랑하는 저도 나이가 들어 그런지 막상 알래스카를 2월에 가려니 조금 망설여지더군요. 그래서 알래스카 대신 누군가에게는 영화 〈냉정과 열정사이〉, 또 누군가에게는 르네상스의 발상지로 기억될 이탈리아 피렌체로 저희 부부가 갑니다.

솔직히 고백하자면 더 늦기 전에 피렌체 두오모에 올라보고 싶었습니다. '준세이'와 '아오이'가 재회한 두오모에 오르면 어느덧 서른다섯 해를 맞는 제 인생을 한번쯤 돌아볼 수 있을 것 같았거든요. 북부 이탈리아의 매혹적인 풍광이 저 멀리 펼쳐지듯 말이에요. 그리고 지금이 아니더라도 이 방황과 갈증은 반드시 다시 찾아올 것 같았어요. 이 방면에선 제 느낌이 대체로 잘 맞는 편입니다.

그러나 평범한 직장인에게 한 달의 공백을 허락해주는 회사는 없습니다. 그게 아무리 요즘 '꿈의 직장'으로 불리는(세상에 꿈의 직장이란 없습니다만) '네이버'라고 해도 마찬가지예요. 그래서 제 인생의 두 번째 사직서를 내고 떠나는 여행. 신나고 흥분되기보다는 오히려 덤덤했습니다. 〈냉정과 열정사이〉에 매혹된 지 10여년 만에 드디어 그곳으로 가는데도 말이에요.

길다면 긴 한 달이지만 많은 걸 기대하진 않습니다. 책을 좀 읽었으면 하고, 매주 한 번쯤은 두오모에 올라보고 싶고, 대책 없는 남편의 꿈을 지지해주는 아내와 다투지 않길 소망합니다. 이 세 가지만 잘 지킨다면 저의 피렌체 여행은 후회가 없을 것 같습니다. 아내는 좀 다른 생각을 갖고 있겠지만요.

마크 트웨인이 그랬다죠. "여러분은 지금부터 20년 뒤 잘못해서 후회하는 일보다 하지 않아서 후회하는 일이 더 많을 겁니다. 그러니 안전한 항구에서 벗어나 더 멀리 항해하세요."라고. 그러나 마크 트웨인도 동양의 어느 늙은 '소년'이 본인의 말을 이렇게 잘 따를 거라고는 상상도 못했을 겁니다.

솔직히 예전과 달리 조금은 두렵지만 제 결정이 나쁘지 않을 거라 확신합니다. 제 평생의 꿈이 '대기업 직장인'이었던 적은 단 한 번도 없었으니까요. '생계'를 잠시 중단하고 '삶'을 살아보는 것도 괜찮지 않을까요? 조금은 느리게, 조금은 천천히, 그리고 조금은 둘러서.

제가 흔들릴 때마다 혹은 중요한 순간에 결정을 내리지 못해 서성일 때마다 저를 이끌어준 로버트 프로스트의 시 〈가지 않은 길(The Road Not Taken)〉에는 이런 구절이 있습니다.

'갈라진 두 길이 있었지. 그리고 나는
사람들이 덜 다니는 길을 택했고,
그것이 나의 모든 것을 바꾸어놓았네'

모든 것이 잘 짜여 문제없이 돌아가던 서울에서의 일상을 뒤로하고 택한 피렌체에서의 한 달간의 삶, 그리고 그 속에서 얻을 경험과 사색들이 앞으로 우리 부부의 삶을 어떻게 바꾸어놓을지 저도 기대가 많이 됩니다. 오랫동안 이 순간을 기다려왔습니다. 그러니 후회는 당분간 접어두겠습니다.

아내의
피렌체

이번 여행이 우리 가족을 포함한 주변 사람들에게 이슈가 된 것은 단연 남편의 '사직서' 때문입니다. 주변 사람들에게 "신랑이 사직서를 냈고, 한 달 동안 함께 여행을 가요."라고 간략하게 말했더니 우리 부부의 여행이 굉장히 도전적으로 비춰지나 봅니다. 그리고 전 졸지에 대범하고 '쿨'하게 남편의 꿈을 지지해주는, 세상에 둘도 없이 착한 아내가 되어버렸고요. 사실 이 여행을 앞두고 엄청난 싸움과 눈물로 밤을 지새웠지만 전 누구에게도 내색하지 못했습니다. 물론 가장 가까운 친구 몇 명에게 고충을 털어놓기는 했지만 막상 가족들에게는 걱정을 끼칠까 두려워서 말도 꺼내지 못했습니다.

　남편의 사직서는 결코 갑작스런 결정이 아니었습니다. 우리 부부는 몇 달 전부터 함께 고민했고, 남편 본인은 어쩌면 몇 년 전부터 고민해왔던 일인지도 모릅니다. 아마도 남편이 인생에서 내린 중요한 결정들 중에서도 손에 꼽을 만한 것이었겠죠. 괴로우나 즐거우나 함께하겠다고 약속한 인생의 동반자인 제가 가장 응원해줘야 마땅하다는 것을 머릿속으로는 알면서도 현실을 냉정히 바라보니 몹시 불안했어요. 이때부터 여행 일주일 전까지는 아마 우리가 만난 이래 가장 많이 다툰 기간일 거예요. 남편은 지금이 아니면 평생 실행하지 못할 거란 생각에 고집을 세웠지만 저는 불확실한 미래에 대한 불안과 걱정이 밀려왔어요. 경제적인 문제를 비롯해서 누구나 예상할 만한 고민들이었죠.

저는 대안을 마련한 뒤에 직장을 그만둬도 늦지 않는다고 설득했지만 남편은 직장을 그만두는 과감함이 없다면 새로운 도전은 못할 거라고 했습니다. 저는 '당신이 하고 싶은 일이 정확히 무엇이냐'고 채근했고, 남편은 '무슨 일이든 가슴이 두근거리는 도전을 하며 즐거운 일을 하고 싶다'고 말했어요. 남편의 성실함과 능력을 믿었지만 서른다섯에 새로운 일을 시작한다면 걱정이 앞서는 것이 당연하겠죠. 그래서 직장을 다니면서 남편이 말하는 '가슴 두근거리는 일'이 무엇인지를 찾아내고, 그 후에 사직서를 냈으면 좋겠다는 생각이었어요.

고민과 싸움이 반복되던 어느 날, 문득 제가 대학교 4학년이던 시절이 생각났어요. 푸드스타일리스트를 하고 싶다고 말하고 다니던 때죠. 친구들이 하나둘씩 대기업에 취업할 때쯤 부모님은 우선 영양사 시험을 보는 것이 어떠냐고 하셨어요. 푸드스타일리스트가 되는 것은 영양사 시험에 합격해서 대기업의 영양사가 된 다음에도 할 수 있다고 말씀하시면서요. 그때만 해도 푸드스타일리스트가 되는 방법조차 몰랐으니, 불확실한 미래에 그대로 던져둘 수 없다며 안전한 길을 알려주신 거죠.

그런데 만약 그때 제가 영양사를 준비하고 대기업에 들어갔다면 지금처럼 푸드스타일리스트가 되지 못했을 것 같습니다. 10년쯤 뒤에 미련이 남아 마지막 도전을 해보았을지도 모르지만 안정된 삶 속에 갇혀서 도전조차 하지 않았을 가능성이 높죠.

지금 남편이 그때의 저 같다는 생각이 들었습니다. 이런 결심을 하기까지 긴 시간 고민했을 테고 지금은 결정대로 밀고 나가야 그다음 단계를 밟을 수 있을 거란 생각이 들었어요. 그렇게 이해하고 나니 마음이 한결 편해졌고 남편의 도전을 힘껏 응원해줘야겠다고 결심했습니다.

수개월간 수없이 싸우고 울고 고민했지만 어쨌거나 우리는 지금, 피렌체를 향해 날아가고 있습니다. 이탈리아의 맛있는 피자와 파스타, 로맨틱한 두오모가 있는 그곳으로 가고 있는 중이에요. 이제 곧 피렌체에 도착한다고 생각하니 설레기 시작합니다. 이 날을 위해 치열하게 다퉜지만 그 덕에 서로에 대해 더 잘 알게 된 것도 같습니다. 지금 우리의 선택을 후회하지만 말자, 지금부터 한 달 동안은 싸우지 말고 사이좋게 지내보자, 지금 이 순간에는 그것만 생각하고 있습니다.

contents

떠남을 **준비하기까지**

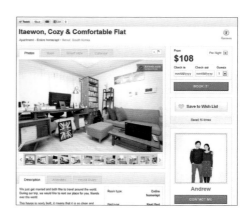

D-220 이태원의 한 선술집에서 생맥주를 마시다 문득, 1년 내에 외국의 한 도시에서 한 달간 체류하기로 의기투합. 이날 선택된 목적지는 남편의 오랜 꿈이었던 알래스카.

:: 론리플래닛 〈ALASKA〉편과 야생 사진작가로 활동하며 평생을 알래스카만 담았던 호시노 미치오의 《나는 알래스카에서 죽었다》를 읽으며 알래스카에 대한 꿈과 동경을 키워가다.

D-125 알래스카에서 이탈리아 포지타노로 장소 변경. 하지만 며칠간의 고심 뒤 다시 피렌체로 마음을 굳히고 항공권 예약.

:: 추위를 견디지 못하는 아내를 고려해서 알래스카 대신 그녀가 원했던 이탈리아. 그중에서도 브래드 피트와 안젤리나 졸리가 밀애를 즐긴 곳으로 알려진 이탈리아 남쪽 포지타노로 1차 장소 변경.

:: 하지만 휴양지인 소도시보단 좀 더 큰 도시에서 다양한 경험을 하는 게 좋을 것 같다는 상의 끝에, 남편의 20대 시절 연애 감수성에 결정적 영향을 끼친 《냉정과 열정사이》의 배경이자, 르네상스 문화의 발상지 피렌체

로 최종 확정.

:: 항공권 마일리지가 쌓이는 신용카드를 오랫동안 사용해온 게 드디어 빛을 발하다. 결혼 자금 지출 등으로 차곡차곡 적립된 14만 마일리지를 사용해 왕복 항공권 예약. 그래도 TAX와 유류세를 포함하니 거의 1인당 60만 원가량 소요되다.

D-116 한 달간의 피렌체 체류 동안 지불해야 할 한국의 집 월세(우리는 결혼 후 줄곧 반전세로 살고 있다)를 위해 테스트 삼아 '에어비앤비(airbnb.com)'을 통해 우리 집을 포스팅하고 호주 커플을 처음으로 유치하다. 집을 그들에게 내어준 뒤 4박 5일간 선릉에 위치한 비교적 저렴한 부티크 호텔에 투숙.

:: 알래스카행을 처음 계획했을 때에는 영화 〈로맨틱 홀리데이〉에 나오듯 돈을 들이지 않고 집을 서로 바꿔서 지내는 걸 고려했지만 여러가지 현실적인 제약으로 맞지 않아 포기. 에어비앤비는 시사주간지를 보다가 우연히 알게 됐다.

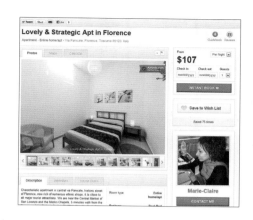

:: 에어비앤비는 빈 방이나 빈 집을 빌려주고 적정 수준의 돈을 받는 방식이다. 지금이야 성공한 스타트업의 대표주자로 자리 잡았지만 우리가 여행을 준비하던 때만 해도 제대로 알고 활용하는 사람들이 주변에 많지 않았다. 우리처럼 장기간 여행 가는 동안 빈 집을 빌려주고 일정한 수익을 올리고 싶은 사람, 반대로 해외여행이나 출장 때 일반적인 호텔 대신 저렴하면서도 현지인들이 살아가는 공간을 느껴보고 싶은 사람들에게 추천할 만하다. 현지인의 집이기 때문에 당연히 부엌이 있고, 요리를 해 먹을 수 있다는 장점이 있다.

:: 구글로 검색해보면 유사 사이트가 다수 있으며, 현지인과 함께 거주하며 비용 부담 없이 빈방만 얻어 쓰는 '카우치서핑(www.couchsurfing.org)'도 있으니 선택은 각자의 몫!

D-39 오랜 조사 끝에 피렌체에서 한 달간 숙박할 거처를 최종적으로 결정. '마리클레어(Marie–Claire)'라는 이름의 주인과 30박 960유로에 계약 완료.

:: 우리는 애초 '사 먹는' 여행이 아닌 '해 먹는' 여행을 계획했기 때문에 신선한 식재료가 펼쳐진 피렌체 중앙시장과의 접근성을 1순위로, 우리 예산에 맞춰 시내 아파트를 한 달 정도 꼼꼼히, 모조리 검색했다. 결국 찾게 된 집이 중앙시장에서 도보 3분 거리에 있는 3층 아파트. 메일을 보내자 바로 답장이 왔다. OK!

:: 한 가지 염두에 둘 점은 마음에 드는 집을 찾았다고 해서 덜컥 계약을 하면 안 된다는 것. 세상 모든 일이 그렇듯 에어비앤비를 이용할 때도 협상의 기술이 필요하다. 애초에 사이트를 통해 제안된 금액은 1300유로 정도였으나, 우리가 현재 신혼부부이며 세계 각지를 여행 중인데 예산이 한정되어 있다고 사정을 설명했다. 그리고는 '조금 깎아줄 수 없겠냐'고 조심스레 물었더니, 무려 400유로나 깎은 900유로를 제시해서 우리도 놀랐다. 이후 2박이 추가되며 960 유로까지 올랐지만 비수기임을 감안해도 피렌체 시내에 이 정도 비용으로 한 달간 머물 수 있다니, 쾌재를 불렀다. 이 자리를 빌려 친절하고 사려 깊었던 마리클레어 양에게 감사를. 그라치에 (Grazie)!

D-DAY 프랑크푸르트를 거쳐 피렌체로!

:: 드디어 떠난다. 항공편은 국내 모항공사와 얼라이언스가 체결되어 있는 '루프트한자'로!

피 렌 체

1

일

째

AM 02:00 프랑크푸르트행 비행기 이륙 13시간 전. 갑자기 깨서는 짐을 마저 싸고, 집도 정리.

AM 05:00 침대에 몸을 누이고 다시 얕은 잠. 아직 다 못 챙긴 짐 생각으로 머리가 복잡하다.

AM 08:00 피렌체에 정말 갈 생각이라면 이젠 무조건 눈을 떠야 한다. 10시에 집을 나서는 게 목표. 마지막 확인 작업 시작. 그러나 결국 한 시간이나 지체되고…….

AM 11:30 인천공항행 리무진버스 탑승. 한 달이란 여정은 결코 만만한 것이 아니다. 배낭 2개, 여행자용 캐리어 3개, 그리고 렌즈만 5개가 들어간 카메라 가방 하나. 집에서 버스 정류장까지 걸어가는 동안 벌써 진이 빠져버리다.

PM 15:30 예상치 못한 급격한 기온 저하로 항공기 날개가 얼어버렸다. 제설 작업은 활주로에만 해당되는 줄 알았더니 항공기 동체를 녹이기 위한 작업이 시작. 그러길 30여분. 드디어 이륙.

PM 18:30 (유럽시각) 예정된 시각보다 다소 일찍 중간 기착지인 프랑크푸르트에 도착하다. 웰컴 투 유럽!

PM 20:50 최종 목적지 피렌체로 우리가 간다. 다시 한 번 이륙!

PM 22:30 택시를 잡아타고 한 달간 우리가 머물게 될 '비아 피나칼레(Via Pinacale)' 모퉁이에 자리 잡은 아파트로 이동하다. 그러나 집주인은 어디에? 극도의 피로와 불안감이 몰려온다.

PM 23:00 인도 이민자로 보이는 케밥집 청년의 도움을 얻어 겨우 집주인과 통화. 30분을 황량한 피렌체 뒷골목에 서 있는 동안 온갖 생각이 스쳐 지나가다. 뒤늦게 나타난 집주인은 그래도 친절한 사람이라 다행. 집 사용법을 자세히 설명해주고 복도에 내어둔 나무에 가끔 물을 주면 좋겠다는 말을 남기곤 유유히 사라지다.

PM 23:30 이미 탈진. 샤워할 힘도 없어 그대로 침대에 몸을 눕히다.

남 편 의 피 렌 체

✤

"당신 자신이 되어라. 다른 사람의 자리는 모두 찼다." 오스카 와일드

유럽의 관문, 프랑크푸르트로 향하는 비행기 안에서 간만에 선명한 꿈을 꿨다.

급행열차를 타고 광활한 유럽 대륙을 거침없이 내달리는 꿈. 영화 〈물랑루즈〉 속 파리와 같은 도시가 저 멀리서 화려한 광채를 발하는 가 싶더니, 이내 장면이 바뀌어 스위스의 거친 산맥 사이를 속도도 줄이지 않고 앞만 보고 달리기를 몇 십분. 우리의 숙소로 보이는 아주 낡은, 전제군주 시대 러시아에서나 볼 법한 거대한 대리석 장식의 어느 호텔 앞에 정차하면서 불현듯 잠에서 깼다. 앞 좌석 모니터 화면 속의 프랑크푸르트행 루프트한자 LH713편은 시베리아 상공 어디쯤 에선가 항로를 밝히며 깜빡이고 있었다.

피렌체에서 한 달을 보낼 아파트의 침대에 누워 낯선 첫날 밤을 견디 며 잠을 청하고 있자니 오스카 와일드가 문득 내게 말을 걸어왔다.
과연 한 달 뒤엔 다른 누군가가 아닌 나 자신만의 이야기를 가진 사 람이 되어 돌아갈 수 있을까?
우리는 왜, 어쩌면 아무것도 얻지 못할지도 모르는 이곳엘 막연한 꿈 과 설렘만을 좇아 올 수밖에 없었던 것일까?
2월, 피렌체의 어느 차가운 밤이 그렇게 깊어가고 있었다.

아 내 의 피 렌 체

✻

피렌체로 출발하기 전날, 마침 예쁜 조리도구를 선물로 받았다. 피렌체에 가서도 요리는 해야 하는데 조리도구가 없으면 쇼핑을 어마어마하게 할 거라며, 지금 이걸 가지고 가는 것이 현명한 아내의 자세라고 나 스스로를 설득했다.

하나둘씩 챙기다 보니 어느 하나 두고 갈 만한 것이 없었다. 결국엔 캐리어 하나를 조리도구로 가득 채워버렸고, 몇 가지를 가방에서 꺼냈다 넣었다 반복했지만 무엇 하나 포기할 것이 없었다. 불필요한 것은 처음부터 챙기지도 않았으니 뺄 것도 없었다. 가방을 잠그고 들어보니 무게가 꽤 나갈 것 같았다. 이대로 짐을 부칠 수 있을까 걱정이 되긴 했지만 어떻게든 방법은 있겠지. 일단 출발하자!

걱정했던 것이 현실이 되었다. 부치는 짐 무게 초과로 짐을 덜어두고 가거나 추가요금을 지불해야 하는 것. 선택의 기로에 섰다. 남편은 꺼낼 것이 없겠냐고 날 쳐다봤지만 난 조용히 지갑을 꺼냈다. 이 예쁜 아가들을 누구 하나 포기할 순 없었다. 222,200원. 대신 쇼핑을 하나 포기하지, 뭐.

AM 06:00 기상. 서울에서라면 아직 깊은 잠에 빠져 있을 시간. 20시간의 긴 여정을 버텨낸 몸이라고는 생각되지 않을 정도로 가뿐하다. 생계를 벗어난 몸은 이토록 다른 반응을 보인다.

AM 09:00 피렌체 첫 일정은 중앙시장 방문. 집에서는 단 3분 거리. 앞으로 피렌체 테이블을 책임질 싱싱한 식재료가 무궁무진하게 펼쳐져 있다.

AM 10:30 피렌체에서의 첫 끼니. 중앙역 근처 한 카페에서의 카푸치노와 에스프레소 한 잔. 그리고 케이크와 크로와상이 유럽의 정취를 느끼게 하다.

AM 11:30 두오모 근처 서점. 어느 외국 도시를 가든 우리가 가장 먼저 찾게 되는 곳은 항상 서점이었다. 이탈리아 요리의 마법은 활자로 된 책 속에도 예외 없이 펼쳐져 있다. 한 달간 참고할 만한 영어로 된 요리책 한 권 구입.

PM 12:45 첫 두오모. 이건 현실이 아니다. 2000년 〈냉정과 열정사이〉를 본 뒤 13년을 꿈꿔오던 두오모가 내 눈 앞에 펼쳐져 있다. 〈트루먼 쇼〉 마지막 장면에서 트루먼 버뱅크(짐 캐리)가 모든 게 연출 된 무대임을 깨닫고 하늘 벽지를 뜯어냈던 것처럼 두오모도 왠지 실제가 아닌 영화나 드라마 속 배경화면처럼 느껴진다. 인간이 만든 건축물에 이토록 매혹되기는 두오모가 처음.

PM 15:00 본격적인 두오모 감상은 조금 아껴두고 일단 집으로. 우리는 며칠 머물다 갈 관광객이 아니니까. 과욕은 금물이다.

PM 17:00 요리 시작. 집이라면 간단하게 해결될 일도 타국에서는 제법 어렵고 복잡한 일이 된다. 그래도 요리는 즐거워!

PM 18:00 첫 저녁 식사. 함께하는 저녁은 그곳이 피렌체든 이태원이든 상관없이 유쾌하고 행복하다. 이런 밤을 오랫동안 기다려왔다.

PM 19:00 곁들인 키안티 와인에 몸이 격하게 반응하다. 한국 시각 새벽 3시. 잠이 쏟아지는 게 당연하다.

PM 23:30 잠에서 문득 깨어, 씻고 닦고 부산스레 움직이다 다시 잠자리에.

남 편 의 피 렌 체

✤

"짐을 싸는 노하우? 일단 가방을 다 싼 후에 거기서 반을 비우고
나머지는 여행 경비로 채워 넣는 것" 토니 휠러

어른이 된 뒤로 여행이 쉬웠던 적은 단 한 번도 없었다. 언제부터인가
여행 떠나기 전의 마지막 며칠 혹은 몇 시간 사이의 스트레스가 최고
조로 치닫곤 했는데, 그건 내 나이 서른이 넘어가면서부터였던 것 같
다. 그때부터 난 새로운 것에 부딪혀보기도 전에 지레 겁부터 먹는,
어른이라 불릴 만한 사람이 되어갔다.
어린 시절의 여행은 거칠 게 없었다. 여행을 떠나기 전의 설렘과 기대로 전날 밤을 꼬박 새며 친구들과 술잔을 기울여도, 다음 날이면 아무 일도 없었다는 듯 가뿐하게 일어나서는 공항으로 향하곤 했다. 뭐든 지 자신만만했다. 항공권에 문제가 있으면 돌아오면 그만이었고, 안 챙겨간 짐이 있으면 현지에서 해결할 수 있다고 생각했다. 지갑에는 아버지의 카드가 꽂혀 있었고, 중학교 때는 담임선생님이 장차 외교 관이 되어보라고 진지하게 권할 정도로 영어에 재능이 있었기에, 외 국인과 한마디라도 더해보려고 안달이 나 있었다. 설레는 젊음 하나 로 '시간아 흘러라 흘러라.' 했다. 돌아보면 참 어렸었고, 참으로 몰랐 었던 시절. 그러나 그땐 정말 그랬다.

그런 여행이 이젠 어렵다. 특히 준비하는 과정이 고되고 피곤하다. 전 날 밤에는 아무리 술을 마셔도 섣부른 걱정 때문에 잠이 오질 않고, 빠뜨린 게 있지는 않을까 몇 번이고 짐을 확인하지만, 정작 제일 필 요한 건 집에 두고 왔다는 걸 도착해서야 발견하곤 허탈해한다. 생전 의 외할아버지께서 기차 출발 시간에 늦을까봐(특별한 수속이 필요 없 는 기차인데도 2시간 전에는 역에 당도하길 고집하셨다) 안절부절못하시 는 모습을 보며 한편으로 안쓰럽다 생각했는데, 작년 홋카이도 여행 때 비행기 '이륙' 25분 전(탑승 25분 전이 아니다!)에 공항에 허겁지겁 도착한 뒤로는 이젠 집에서 4시간 전에 나와도 불안하다. 내 돈 한 푼 이라도 더 아끼려 기내식은 당연히 싹싹 비우며, 맥주나 와인은 되도 록 다 챙겨서 마셔둔다. 단 몇 마디면 될 입국 심사 때는 긴장된 나머 지 얼굴이 벌겋게 상기된다. '참 세상이란 만만치 않고, 사는 건 하루 하루가 전쟁'이라는 걸 마음 편히 쉬자고 떠나온 여행지에서 마주하 는 건 당혹스럽다.

여지없이 이번 여행에서도 우여곡절 끝에 피렌체에 도착했다. 출국 수속 때는 수하물 용량이 초과되어 카운터에서 짐을 쌌다 풀었다 부 산을 떨었지만 결국 222,220원을 납부해야 했고(오, 아름다운 2의 배열

이여!), 프랑크푸르트 입국 심사에서는 충격 방지를 위해 타월로 동여맨 '보스(BOSE)' 스피커가 마약 캐리어로 오인 받아 화학물 채취를 당해야 했으며, 피렌체에서만 한 달을 체류한다는 사실을 믿지 못하는 심사원을 설득시키기 위해 가방 깊숙한 곳에서 3천 유로를 꺼내 보여줘야 했다.

이게 끝이 아니었다. 말도 못할 고생 끝에 도착했더니 집주인이 보이질 않았다. 머릿속이 하얗게 되는가 싶더니, 별의별 생각들이 머릿속 혈관을 쥐었다 폈다 했다. 이미 시각은 밤 11시. 피렌체의 공기가 생각보다 훨씬 차가워 입술이 파래지도록 부들부들 떨고 있다가, 그 시간까지 장사를 하던 케밥집 청년의 도움 덕에 가까스로 집주인을 만났다. 웃는 낯으로 반갑게 인사를 나눴지만 이미 우리는 탈진 직전까지 가 있었다.

피렌체에서 쓸 경비를 조금이라도 더 줄이기 위해 떠나기 전날 밤 캐리어를 하나 더 꺼내 이것저것 쑤셔 넣은 것부터가 이 모든 고생의 발단이었다. 서울에서 막 초급 과정을 뗀 캘리그래피까지 피렌체에서 해보겠다고 먹물과 붓, 그리고 화선지까지 가지고 왔으니 말 다했다. 최고의 여행 전문가라 할 수 있는 〈론리 플래닛〉의 창업자 토니 휠러가 괜히 시간이 남아돌아 그런 말을 하는 게 아니다. 역시, 토니 휠러는 옳다.

아 내 의 피 렌 체

❖

처음 이 여행을 결심하고 비행기표를 예약했을 때 나의 목적은 단 하나, '휴식'이었다. 꿈을 위해 달려온 10년이란 시간이 길긴 길었나 보다. 체력도 정신력도 바닥이 날 지경이었고, 숨 쉬는 일 말고는 아무것도 하고 싶지 않았다. 서울에서 난 극심한 스트레스에 시달리고 있었고, '하고 싶은 일을 해서 정말 좋겠다'는 말을 듣는 것에도 조금은 지쳐 있었다.

실로 그렇다. 내가 가장 좋아하는 일을 하니 행복하다. 나 스스로가 성장하고 있다고 느낄 때 뿌듯함을 느끼고, 나의 작업을 좋아해주고 응원해주는 사람들을 만날 때마다 이 일을 선택하길 잘했다고 늘 생각한다. 하지만 그렇다고 해서 스트레스가 없을까? 나의 경우엔 욕심이 많은 편이라 그런지 결과물이 점점 더 발전해야 한다는 스트레스가 심했다. 프리랜서로 일하다가 사업자등록을 하고, 작지만 회사를 꾸려나가다 보니 그로 인한 스트레스도 이만 저만이 아니다. 업무와 인간관계에 대한 스트레스, 그리고 권태로움에 대한 고민은 회사원에게만 해당 되는 것이 아니었다. 내가 가장 좋아하는 일, 가장 꿈꿔왔던 것이라도 그것이 직업이 되고 그 일로 돈을 벌어야 한다면 결국 같은 고민을 하게 되는 것이다.

"푸드스타일리스트를 하겠다고 결심한 이유가 무엇인가요?"라는 질문에 나는 늘 "요리하는 것이 정말 즐거워서요."라고 대답한다. 그런데 정작 나를 위한 요리를 해본 적이 언제였는지 기억이 잘 나질 않는다. 이번 여행에서는 온전히 나와 남편만을 위한 요리를 할 생각에 조금은 들떠 있다.

사야 할 목록을 빼곡히 적어 서둘러 장을 보는 것이 아니라 찬찬히 시장을 둘러보며 오늘 가장 싱싱한 재료를 사야지. 만들어야 할 음식을 시간에 맞춰 정확히 만드는 것이 아니라 먹고 싶은 음식을 느긋하게 만들어봐야지. 조금은 흐트러져도, 빠진 재료가 있더라도 더 즐겁게 요리해야지.

피렌체 날씨가 생각보다 더 춥다. 온돌방이 그리운 오늘의 메뉴는 뜨끈한 이탈리안 비프스튜. 역시 큰 냄비를 챙겨오길 잘했다!

이탈리안 비프스튜

재료

소고기 채끝살 4장
노랑파프리카 1/2개
방울토마토 한 줌
블랙올리브 25~30개
양파 작은 것 1개
통마늘 3개
로즈마리 적당량
올리브유 2큰술
토마토홀 250ml

• 모든 레시피는 2인분 기준.
• 한 줌, 적당량 등으로 표기한 것은
  눈대중으로 넣어도 좋은 맛이 난다
  는 뜻이니 자유롭게 요리하세요.

만드는 법

1 양파와 파프리카는 채 썰고 방울토마토는 반으로 썰고 마늘은 얇게
  썬다.

2 채끝살은 핏물을 제거하고 한입 크기로 썬다.

3 블랙올리브는 건져서 물기를 빼둔다.

4 로즈마리는 깨끗이 씻어서 잎을 떼어낸다.

5 냄비를 달구고 올리브유를 뿌려서 마늘과 양파를 볶다가 채끝살과
  로즈마리를 넣고 볶는다.

6 토마토홀과 물 1컵을 넣고 중불에서 끓이다가 물이 졸아들면 블랙올
  리브, 파프리카를 넣고 약불에서 3분간 더 끓인다.

• 빵이나 밥을 곁들여 먹어도 맛있겠지만 우리는 와인을 곁들여서 국물까지 싹싹
  비웠어요.

피렌체 **둘러보기**

Mercato
Centrale
중앙시장

오전 7시부터 오후 2시까지 영업
이나 토요일은 오후 7시까지 연장.
단, 일요일은 휴무.

피렌체에서 가장 신선하고 저렴한 식재료를 구할 수 있는 곳. 기본적인 청과류부터 시작해서 각종 치즈와 프로슈토 그리고 싱싱한 해산물까지 당신이 상상할 수 있는 이탈리아 식자재가 이곳에 다 있다. 유럽에서 유일하게 곱창을 즐긴다는 토스카나 지역답게 소 곱창이나 간 등 우리에게 익숙한 재료들도 반갑다. 15세기 건물이 즐비한 피렌체에서 가장 현대적인 건물 중의 하나지만 1874년에 문을 연, 유서가 매우 깊은 곳. 뒤에서 따로 소개하겠지만 곱창버거나 칼라마리(한치) 튀김 등 엄지를 치켜들고 싶을 만큼 매력적인 음식을 파는 가게들도 여기저기 숨어 있어 오전 내내 구경해도 지루하지 않다. 렌트한 집에서 3분 거리라 우리는 이틀에 한 번꼴로 방문해 식재료를 구입하거나 식사를 해결하곤 했다. 다시 피렌체를 찾게 된다면 1순위로 달려가고 싶은 곳.

피렌체 **둘러보기**

S&D Store
S.R.L
슈퍼마켓
에스앤디 스토어

위치 : Largo Alinari n. 6/7
연중무휴, 영업은 오후 9시까지.
단, 일요일은 오후 8시에 폐점.

이탈리아 최대 슈퍼마켓 체인인 '코나드(CONAD)' 계열이지만 식료품에 좀 더 집중한 프리미엄급 식료관. 피렌체 시내에는 중앙역 근처와 베키오 다리 남쪽, 총 두 군데에 영업점이 있으며 코나드에서 자체 생산한 제품들도 저렴한 가격에 판매하고 있다. 우리가 피렌체에 체류하는 동안 중앙시장과 더불어 가장 많이 찾은 곳으로 토스카나 특산 키안티 와인의 구색도 다채롭다. 입구에 들어서자마자 마주하게 되는 과일과 채소 코너는 그 조화와 빛깔이 너무 아름다워 매번 넋을 잃고 빤히 쳐다봤을 정도.

AM 07:20 몸이 제법 무거운 아침. 8시간의 시차를 극복하는 중.

AM 08:45 서울에서도 거의 하지 않던 아침 식사를 피렌체에서 하고 있다. 블랙베리 요거트와 샐러드 그리고 베이컨이 조화롭게 느껴진다.

AM 09:10 어제 산 모카포트를 처음으로 가동. It's 카푸치노 타임!

PM 12:00 오늘의 목적지는 베키오 다리(Ponte Vecchio). 지나가는 길에 두오모와 시뇨리아 광장을 들르다.

PM 13:50 베키오 다리에 당도. 첫 눈에 반할 정도로 아름답다. 영화 〈향수〉가 왜 이 곳을 18세기 프랑스의 재현지로 택했는지 한번에 느낌이 온다.

PM 14:00 베키오 다리도 좋지만 일단 몸부터 녹여야 할 것 같아 다리 남쪽에 자리잡은 한 카페의 문을 두드리다. 카푸치노에 쿠키 하나를 사서 나눠 먹는 우린, 절약하지 않으면 안 되는 생활여행자.

PM 15:30 걷다 보니 피티 궁전. 두오모와는 또 다른 의미에서 압도하는 무언가가 있다. 시간이 늦어 내부 관람은 다음 기회로.

PM 16:20 레푸블리카 광장에 위치한 '비알레티(Bialetti)'에서 무아지경이 된 아내. 모카포트를 비롯해 각종 키친웨어가 한가득이다. 여기가 피렌체에서 발견한 첫 번째 낙원?

PM 18:00 장을 보고 집에 왔지만 이미 녹초가 된 까닭에 오늘 저녁은 밥을 해 먹는 대신 사 먹기로. 처음으로 찾은 레스토랑 '차차(Za-Za)'에서 닭가슴살 구이와 마르게리타 피자. 그리고 키안티 와인 한 잔씩. 캬. 잘 넘어간다.

PM 19:00 집에 돌아오자마자 바로 수면 모드. 어제와 똑같은 상황이다! 저녁 때 와인은 당분간 멀리해야 할 듯.

AM 24:00 잠에서 깨어 옷 갈아입고 다시 잠자리로.

남 편 의 피 렌 체

✤

시뇨리아 광장에 앉아 미켈란젤로의 다비드상을 바라보다 문득 이런 생각이 들었다. 나이가 든다는 건, 걱정이 많아진다는 게 아닐까. 어렸을 때는 하지 않았을 걱정을 어른이 되고서는 지레 겁먹고 미리 하지만, 결국 하나의 걱정이 사라지면 또 다른 걱정이 생겨난다.

그래서 어른들은 되도록 불확실성을 줄이기 위해 살아간다. 더 이상 전셋값에 휘둘리지 않기 위해 집을 사고, 사고가 나지는 않을까 혹은 남들에게 무시당하지 않을까 좋은 차로 바꾸며, 내 아이들을 약육강식의 거친 세상 속에서도 살아남게 하기 위해 동네를 옮겨가며 교육을 시킨다.

그런데 우리는 지금 피렌체에서 무얼 하고 있는 걸까? 왜 안정된 직
장마저 버리고 이토록 무모한 모험을 벌이고 있는 걸까? 하지만 당
장 내일 일도 장담할 수 없는 불확실성이 넘쳐나는 세상에서는 오히
려 혼돈을 키우는 일이 좀 더 확실히 스스로를 지키는 일이 될 수도
있다.

우리도 아직은 장담할 수 없다. 아마 한 달 뒤에도 여전히 답을 모른
채 피렌체를 떠나겠지만, 우리는 어른이 되길 조금은 거부하고 있는
것 같다. 지금은 스스로에게 건투를 빌 뿐이다.

아 내 의 피 렌 체

피렌체에 오면 가장 먼저 가고 싶었던 곳 중 하나가 레푸블리카 광장이다. 로맨틱한 회전목마가 있어서 해질녘에 꼭 가보고 싶기도 했고, 이탈리아의 유명한 모카포트를 생산하는 브랜드인 비알레티 매장에도 들르고 싶었다. 한 달간 사용할 모카포트를 사자는 핑계로 오늘 다녀왔는데, 정말 예쁘고 다양한 디자인에 한 번 반하고 착한 가격에 또한 번 반했다. 6년 전쯤 서울에서 비알레티 모카포트를 13만 원에 구입했었는데, 여기선 모카포트와 에스프레소 잔 4개 세트가 20유로도 하지 않다니! 이것으로 한 달간 커피 걱정은 없겠다.

나는 커피 애호가다. 때에 따라 맛있다고 느끼는 커피도 조금씩 다르

다. 평소엔 뜨거운 아메리카노나 '케냐AA'라는 원두를 핸드드립 한 것을 좋아한다. 카푸치노는 모카포트로 직접 만들면 더 맛있는데 그건 아마 커피를 갈고 추출하고 우유거품을 만드는 과정에서 이미 애정이 생기기 때문이 아닐까 생각한다. 피곤할 땐 스타벅스의 캐러멜 마키아토나 믹스커피가 가장 맛있게 느껴진다.

누구나 한순간의 깨달음을 얻을 때가 있다. 가장 기억에 남는 깨달음 중 하나는 망원동의 어느 커피숍에서였다. 성인이 된 후로 줄곧 커피를 즐겨 마시던 나는, 6년 전쯤 커피를 정식으로 배웠다. 핸드드립과 에스프레소 머신, 더치커피 등을 배우며 한창 커피의 신맛이 어떻고 로스팅이 어떻다 떠들면서 맛 좀 안다는 듯이 말하고 다닐 때였는데, 좀 더 특별한 커피를 찾다가 '커피루왁'에 대해 듣게 됐다. 싼 것도 한 잔에 5만 원이나 하는 그 커피는 사향고양이가 원두를 먹고 난 배설물에서 채취한 원두를 사용하는데 그 향이 정말 좋다는 이야길 들었다. 마셔보고 싶어서 수소문 끝에 그나마 저렴하게 한 잔에 3만 원에

팔고 있는 망원동의 작은 커피숍을 찾아갔다. 수더분하고 인상 좋으신 사장님이 핸드드립으로 커피를 내리고 있었고, 벽에 붙은 메모지를 보니 일주일에 두 번 커피 클래스도 하는 것 같았다.

사장님은 본인이 직접 카카오를 채취하고 로스팅해서 만든 핫 쵸콜릿을 더 추천해주었지만 난 최고의 커피라 불리는 커피루왁 생각밖에 없었다. 사장님은 정성스레 핸드드립으로 커피루왁을 내주었고 난 두 눈을 감고 향과 맛을 음미했다. 뭔가 멋진 수식어를 덧붙여 표현을 해야 할 것 같았는데 막상 떠오르는 것이 없었다. 사향고양이의 배설물 맛이라도 날 줄 알았는데 원두의 맛도 구별할 줄 몰랐던 나는 다른 커피와의 차이점을 느낄 수 없었다. 딱히 맛있다는 느낌도 아니었다.

사장님은 어떤 말이든 해보라는 눈빛으로 날 쳐다보았다. 맛을 잘 모르겠다거나 맛이 별로라고 말하면 커피에 무지한 사람이 될 것만 같았다. 그러나 어떤 맛인지, 왜 맛있는지에 대해서도 설명할 길이 없었다. 내가 곤란한 표정을 지었더니 여전히 드리퍼에 부풀어 오르는 거품을 바라보며 사장님은 명언을 남겼다.

"최고의 커피가 별거인가요. 내 입맛에 맞으면 다방커피도 최고의 커피죠."

나는 부끄러워졌다. 남들이 다 칭송한다 해서 나도 꼭 그래야 할 필요가 있을까? 종종 사람들의 이야기에 휩쓸려 나의 주관을 잃어버릴 때가 있다. 나만의 취향을 가지려면 내가 좋아하는 것에 대한 기준과 확신이 있어야 한다. 그것은 참된 지식에서 비롯된 수용이어야 하며, 남에게 보여주기 위한 허세여서는 안 된다. 아직도 그 날을 생각하면 얼굴이 화끈거린다. 난 언제쯤 나만의 취향을 가지게 될까?

밀라네제

재료

돼지고기 등심 4장
밀가루 3큰술
달걀 2개
빵가루 1.5컵
퓨어 올리브오일 5큰술
방울토마토 한 줌
로즈마리 잎 한 줌
레몬 1개
소금·후추 조금씩

만드는 법

1 돼지고기 등심은 소금, 후추를 뿌리고 밀가루, 달걀, 빵가루 순으로 입힌다.

2 로즈마리는 잎만 떼고, 레몬은 얇게 썰고, 방울토마토는 반으로 썬다.

3 팬에 올리브유를 두르고 로즈마리 잎을 넣은 뒤 약불에서 타지 않도록 볶는다.

4 로즈마리 잎이 지글지글 하면 빵가루를 입힌 돼지고기를 올려서 노릇하게 앞뒤로 굽는다.

5 따로 소스는 곁들이지 않고 방울토마토에 레몬즙을 짜서 함께 먹는다.

• 구울 때 오일을 스푼으로 떠서 고기 위쪽에 뿌리면서 구우면 더욱 바삭하고 고르게 잘 익어요.

Ponte
Vecchio
베키오 다리

베키오(vecchio)는 'old'를 뜻하는 이탈리아어. 그래서 우리말로 직역하자면 '오래된 다리'라는 심플하면서도 다소 심심한 명칭이다. 파트리크 쥐스킨트 원작의 영화 〈향수〉의 배경이 된 곳으로 1345년에 현재의 모습으로 지어졌고, 2차세계대전 당시 피렌체의 모든 다리를 폭격하라 명한 히틀러도 베키오 다리만은 남겨두라고 했다는 일화로 유명하다. 처음에는 푸줏간이나 대장장이들을 위한 가게들이 즐비했지만, 1593년 페르디난도 공작 1세가 소음 등의 문제로 업종 변경을 지시하면서 현재의 금세공사들이 그 자리를 대신하게 되었다고. 다리 위의 광경들도 상당히 이채롭지만, 조금 떨어진 트리니타 다리에서 보는 해질녘의 베키오 다리도 잊지 못할 감동으로 다가온다.

피렌체 **둘러보기**

Bialetti
비알레티

모카(Moka)포트로 우리에게 잘 알려진 비알레티사의 피렌체 지점. 커피. 그중에서도 특히 에스프레소와 카푸치노를 즐기는 사람이 이곳을 찾는다면 정신이 살짝 혼미해질 수도 있으니 주의가 필요하다. 총 2개 층으로 구성되어 있으며, 커피 관련 아이템뿐 아니라 각종 조리기구도 판매하고 있다. 이탈리아의 슈퍼에서는 대부분 모카포트를 판매하지만, 이곳이 훨씬 저렴하고 또 다양한 색상의 제품 라인을 구비하고 있으니 모카포트를 구입할 계획이 있다면 웬만하면 이곳에서 쇼핑을 마치는 게 좋다.

위치 : Piazza Della Repubblica 25/r
가격 : 모카포트+에스프레소 잔 3개
세트 19.90유로, 밀크팬 9.00유로 등

AM 09:00 비교적 늦게 시작한 아침. 조금씩 피렌체라는 도시 속 삶의 속도에 적응해가고 있다.

AM 11:30 아침 겸 점심. 사 먹는 밥이 아닌 해 먹는 밥. 그리고 서로 마주하며 느긋하게 함께하는 식사가 우리를 진심으로 행복하게 한다. 서울에서는 왜 진작 이러지 못했을까?

PM 14:00 책도 읽고, 음악도 듣고, 영화도 보고. 그렇게 자연스럽게 시간이 흘러가는 대로.

PM 16:00 오늘은 골목길을 따라 피렌체 북쪽을 향해 걷다. 정해진 목적지가 있는 것은 아니다.

PM 17:30 어떻게든 견뎌보려 했지만 이 도시의 추위는 우리가 생각했던 것보다 훨씬 매섭다. 중앙역 근처의 의류매장에서 겨울외투 두 벌을 45유로라는 놀라운 가격에 구입. 피렌체는 세일 중!

PM 18:45 오늘도 어김없이 중앙역 근처의 슈퍼마켓으로. 중앙시장과 더불어 우리에게 최고의 놀이터다. 그런데 내일은 뭘 만들어 먹지?

PM 19:30 집 도착. 잠깐 침대에 누워 있는다는 게 눈을 떠보니 어느덧 자정 무렵. 안 돼!!

남 편 의 피 렌 체

❖

즉각적이고도 본능적인 반응을 불러일으키는 지명들이 있다. 사람에 따라 조금씩 차이는 있겠지만 가령 알래스카나 시베리아는 듣는 순간 몸이 푹푹 빠질 정도의 폭설이나 숨소리마저 얼려버릴 것 같은 극심한 추위를 연상시킨다. 홋카이도는 그보다 조금 덜하긴 하지만, 따뜻한 봄기운이 거의 느껴지지 않는다는 점에서는 이들과 동일한 선상에 있다고 할 수 있다.

그에 반해 말레이시아를 비롯한 동남아나 지중해 혹은 영원한 1등 신혼여행지 하와이는 듣는 사람으로 하여금 옷옷을 하나씩 벗고 싶게끔 만드는 온화한 매력이 넘치는 곳으로 여겨진다.

그러나 몇 개는 맞고 몇 개는 확실히 틀리다. 여름의 알래스카는 20도를 넘나들고, 동남아도 가끔씩은 옷을 껴입어야 할 만큼 춥다. 하지만 사람들은 대개 자신의 뇌리 속에 오랜 세월 각인해온 고정관념을 어지간해서는 바꾸려 들지 않는데, 나이 서른을 넘어 생각을 고쳐먹는 건 새로운 종교를 가지는 것만큼이나 어려운 일임을 피렌체에서 새삼 깨닫고 있다.

그런 까닭에 지난 9월의 홋카이도에서는 30도를 오르내리는 폭염 속에 반팔 티셔츠를 하나도 가져오지 않은 것을 탓하며 '아이스 코-히(냉커피)'를 끊임없이 찾아 나서야만 했고, 피렌체에 와서는 '올리브가 절로 익을 것같이 온화'하다고 여겨진 지중해성 기후의 시린 맛을 톡톡히 보고 있다. 피렌체에 도착한 다음 날부터 이불을 있는 대로 다 끌고 와 네 겹씩 겹쳐 덮고 자는 우리를 본다면, 사정을 모르는 사람들은 지중해에 면한 이탈리아가 아니라 원래 가려던 알래스카에 있다고 생각할 것이다.

여행은 지식을 쌓는 것보다는 콘크리트보다 더 견고한 편견을 깨뜨린다는 점에서 사실은 더 유용하다. 나이가 들수록, 고정관념에 사로잡힐수록 확실히 더 그렇다는 걸 '뼈저리게' 깨닫고 있다.

아 내 의 피 렌 체

✤

1년 전쯤 서울에서 사귄 이탈리아 친구가 있다. 이태원 스튜디오를 오픈한 지 얼마 되지 않았을 때였다. 파란 눈의 이탈리아인이 문득 스튜디오 문을 열고 들어왔다. 들어오자마자 첫마디가 "여기 뭐하는 곳이에요?"였는데 발음이 정말 정확해서 나를 포함한 우리 스텝들이 모두 놀랐다. '라우라'라고 자신의 이름을 밝힌 그녀는 우리와 3시간가량 수다를 떨고 점심밥까지 먹고 갔다.

유창한 한국어 실력과 특유의 친화력 덕분에 우리는 금세 친구가 됐다. 나와 동갑인 라우라는 원래 집이 로마인데, 아버지의 일 때문에 중국과 일본에서 오랜 시간 살다가 서울에도 오게 되었다고 했다. 서

울에 1년쯤 있다 보니 한국 사람과 한국 음식이 좋아서 로마에 돌아
간 후에도 계속 그리웠다고. 그래서 결국 다시 서울로 돌아와 어학당
을 다니고 한국과 이탈리아의 비즈니스 관련 일을 하며 서울살이를
하게 됐다고 했다.

라우라와 나는 가끔 만나면 주로 음식 이야기를 나누었다. 라우라는
한국 음식에 관심이 많았고, 나 역시 이탈리아 음식을 좋아하기 때문
에 늘 말이 잘 통했다. 피렌체에 오기 전에도 라우라와 이탈리아 음식
이야기를 많이 했는데, 토스카나 지역의 음식은 조금 짜고 투박하지
만 정겹고 푸짐해서 우리나라의 음식과도 많이 닮아 있다고 했다. 티
본스테이크와 라구소스 파스타를 맛보라고 하면서 한 가지를 꼭 확
인해보라고 했다. 서울의 이탈리안 레스토랑에선 꼭 공식처럼 올리
브유에 발사믹 식초를 조금 떨어뜨려 빵을 찍어 먹는데 라우라는 그
게 도무지 어느 나라의 식문화인지 모르겠다고 했다. 이탈리아에서
는 테이블에 올리브유와 발사믹 식초, 소금, 후추 등을 따로 준비해주

긴 하지만 올리브유와 발사믹 식초를 섞어 빵에 찍어 먹는 사람은 도통 찾아볼 수 없다는 것이다.

여기에 온 뒤로 식당에 갈 때마다 유심히 살펴보았지만 정말 올리브유와 발사믹 식초를 섞어 빵을 찍어 먹는 이탈리아 사람은 없었다. 딱 한 번 그 장면을 목격한 것은 한국 가이드북에 나온 유명한 레스토랑에 갔을 때였는데, 우리나라에서 온 관광객들이 테이블 위의 올리브유와 발사믹 식초를 그런 용도로 사용하고 있었다.

재미있는 일이다. 이탈리아 음식이 우리나라에 본격적으로 들어온 것이 1970년대 중반쯤일 것이다. 스파게티가 그즈음 처음으로 서울의 이탈리아 음식점에서 팔리기 시작했으니 벌써 40년도 넘게 이탈리아 음식을 우리나라에서 먹고 있는 거다. 서울 시내에 피자집과 이탈리안 레스토랑만 해도 수백 개인데 이탈리아 사람도 모르는 이탈리아 음식문화라니. 라우라는 아마도 발사믹 식초를 우리나라에서 마케팅하기 위해 고안해낸 레시피인 것 같다고 했다. 어느 포털사이트의 지식백과에서도 발사믹 식초의 사용법에 대해 '올리브유에 떨어뜨려 빵을 찍어 먹는다.'라고 소개하고 있으니, 그 마케팅 담당자는 우리나라에선 확실히 성공한 것 같지만 나는 옛날 개그 프로그램의 유행어가 생각났다.

"이탈리아? 안 가봤으면 말을 말아!"

간접 경험은 종종 잘못된 지식을 축적시킨다. 경험은 만 권의 책보다 확실하고 강렬하다. 그리고 온라인의 정보 홍수 속에서 진짜 지식인과 가짜 지식인을 가려내는 일은 감쪽같이 잘 만든 위조지폐를 가려내는 일만큼이나 어려워졌다. 더 많이 경험하고 싶어졌다. 이 건강이 허락하는 한, 통장잔고가 허락하는 한, 두 발로 직접 다니며 대동여지도를 완성한 김정호 선생처럼 세계를 누비며 맛보고, 경험하고 싶다.

버섯 리조토

재료

채소스톡

샐러리 한 줌:당근:양파:
파슬리(2:1:1:1), 물 1.5리터

다양한 버섯(마른 표고버
섯, 양송이버섯, 맛타리
버섯 등) 한 접시
마늘 2톨
올리브유 2큰술
리조토용 쌀 1/2컵
파마지아노 치즈·소금·
후추 조금씩

만드는 법

1   채소스톡용 채소들은 큼직하게 썰어 냄비에 물과 함께 붓고 30분간
    팔팔 끓인다.

2   마른 표고는 찬물에 불리고 나머지 버섯도 먹기 좋게 썬다. 마늘은
    다진다.

3   팬에 올리브유를 두르고 마늘을 볶다가 버섯을 넣고 볶는다.

4   리조토용 쌀은 씻어두었다가 팬에 함께 넣고 볶는다.

5   끓여둔 채소스톡은 건더기는 건져내고 약불로 계속 데우면서 한 컵
    씩 4에 넣고 중불로 끓인다. 국물이 졸아들면 채소스톡을 한 컵씩
    붓고, 끓이고 하는 과정을 쌀이 익을 때까지 반복한다.

6   쌀이 적당히 익으면 소금, 후추, 파마지아노 치즈로 간해 완성한다.

피렌체 둘러보기

Stazione di Santa
Maria Novella
피렌체 중앙역

위치 : Largo Alinari n. 6/7

피렌체 가기 전 딱 한 번 행선지를 바꿀까 잠깐 고민한 적이 있었는데, 피렌체 중앙역 전경 사진을 본 직후였다. 먼저 이 도시를 경험한 사람들로부터 피렌체가 다소 지저분하다는 얘기를 들었던 차에, 아니나 다를까 피렌체 중앙역의 정경이 너무 삭막해 보였다. 그래서 밀라노 혹은 차라리 국경 넘어 스위스로 가는 건 어떨까 하는 생각에 살짝 흔들렸었다. 결론을 말하자면 피렌체는 정말 사랑스러운 도시지만, 1935년 기능주의자 예술가들에 의해 설계된 중앙역 자체는 그다지 매력적이지 않다. 그래도 실망할 정도는 아니니 직접 가서 확인해보시길.

아레초나 피사, 로마나 밀라노행 기차가 수시로 있고 티켓 구입도 자동 시스템이라 전혀 어렵지 않다.(다만 근처에 집시들이 어슬렁대니 주의를 요한다.) 그리고 공식적으로는 중앙역이라는 직접적인 명칭 대신 'FIRENZE S.M.N(Santa Maria Novella)'라는 이름으로 표기되니 피렌체 교외의 다른 역과 혼동하지 말 것.

Bar
Tonarelli
바 토나렐리

위치 : Piazza Stazione 19/20/21r
메뉴 : 에스프레소 1.00유로, 카푸치노
1.20유로, 각종 베이커리 1.00유로부터

우리가 처음으로 피렌체에서 카푸치노를 접한 곳이라 더 애착이
가는 곳. 다들 카운터에 서서 커피를 마시고 있는데, '앉지 않고
서서, 뜨거울 때 빠르게 마시고, 다시 길을 나선다!'는 이곳의 카
페 문화를 몰라 처음엔 가게가 좁아서 다 스탠딩이구나 하며 신
기해했다.(물론 앉아서 느긋하게 마시기도 하지만 한국의 '장시간 체
류형' 커피숍 스타일을 상상하면 곤란하다. 게다가 앉아서 마시면 가
격도 껑충 뛴다.)
중앙역 부근에 위치하고 있어 오고가며 커피 한잔 즐기려는 사
람들의 발길이 끊이질 않는데. 프로슈토 샌드위치 등 베이커리도
나쁘지 않다. 다만 관광객들이 많아서 크게 친절하지는 않다.

돈을 아끼는 알 방코(AL BANCO)와 피로를 줄이는 알 타볼라(AL TAVOLA)의 심오한 관계

한국인의 입장에서 피렌체에서 카페를 처음 방문했을 때 가장 혼란스러운 점은. 같은 메뉴인데 다른 가격 두 개가 나란히 표시되어 있다는 것이다. 카푸치노를 예로 들자면 '알 방코'의 가격은 1.40유로인데, '알 타볼라'라고 표시된 가격은 5.00유로인 식이다. 3.60의 차이는 우리에게는 생소하기만 한 일명 '자릿세'라 볼 수 있다.

알 방코는 'AT COUNTER,' 즉 카운터에 서서 마실 때의 가격이며 알 타볼라는 'AT TABLE,' 그러니까 테이블에 앉아서 마실 때의 가격이다. 한국에서처럼 카페에 진득히 앉아서 공부도 하고, 음악도 듣고 인터넷도 하려면 돈을 더 내야 하니, 스타일을 버릴지 돈을 버릴지는 본인의 선택에 달려 있다. 처음엔 솔직히 이거 뭔가 싶었는데, 서서 단숨에 마시니 뜨거운 커피를 온전히 즐길 수 있다는 점과 상대적으로 가격 부담이 덜하다는 점이 매력적으로 다가오기 시작했다. 또한 테이크아웃이라는 소비 형태가 줄어드니 일회용품 사용도 줄일 수 있다.

그리고 또 하나. 식사를 하는 일반 레스토랑은 서서 먹는 게 없기 때문에 알 타볼라 가격 하나만 적혀 있는데, 여기엔 또 코페르토(COPERTO)라고 하는 다른 종류의 자릿세가 1인 기준으로 붙는다. 대개 1~2유로 사이이며, 코페르토가 없다고 가게 앞에 붙여 놓은 곳도 있으니 돈이 궁한 여행자라면 이런 곳을 적극 찾아보는 것도 좋겠다. 대신 어느 레스토랑이든 미국처럼 따로 팁은 준비하지 않아도 된다. 물론 맛과 서비스가 놀랍도록 훌륭하고, 주머니 사정도 나쁘지 않다면 말릴 사람은 없겠지만. 참고로 이 책에 소개된 카페 메뉴들의 가격은 카운터에 서서 마시는 기준으로 적어두었으니(카운터가 따로 없는 곳을 제외하고) 착오 없으시길.

AM 05:30 서울에서라면 믿을 수 없는 아침 시간. 어젯밤 일찍 잠들었으니 이 시간에 눈 떠지는 게 당연할 수도 있지만 우리에겐 쉽지 않은 변화. 어쩐지 상쾌하다.

AM 07:00 이왕 이렇게 된 거 일출이라도 볼까 해서 아르노 강 쪽으로. 한국에서도 함께 본 적 없는 일출을 보다.

AM 08:10 미켈란젤로 광장에 도착. 이미 해는 떴지만. 피렌체 도심이 파노라마처럼 장엄하게 눈앞에서 펼쳐지다. 여전히 우리가 피렌체에 와 있다는 사실이 잘 믿기지 않는다.

AM 08:30 〈냉정과 열정사이〉의 나라. 일본인 관광객이 본격적으로 몰려오는 시간. 오하요 고자이마스(좋은 아침입니다)!

PM 15:00 집에서의 늦은 점심. 시차 적응이 덜 된 탓에 식사 시간은 여전히 불규칙하다.

PM 19:00 삼각대 챙겨서 피렌체 시내로. 로맨틱한 회전목마가 있는 레푸블리카 광장으로 발걸음을 옮기다.

PM 19:45 '0.99유로' 숍 발견. 주말에 계획된 피사 피크닉을 위해 도시락 용기 등을 구입하다. 구경거리가 제법 쏠쏠.

PM 21:00 집에 오는 길에 케밥집에 들러 양고기 케밥 하나 구입. "아내 분은 배가 안 고픈가봐요?" 하고 케밥집 청년이 묻는다. 근데 둘이 먹어도 많은 양인데요? 첫날밤 우리가 집에 들어가지 못해 안절부절하고 있을 때, 집주인과 전화연결을 해준 고마운 사람. 많이 파세요!

PM 21:30 케밥에 이탈리아 맥주 모레티를 곁들여 하루를 마감하다. 시원 텁텁한 이 맛, 캬!

남 편 의 피 렌 체

✤

비행기를 타고 바다 건너 외국이라는 곳에 처음으로 가본 건 내 나이 열세 살 때였다. 맏손주라는 이유만으로 나를 끔찍이도 예뻐하셨던 외할아버지, 외할머니 그리고 큰 외삼촌이 함께였고, 마침 작은 외삼촌이 도쿄에서 유학을 하던 차라 행선지는 자연스레 일본으로 정해졌다. 사실 20년도 더 된 일이기에 당시의 기억은 몇몇 사진으로만 남아 있지만 지금까지 잊히지 않는 에피소드도 있다.

큰 외삼촌은 당시 국군 보안사령부(현재의 기무사)에서 단기 공군장교로 복무 중이었는데, 이틀째 밤 도쿄의 호텔방에서 작은 외삼촌과 일본인 친구, 이렇게 셋이서 술을 마시다 사단이 나버렸다. 90년대 초만 해도 남한보다는 북한이 일본에 더 잘 알려져 있던 때라, 보안사에 근무하는 장교라는 얘기에 '납북'을 떠올린 일본인 친구가 줄행랑을 쳐서는 경찰서에 우리를 신고해버린 것. 외삼촌들의 신분이 확실했던 터라 다음 날 술이 깬 뒤 바로 오해가 풀리긴 했지만 내 조국 한국, 내가 태어나고 자란 휴전선 아래 남한은 어떤 곳인가에 대한 실존적 의문을 스스로에게 처음으로 던지는 계기가 됐다.

그리고 세월이 한참 지나 대학에 입학하고 미국에 가게 되자 이번에는 좀 다른 차원의 질문이 나를 괴롭혔다. 사람들이 한국을 모르는 것이다. 이럴 수가! '악플'보다 '무플'이 더 무섭다는 말을 그때 처음으로 실감했다. "아 유 재패니즈?"에서 시작한 질문은 "차이니즈?"를 거쳐 "그럼 대체 어디서 온 거야?"로 대개 끝을 맺었는데 "아임 코리언."이라고 하면 오묘한 미소를 지으며 고개를 끄덕였다. 그들에겐 아마 그게 최대한의 예의였을 것이다.

내가 사는 나라가 이 정도로 알려지지 않았다는 게 참 기가 찬 일이었지만 솔직히 우리라고 크게 다르진 않겠구나 싶은 생각도 들었다. 동남아나 아프리카에서 온 사람들을 보며 당신은 어느 나라를 떠올리는가? 그 지역의 국가들을 자신 있게 구분해서 언급할 수 있는 사람이 우리 중에 몇이나 될까?

그나마 다행인 건 사람들이 김치나 불고기는 알고 있었다는 점이다. 그게 한국과 정확히 매칭이 되는지는 알 길이 없었지만, 내가 김치를 아냐고 물으면 "아임 코리언."이라고 할 때보다 고개를 끄덕이는 사람들이 많았다는 건 분명하다. 일본 친구들도 마찬가지였다. 가장 근접한 이웃이긴 하지만 북한하고 남한이 어떻게 다른지, 남한은 어떤 사람들이 살아가는 곳인지에 대한 지식은 거의 전무했다. '보아'도, '동방신기'도, 그리고 '욘사마'도 없었을 때의 이야기다.

그리고 세월이 제법 흘렀다. 한국을 대표하는 이미지들도 몇 개쯤 생겼고, 사람들이 아이폰만큼 삼성의 '갤럭시S'를 인정하기 시작했다. 박찬욱과 봉준호는 헐리웃에서 영화를 만들었거나 만들고 있으며, 뉴욕 타임스퀘어에는 비빔밥 광고가 전파를 탄다. 굳이 뿌듯하다고 할 만한 일은 아니지만 한국이라는 브랜드가 비로소 생겨나고 있다는 게 중요하다.

그런데 이 모든 걸 우습게 만들어버릴 핵폭탄급 키워드를 피렌체에서 마주했다. 예상할 수 있겠지만 그건 바로 싸이의 '강남스타일.' 한국에서 왔다는 내 말에 몇몇은 거의 즉각적인 '갱남' 스타일로 화답했다. 손을 앞으로 모으고 당장 춤이라도 출 기세였다. 이제 우리나라는 김치와 불고기 그리고 태권도를 거쳐 '강남스타일'의 나라가 된 것이다.

웃어야 할지 울어야 할지 감이 잡히지 않지만, 이것 하나만은 분명해 보인다. 다시 도쿄의 호텔방으로 돌아가 그 상황이 똑같이 닥친다 해도 일본인 친구가 막연히 우리를 두려워하며 줄행랑치지는 않겠다는 것, 이제 우리도 '소녀시대'나 '강남스타일'을 술안주 삼아 외국인들과 대화를 나눌 만큼은 됐다는 정도? 김구 선생이 꿈꿨던 '문화의 나라'가 반드시 이런 형태는 아니었겠지만, 내가 살아가는 이 땅이 무력의 상징 '총'에서 즐거움의 상징 '춤'으로 상징성을 바꿔가고 있는 사실이 조금은 반갑다. 참 오랜 시간이 걸렸다.

하지만 그렇다고 제발 모든 외국인이 '강남스타일'만을 기억하지 말기를. '강남스타일=한국'으로만 규정하기에는 우리가 가진 문화의 다양성이 너무나 깊고 다채로우니까. 우리나라의 속 깊은 매력들을 알리고 세계인과 즐겁게 소통하는 건 이제 싸이가 아닌 우리의 몫이 됐다.

아 내 의 피 렌 체

✤

오늘은 닭가슴살에 세이지 잎을 넣고 판체타로 돌돌 말아 꼬치를 만들었다. 민트 잎보다 좀 더 상큼한 맛이 나는 세이지의 향을 참 좋아하는데 서울에선 도통 생잎을 구할 수가 없다. 때문에 요리에도 직접 사용해본 적이 없는데, 여기선 시장이나 슈퍼에서 두 손 가득 담길 정도를 2유로 정도면 살 수가 있다. 어제 들렀던 서점에서 이탈리아 요리책을 뒤적이니 닭가슴살에 판체타를 돌돌 감아 오븐에 굽는 레시피가 있기에 그 안에 세이지 잎을 넣어서 만들어보았다. 정말 5분도 안 걸려서 뚝딱 만들어 오븐 안에 넣고 20분 정도 구웠더니 '짠' 하고 완성되었다. 은은한 세이지 향이 집 안 전체에 퍼졌고, 판체타의 기름

은 지글지글 끓었다. 판체타의 짠 맛과 기름기가 닭가슴살에 촉촉히 배어들고 강하지 않은 세이지의 상쾌한 향은 고기의 누릿함을 말끔히 잡아주었다. 남편도 금세 완성된 요리라 별 기대를 안 했던지 무심하게 한입 맛을 보고는, 그 자리에 선 채 꼬치 하나를 다 먹고 엄지를 치켜세우며 '씨익' 웃는다. 이런 게 요리하는 보람이지. 기분이 좋다. 내 생에 첫 요리대회는 스물한 살 때였다.

당시 나는 첫 요리대회 도전으로 들떠서 많은 걸 뽐내고 싶었다. 대형 마트에서 온갖 희귀하고 비싼(평소에는 잘 먹지 않는) 재료들을 구입해 왔다. 미니 양배추, 미니 파프리카, 샬롯 등……. 거의 모양과 색깔 위주로 재료를 샀던 기억이 난다. 돼지고기 뒷다리를 미니 양배추와 미니 파프리카, 샬롯과 함께 볶은 뒤, 굴소스와 레드와인을 넣고 조린 것에 녹말 물을 넣어 소스를 만들었다. 가장 예쁘다고 생각되는 재료들을 골라 넣고 최대한 멋을 부려서 매우 어렵고 복잡한 조리법으로 요리했다. 하지만 맛은 기대 이하였다. 당연히 보기 좋게 예선 탈락을 했고 지금 생각해보면 그건 내 생에 다시는 없을 최악의 요리였다. 10년이 훌쩍 지난 지금, 요리대회의 심사위원을 종종 할 때가 있다. 10년 전의 나처럼 과한 재료, 과한 조리법으로 요리하는 학생들을 볼 때마다 옛날의 내 모습이 겹치면서 피식 웃음이 난다.

우리나라에도 팔도의 음식 맛이 모두 다르듯 이곳 피렌체가 있는 토스카나 주의 음식은 이탈리아 음식 중에서도 원재료의 맛을 살리기로 유명하다. 음식에 첨가되는 모든 양념은 본 재료의 맛을 살리기 위한 부수적인 역할만 할 뿐, 과하거나 넘치지 않는다. 그 절제된 맛에서 세련됨이 있고 이러한 맛을 이곳 사람들도 진정한 '이탈리아의 맛'이라 부른다.

음식을 많이 만들고 배우게 될수록 재료들의 적절한 조화가 내는 맛은 그 어떤 좋은 소스로도 절대 따라갈 수 없다는 생각을 한다. 식재료 본연의 맛은 그 어떤 조리 기술로도 따라 잡을 수 없다는 것도. 요리든 일이든 많은 걸 보여줘야 한다고 생각했었는데 이젠 뭐든 덜어 내고 비워두는 것이 중요하단 생각이 든다. 식재료에 자신이 없으면 양념을 잔뜩 넣고 고춧가루를 듬뿍 얹어 본연의 맛을 숨기려 하지만 싱싱한 생태는 자신 있게 맑은 탕으로 내놓기 마련이니까.

사람도 음식과 다르지 않다. 본질을 견고하게 하면 그것은 곧 자신감이 되어 일부러 애쓰지 않아도 자연스레 드러나게 될 것이다. 싱싱한 내가 되고 싶다. 윤기가 흐르는 비늘만 봐도 그 시원한 국물 맛을 알 수 있는 생태처럼 싱싱한 사람.

판체타 세이지 치킨

재료

판체타 슬라이스 4장
닭가슴살 1/2쪽
세이지 잎 4~8장
나무꼬치 4개

만드는 법

1 닭가슴살을 두께로 반, 길이로 반 썬다.

2 판체타 슬라이스 위에 닭가슴살을 올리고 세이지 잎을 기호에 따라 1~2장 올린다.

3 판체타를 돌돌 말아서 풀리지 않도록 나무꼬치로 꿴다.

4 달군 팬에 겉 부분을 노릇하게 익힌다.

5 판체타가 노릇하게 익으면 200도로 예열한 오븐에서 15분간 굽는다.

• 판체타는 약간 말린 베이컨 같은 맛인데 좀 더 쫀득한 식감이고 짠맛도 강해요. 그래서 소금을 사용하지 않아도 간이 딱 맞죠. 이 레시피는 간단하지만 닭가슴 살이 정말 촉촉하게 익고 세이지 향과도 잘 어울려서 맛있어요.

• 판체타가 없을 때는 두꺼운 베이컨을 사용하고 세이지 잎이 없으면 깻잎을 넣어 만들어도 맛이 꽤 괜찮을 것 같아요.

피렌체 **둘러보기**

Piazzale
Michelangelo
미켈란젤로 광장

지도상으로 보면 아르노 강 건너 남쪽에 자리 잡고 있어 한강의 스케일에 익숙한 여행자라면 지레 겁먹을 수도 있지만 두오모에서 충분히 걸어갈 수 있는 거리다. 가이드북에는 버스 편도 소개되어 있는데, 아르노 강변을 따라 느긋하게 걸으며 즐기는 여유를 피렌체까지 와서 굳이 마다할 이유가 있을까?

표지판도 잘되어 있어 편안한 마음으로 걷다 보면 어느새 두오모보다 훨씬 높은 곳에 올라와 있는 스스로를 발견할 수 있다. 광장에 서면 미켈란젤로의 다비드 복제상이 보이고, 그 조각상을 뒤로 한 채 피렌체를 바라보면 가슴속 체증이 내려가는 듯한 시원함과 함께 형언할 수 없는 감동이 밀려온다. 해질녘엔 세계 곳곳에서 온 젊은이들이 계단에 다 함께 나란히 앉아 두 번 다시 돌아오지 않을 순간들을 음미하는데, 이게 바로 피렌체의 맛, 청춘의 맛이구나 싶다.

피렌체 맛보기

Ayasofay **Istanbul**
아야소파이 이스탄불
Indian **Kebab**
인디언 케밥

위치 : 비아 파니칼레(Via Panicale)

피렌체에 머무는 동안 케밥이 갑자기 당긴다면 우리가 렌트한 아파트가 있던 비아 파니칼레 거리를 찾으면 된다. 각각 터키와 인도 이민자가 차린 것으로 보이는 두 가게가 경쟁을 벌이고 있는데, 어느 쪽이든 3.50유로만 내면 푸짐한 케밥을 즐길 수 있다. 특히 웬만한 레스토랑이 문을 닫는 자정 무렵까지도 영업을 하는 까닭에 야식으로 먹기에도 적당하다. 역시 아시아인들은 어딜 가나 가장 일찍 하루를 맞이하고, 가장 늦게 일상을 마감한다. 유럽연합(EU) 가입 후보국인 터키는 유럽이라고 보는 게 정확하겠지만, 왠지 심정적으로는 아시아 같다.

개인적으로는 피렌체 도착한 첫날 밤, 큰 곤경에 빠진 우리 부부에게 결정적 도움을 줬던 청년이 운영하던 '인디언 케밥'을 권하고 싶다. 혹시 그가 '매일 밤 마주치던 한국인 커플이 어디에 갔냐'고 궁금해한다면 이 책을 슬쩍 보여줘도 좋겠다.

피 렌 체
6
일
째

AM 06:00 오늘도 역시 이른 아침. 이 시간에 일어나는 게 이제 조금은 자연스럽다. 한국에 돌아가면? 글쎄…….

AM 07:00 피렌체에 오게 된 결정적인 이유 중 하나 〈냉정과 열정사이〉를 DVD로 다시 한 번. 헤어짐과 만남을 반복하는 주인공의 엇갈림이 여전히 내 일처럼 안타깝다. 그래서 그들은 결국 어떻게 됐을까?

AM 10:00 처음으로 두오모에 오르는 날. 마치 오래전에 헤어진 첫사랑을 만나러 가는 기분. 그런데 이렇게 설레도 괜찮은 걸까? 〈냉정과 열정사이〉를 소설로 처음 접하고 이 날을 꿈꾼 지 십여 년 만에. 그곳으로 간다.

AM 10:30 두오모 초입의 가게에서 피자 한 조각. 울렁거리는 속을 일단 든든히 하곤 다시 거리로(hit the road)!

AM 10:50 이미 길게 늘어선 줄. 티켓 2장을 사서는 두오모에 입장하다.

AM 11:20 두오모 정상에 서다. 감히 '생애 최고의 순간' 중 하나라 할 수 있을 것 같은 감동. 예상했던 것보다 훨씬 대단하다. 도대체 어떻게 이 거대한 돔이 지탱되고 있는 것일까, 두오모 안쪽의 벽화는 과연 어떻게 그려낸 걸까. 꼬리에 꼬리를 무는 의문.

PM 12:20 정상에서 1시간을 서성여도 가시지 않는 아쉬움을 뒤로하고 천천히 두오모에서 내려오다. 피렌체에 머무는 동안 두오모는 몇 번이고 다시!

PM 12:45 리나센테 백화점을 구경하다가 4층의 키친웨어 전문 코너 발견. '판도라의 상자'를 열어버린 기분.

PM 13:15 그릇 몇 개 구입한 뒤 겨우 진정하고, 한층 위의 야외 테라스가 있는 카페에서 늦은 점심.

PM 17:35 두오모에 대한 열병 때문인지, 몸이 화끈화끈. 집에 와서 감기약 하나씩 챙겨 먹고, 침대 속으로.

PM 22:30 또 이 시간에 깨어나다. 이젠 몸이 자동으로 반응하는 기분?

PM 23:00 새로 산 모카포트로 커피 한잔 끓여 마시고, 씻고 정리한 뒤 다시 잠자리로.

남　편　의　피　렌　체

〈냉정과 열정사이〉의 여주인공 아오이 역에 중국배우 진혜림은 전혀 어울리지 않는다고 생각했다. 2003년 개봉 이후 몇 번이고 〈냉정과 열정사이〉를 돌려 봤지만, 아오이를 연기하는 진혜림만 맞닥뜨리면 영화에 대한 몰입이 깨졌다. 진혜림은 누가봐도 중국인처럼 생겼는데, 이런 배우를 캐스팅한다는 게 당최 가당키나 한 일인가 하고 감독을 비롯한 영화관계자들에게 분개했었다. 그녀의 일본어는 중국어 악센트가 섞여 있어 부자연스럽게 들렸고, 전체적으로 풍기는 이미지는 홍콩 누아르 영화의 여주인공, 그 이상도 그 이하도 아니라고 생각했다. 무엇보다 이 중국배우의 눈매는 아오이를 연기하기에는 너

무 크고 매서웠다. "이 캐스팅은 도대체 누가 한 겁니까?"라고 영화를 보는 내내 제작자를 찾아가 소리치고 싶은 심정이었다.

반면 준세이 역의 타케노우치 유타카는 더할 나위 없이 만족스러웠다. 선이 가냘프다고 해야 하나, 만화 〈북두신권〉의 주인공 켄을 연기해도 잘 어울릴 것 같은 이 남자배우의 얼굴은 분명 내가 상상해온 준세이의 것이었다. 일본에는 이런 느낌을 주는 배우들이 있다. 〈허니와 클로버〉의 카세 료가 그렇고, 다소 강한 느낌이긴 하지만 〈다만, 널 사랑하고 있어〉의 타마키 히로시나 〈조제 호랑이 그리고 물고기들〉의 츠마부키 사토시도 그렇다. 조금은 어눌하면서도 어디서 오는지 모를 겸연쩍은 순수함을 안고 있는 스타일인데, 우리나라의 배우들에서는 어쩐지 찾기 힘든 부류들이다. 단순히 생김새의 문제라기보다는 일본이라는 나라 특유의 국민성과 스스로를 잘 드러내지 않는 소극적이면서도 폐쇄적인 성정이 오랜 세월 축적되어온 까닭으로 보인다. 확실히 〈냉정과 열정사이〉의 준세이를 연기해내기에 어

울릴 만한, 다소 쓸쓸하면서도 서늘한 느낌의 선이 가는 남자배우를
난 지금껏 떠올리지 못하고 있다.

그런데 오늘 아침 다시 돌려 본 〈냉정과 열정사이〉 속의 진혜림은 그
자체로 아오이처럼 느껴졌다. 이상한 일이었다. 오랫동안 꿈꿔온 피
렌체의 두오모에 처음으로 오르기로 한 아침이라 내 감정이 지나치
게 너그러워진 건 아닐까 생각해봤지만 그건 아니었다. 피렌체라는
도시를 직접 겪어본 뒤 어렴풋하게 알게 된, 말로는 쉽게 설명하기 힘
든 이 도시의 감성이 그녀에게 잘 녹아들어 있다는 느낌이랄까. 이탈
리아라는 나라, 그중에서도 밀라노의 보석 가게 점원으로 일하면서
오래전 헤어진 옛 연인과 피렌체 두오모에 오르기로 한 약속을 가슴
속에 간직하고 살아온 여자라면, 마치 진혜림의 얼굴과 표정을 하고
있을 것만 같았다. 확실히 감독이 피렌체라는 도시의 느낌을 제대로
이해하고 그녀를 캐스팅한 듯했다. 아무렴, 일본과 한국을 온통 두오
모로 열광하게 한 소설의 감독이었으니 나보다 훨씬 똑똑한 선택을

했겠지. 스스로 조금은 민망해졌다.

아내와 손을 맞잡고 오른 2013년 2월 피렌체의 두오모에 아오이는 없었다. 물론 준세이도 보이질 않았다. 하지만 그곳까지 오르는 동굴 같은 미로 속 곳곳에 남겨진 낙서의 흔적들 속에서, 진실한 사랑을 꿈꾸며 이 계단을 하나씩 밟고 올랐을 수많은 아오이와 준세이를 만나는 것은 어렵지 않았다. 사랑하는 사람과 이곳에 서기까지 무려 13년이라는 세월이 내겐 필요했다. 오랜 시간이 흘렀지만 처음 소설을 접하고 뛰었던 심장의 박동소리가 어쩐지 다시 느껴지기 시작했다. 정상에 선 우리는 그렇게 한동안 말을 잇지 못하고 그저 손만 맞잡은 채 이탈리아의 기분 좋은 바람을 느끼고 있었다.

아 내 의 피 렌 체

오늘은 피렌체에 온 뒤 처음으로 두오모에 올랐다. 〈냉정과 열정사
이〉의 로맨스를 기대한 나는 출발한 지 5분도 채 되지 않아 두오모가
영화에서 심하게 미화된 게 아니냐며 투덜대기 시작했다. 감상에 젖
어 감탄을 하며 올라가는 남편과는 다르게 좁은 계단을 따라 올라가
다 보니 답답함에 아무 생각도 나지 않았고, 특히 마지막의 가파른 계
단은 나를 다소 지치게 만들었다.

하지만 대반전과 재미는 두오모 위에 있었다. 준세이로 빙의되어 올
라가던 남편은 정상에 발을 내딛는 순간, 몸을 '휘청' 하더니 난간을
두 손으로 꼭 붙잡고 얼굴마저 창백하게 질려버렸다. 몸을 최대한 안

쪽으로 기울이며 엉거주춤한 자세로 무게중심을 낮게 잡더니, 내가 난간 쪽으로 조금만 이동해도 조심하라며 난리 법석을 떨었다. 35년 간 몰랐던 고소공포증을 사랑의 성지인 두오모에서 첫 체감한 남편 의 모습이 너무 재미있어서 '빵' 터져버렸다. 사랑하는 사람과 꼭 한 번 올라야지 했던 로맨틱한 두오모에 이렇게 코믹한 모습의 남편과 함께 서 있게 될 줄이야. 역시 영화는 영화일 뿐이었다.

두오모에서 내려와선 리나센테 백화점에 들렀다. 여기에 주방기구와 식기가 많이 있다고 들었기에 그냥 지나칠 수 없었다. 신랑은 내가 그 릇을 사러 갈 때 가장 불안해하는데, 명품가방 하나 없는 내가 가장 대범한 쇼핑을 하는 곳이 그릇가게이기 때문이다. 푸드스타일리스트 라는 직업을 갖게 되면서 식재료나 그릇, 소품 등을 쇼핑할 때 염두 에 두는 점은 단 한 가지, 필요성의 유무다. 가격이 싼지 비싼지, 양이 많은지 적은지보다는 이게 내게 꼭 필요한 것인지 아닌지를 생각한 다. 필요한 것이라면 젓가락 한 벌도 10만 원에, 필요 없는 것이라면 90프로 세일을 한다 해도 사지 않는 것이 내 쇼핑 습관이 되어버렸 다. 다행히 리나센테에는 내게 필요한 아이템이 그리 많진 않았다. 십 여 년간 모아 둔 주방용품과 그릇 덕에 이젠 웬만한 것은 더 이상 살 필요가 없어졌다. 그래도 오늘 저녁 메뉴인 가지 그라탕을 담기에 적 당한 접시를 하나 구입했다. 서울에선 그 가격에 살 만큼 예쁘다 생각 못했던 브랜드였는데 여기선 절반 가격이니 대만족이다.

가지 그라탕

재료

가지 1개
양파 1/2개
모차렐라 치즈 1개
마늘 2쪽
파마산 치즈 3큰술
토마토 퓨레 1컵
생 이탈리안 파슬리
건바질
소금·후추 조금씩

만드는 법

1 가지는 반달 모양으로 썰고 모차렐라 치즈도 비슷한 크기로 썬다.

2 양파는 다져서 팬에 올리브유를 두르고 살짝 볶는다.

3 오븐 용기에 가지를 가지런히 담고 소금과 양파를 골고루 뿌린 뒤 토마토 퓨레도 올린다.

4 모차렐라 치즈, 파마산 치즈, 바질, 후추, 다진 파슬리를 뿌린다.

5 200도로 예열한 오븐에서 30분간 굽는다.

피렌체 **둘러보기**

Duomo
두오모

오전 8시 30분에서 오후 7시까지
개장하나 토요일은 오후 5시 40분
까지. 단, 일요일과 공휴일은 휴무.

10여년 전 그랜드캐니언을 처음으로 '직관'하고 라스베가스로 돌아가는 길에, 너무 감격한 나머지 '세상에는 그랜드캐니언을 본 사람과 못 본 사람, 두 종류가 있다'고 생각했는데, 두오모를 마주한 뒤 우리만의 또 다른 기준이 생겼다. '피렌체의 두오모를 본 사람과 못 본 사람.' 수학적으로 따지면 이 세상에는 총 4종류의 인간이 있는 셈이다. 적어도 우리 기준으로는. 그 기준으로만 따진다면, 그랜드캐니언과 두오모를 모두 경험한 우리는 정말 행운아라는 행복한 결론? 장담하건대 당신이 무엇을 상상하건 그 이상을 보게 될 것이다. 어떻게 이 좁은 공간에 이토록 위대한 공간을 창조해낸 건지 도무지 눈앞에서 보고도 믿기지가 않았다. 브루넬레스키(Brunelleschi)가 수학적 난제를 풀고 두오모를 완공한 건 무려 600여 년 전인 서기 1436년. 이때의 인간은 단지 사람이 아니라 신이었던 것인가. 외부도 압도적이지만 총 463개의 계단으로 이루어진 내부도 만만치 않다.

Pizzeria
Del Duomo
피자 레스토랑
델 두오모

위치 : P.ZA S.Giovanni N.21
메뉴 : 코카콜라 2.60유로, 피자는
100g당 1.30유로

두오모의 초입에 자리 잡고 있어 463개의 계단을 본격적으로 오르기 전 간단히 요기를 하기에 적당하다. 각종 토핑을 한 가지 혹은 두 가지 정도만 심플하게 올려 화덕에 구워내는데, 가게가 작다고 맛까지 우습게 보면 곤란하다. 웬만한 한국의 고급 피자보다 맛의 균형이 잘 맞는다. 100g당으로 팔며, 300g 정도면 둘이 간식으로 나눠 먹거나 혼자 가벼운 식사 대용으로 먹기 적당한 크기다. 물론 소식(少食)하는 남편을 뒀을 때의 얘기다.

Caffe
La Terrazza
카페 라 테라차

위치 : Pizza della Repubblica, La
Rinascente 5층
메뉴 : 파스타 8.00유로, 카프리제 샐
러드 10.00유로, 카푸치노 4.50유로

리나센테 백화점 5층에 자리 잡은 이 카페는 음식이나 커피의 맛
은 그다지 특별할 게 없지만. 테라스 좌석의 두오모 전망이 일품
이다. 두오모와 지나치게 멀지도 또 지나치게 가깝지도 않은, 가
장 이상적이랄 만한 곳에 위치하고 있다. 우리가 알기로 가게에
서 두오모를 감상하기엔 여기만한 곳이 없다. 이런 명성을 들은
관광객들이 많이 몰리므로 조금 한적한 시간에 가서 여유롭게 지
내다 오는 게 여러모로 편하다. 세상엔 역시 나만 알고 있는 비밀
이란 없다.

AM 07:00 피렌체에서 처음으로 맞이하는 토요일. 하지만 노동의 무게를 지지 않은 자들에게 주말이 특별할 이유는 없다. 그래도 내일은 피사로 피크닉 가기로 결정!

AM 10:10 중앙역 근처 카페에서 달짝지근한 카푸치노에 아티초크 피자 한 조각씩. 이탈리아 와서 새삼 느끼는 건데, 아티초크가 이렇게 맛있는 거였어?

AM 11:00 우리가 늘 가는 슈퍼마켓에서 식재료 잔뜩 사서 다시 집으로. 처음으로 키안티 와인도 구입하다. 가격도 이렇게 '착한데' 왜 이제야 키안티의 매력을?

PM 13:00 긴 점심 식사.

PM 16:10 처음으로 집 청소. 그런데 분리수거는 어떻게 하는 건지 도무지 알 수가 없어서 괴로운 마음. 집주인인 마리클레어 양에게 도움을 요청하는 메일을 발송하다.

PM 16:30 '비아 데 지노리(Via De Ginori)' 거리 쪽으로 어슬렁거리다. 우리가 사는 비아 파니칼레에서는 불과 두 블록밖에 떨어져 있지 않은데 사뭇 다른 동네 같은 느낌. 사랑스러운 가게들이 가득하다.

PM 17:00 레푸블리카 광장의 벼룩시장으로. 그런데 상인들은 없고 왠 집회만? '이산화탄소 배출을 줄입시다?!'

PM 17:45 시뇨리아 광장으로 이동해선 한국 슈퍼 찾아 삼만 리. 우리도 정확한 정보가 없어 블로그를 참조했는데, 소개된 글을 그대로 옮기자면 '베키오 궁전 앞 말 동상의 엉덩이 쪽으로 가면……' 그래서 엉덩이 쪽 뒷골목만 30분째. 그러나 결국 못 찾다. 오늘은 여러 번 허탕인 듯.

PM 18:50 처음으로 사 먹어보는 이탈리안 젤라토. 엄청난 양과 맛. 하지만 길거리에서 아이스크림을 다 먹기에는 너무 춥다. 맛만 살짝 보곤 집으로 가져와서 냉동실 보관.

PM 19:30 2011년 2월 프러포즈할 때 아내에게 만들어주고 처음 만들어보는 남편 버전 '돼지고기 생강구이.' 그때의 기억이 새삼스레 떠오르며 사랑도 더해가는 밤. 왜 좀 더 자주 만들어주지 못했나 하는 미안함도 감돌고.

PM 23:00 내일 예정된 피사로의 피크닉 준비하고 일찍 잠자리에. 부오나 노테(굿나잇)!

남 편 의 피 렌 체

✤

네이버의 스포츠뉴스 에디터로 2년 5개월을 살았다. 대학생들이 가장 가고 싶어 하는 직장 네이버와 많은 남성들의 로망인 스포츠라는 키워드가 동시에 맞물리면서 부러움과 질시 가득한 시선을 종종 받곤 했다. 어떻게 하면 그런 일을 직업으로 가질 수 있냐는 질문에서부터 나중에 자리가 생기면 본인을 추천해달라는 기대 섞인 부탁까지 사람들의 반응은 넓고도 다양했다. 하지만 대부분은 내가 하는 일이 정확히 어떤 것인지 알지 못했다. 그리고 나 역시 남들에게 내 일을 제대로 설명하는 데 애를 먹었다. 나도 내가 하는 일의 정확한 실체를 면접 때가 아닌, 2010년 10월 첫 출근한 뒤에야 비로소 알게 됐으니 어쩌면 당연한 일이었다.

구글이 힘을 발휘하지 못하는 몇 안 되는 나라의 대표 포털사이트 네이버라는 '직장'을 사람들에게 설명하는 건 어렵지 않았다. 내가 네이버 이전에 첫 사회생활을 시작한 곳이 우리나라 3대 대기업의 전략기획실이었기에 비교적 극명한 체험을 했다고 볼 수 있는데, 딱 한마디로 두 직장의 차이를 설명해보라면 '아저씨스럽거나, 그렇지 않거나'라고 말하곤 했다. 직원들의 평균 연령대가 매우 낮고, 남성과 여성의 비율이 거의 같거나 오히려 여성이 많기에 일반 대기업에서 풍기는 답답한 이미지가 네이버에는 전혀 없었다. 가끔 남들 일하는 시간에 시내로 나가 양복 단추를 위까지 꽉 조인 채 삼삼오오 모여 담배를 피우고 있는 아저씨들을 볼 때면 나도 모르게 숨이 막혀왔다. '그래 남자는 수트야'라고 생각하다가도, 그런 '아저씨'들을 볼 때면 다시는 그런 생활로 돌아갈 자신이 없었다.

카페 같은 분위기도 네이버를 '꿈의 직장'으로 이해시키는 데 도움을 줬다. 외부에서 손님이 올 때면 우리는 항상 4층의 카페테리아나 27층의 스카이라운지(지금은 업무공간으로 바뀌었지만)로 안내를 하곤 했는데, 그들은 일단 그린팩토리라 불리는 본사 건물의 당당한 위용에 한 번 놀라고 '구글스러운' 내부 공간에 또 한 번 놀랐다. '구글스럽다'는 말뜻을 제대로 이해하고 쓰는 사람은 아무도 없었지만(그리고 네이버에서 구글스러움을 찾는 건 조금 생뚱맞지만) '자유롭고 밝은 풍경의 사무실'과 동의어로 쓰는 데 암묵적 동의가 이뤄졌다.

하지만 스포츠뉴스 에디터라는 내 직업을 설명하는 건 늘 어려웠다. 넓혀서 긍정적으로 말하자면 네이버의 스포츠뉴스 섹션을 전체적으로 기획하고, 전문가와 협업을 통해 콘텐츠를 창출하며 스포츠 업계 전반의 트렌드를 읽는 일이라 할 수 있지만, 좁혀서 부정적인 뉘앙스로 말하자면 기자들이 쓴 스포츠뉴스를 웹과 모바일에 편집하는 게 일과의 대부분이었다. 우리는 이걸 '뉴스를 건다'고도 했고 '판을 갈아버린다'고도 했는데 둘 다 내가 좋아하는 표현은 아니었다. 대한민국 스포츠의 한 축을 담당하고 있다는 데서 제법 큰 자부심을 느끼다가도, 매너리즘에 빠진 채 기계적으로 뉴스를 이리저리 배치하고 있는 나를 보면 스스로 한심해졌다. 입사한 지 1년 6개월쯤 지나자 이런 기분이 수시로 나를 들었다 놨다 했다.

한 사람이 행복하게 일을 계속해나가기 위해서는 여러 가지가 잘 맞아떨어져야 하겠지만, 비교적 느리고 진중한 삶을 추구하는 나의 성정과 포털의 뉴스 에디터라는 직업은 몇몇 부분에서 심각한 파찰음을 냈다. 스티브 잡스가 인류에게 선물한 아이폰의 출시를 기점으로 모바일이 순식간에 대세가 되면서 뉴스 처리는 더 빠른 손놀림과 판단력을 요구했고, 일단 크고 작은 뉴스거리가 발생하면 수십 초 안에 해당 기사의 중요성을 판단해서 기사를 여기저기 편집해야 했다. 하지만 문제는 해당 사건이 일어나는 시점을 책상 앞에만 있는 편집자들은 대부분 예측할 수 없다는 데 있었다. 프로야구 감독이 급작스레 옷을 벗는 일도, 승부조작 때문에 선수가 자살하는 일도 뉴스 편집자가 예상할 수 있는 범위를 벗어난 일이었기에 늘 긴장해 있어야 했고, 오랜 시간 자리를 비우는 건 동료 편집자에게 폐가 됐다. 식사는 되도록 빨리, 뉴스 체크는 밥 먹는 중이라도 수시로, 그리고 주말 이틀 중 하루 근무는 늘 있는 일이었다. 가끔 주말을 꽉 채워 쉬게 되면 뭔가 대단한 보상이라도 받은 기분이 드는 건, 어떻게 보면 당연했다.

손으로 뭔가를 꾹꾹 눌러쓰는 걸 좋아하고, 종이가 전해주는 질감에 큰 애착을 느끼며, 초과근무 수당을 모아 아파트 평수를 늘리기보다는 '좀 덜' 벌고 '좀 더' 인생을 즐기자고 생각하는 나와는 애초부터 잘 맞지 않는 일이었다.

그런 생활을 묵묵히 이어가기보다는 느리지만 좀 더 확실한 행복을 찾겠노라고 사직서를 내고 피렌체까지 온 지 어느덧 일주일이 지났지만, 내 몸은 아직 뉴스 편집자로 살아온 지난 29개월을 잊지 못하고 있었다. 이 도시의 사람들보다 식사는 항상 급했고 걸음은 빨랐으며 무선인터넷이 터지지 않는 곳에 있으면 왠지 불안해졌다. 우리 앞에서 느긋하게 걷고 있는 사람들을 답답해하며 순식간에 따돌리는 나 자신을 발견하는 것은 서울에서는 일상이었겠지만 피렌체에서는 썩 유쾌한 일이 아니었다. 비교적 여유가 넘쳤던 예전의 나로 돌아가기까지 얼마나 더 오랜 시간이 필요할지 아직은 가늠할 수 없다. 설령 이곳의 흐름에 익숙해진다고 해도, 서울로 돌아가는 순간 다시 분주한 일상 속으로 '아무 일도 없었다는 듯' 돌아갈 가능성이 농후하지만 지금 이 순간 내 가슴속에서 나지막이 들려오는 소리를 잊고 싶지는 않다. 조금 천천히 돌아가도 된다고, 서두르지 않아도 행복할 수 있다고, 그리고 넌 지금 잘하고 있다고.

아 　 내 　 의 　 피 　 렌 　 체

처음 맞는 토요일이다. 이곳에 오기 전 인터넷을 통해 피렌체의 벼룩시장 정보를 샅샅이 알아냈는데, 내 정보통에 따르면 오늘은 레푸블리카 광장의 주말 벼룩시장이 열리는 날이다. '모닝 카푸치노'를 한 잔 하고 일단 밖으로 나갔다. 내일 피사로 피크닉을 가기로 해서 열차 시간을 미리 알아볼 겸 중앙역에 갔다가 느지막이 광장으로 가봤더니 벼룩시장은 온데간데없고 지구 온난화에 대한 행사로 '떠들썩.' 아쉬움을 뒤로하며 집으로 돌아오는데 신랑이 오늘은 돼지고기 생강구이를 해주겠다고 한다.

돼지고기 생강구이는 우리에게 특별한 음식이다. 2010년 2월에 처음

만난 남편은 1년이 채 안된 2011년 1월, 나에게 돼지고기 생강구이로 프러포즈를 했다. 좀 더 로맨틱한 장면을 상상했던 나는, 감동 반 억울함 반으로 울음을 터뜨렸는데 지금 생각해보면 그래도 꽤 귀여운 청혼이었다.

남편은 당시 한남동 반지하에 있던 내 작업실에 나 몰래 먼저 가서 돼지고기 생강구이와 참치회 샐러드, 고등어 된장조림을 만들어놓은 깜짝 이벤트를 준비했다. 물론 내가 좋아하는 장미꽃도 한 다발 테이블에 올려두고, 티타늄으로 만든 예쁜 반지도 함께였다. 감동이 배가 된 것은 그때까지 요리라 불릴 만한 것을 제대로 만들어본 적이 없다는 말 때문이었다. 그때까지는 늘 듬직한 오빠의 모습만 보였던 남편이었는데, 요리하며 쩔쩔매는 모습이 참 귀엽게 느껴졌다. 덧붙여 2주에 한 번씩은 이렇게 평생 요리해주겠다고 약속했지만, 그 약속은 예상대로 2주 후에 바로 깨져버렸다.

정말 맛있다는 말을 스무 번도 넘게 하며 맛있게 돼지고기 생강구이를 먹었고, 아직도 그 맛을 잊을 수가 없다. 실은 그때의 돼지고기 생강구이의 소스 맛은 꽤 일품이었으나 생강과 양념이 까맣게 타버려 잿더미 수준이었고, 나는 사랑으로 돼지고기 생강구이의 맛을 끌어냈으니까. 하하!

벌써 2년이 지났지만 그래도 청혼할 때 만든 음식이니 레시피는 기억하고 있을 줄 알았는데, 나한테 그 레시피를 물어보다니. 그래도 신랑의 두 번째 돼지고기 생강구이는 첫 번째보다 훌륭했고 키안티 와인과도 썩 잘 어울렸다. 기대했던 벼룩시장이 열리지 않아 실망하던 차에, 어김없이 타버린 돼지고기 생강구이 덕에 오늘도 웃는다.(고기를 먼저 익히다가 익어갈 때쯤 양념을 뿌려가며 조려서 타지 않게 굽는 게 요령입니다.)

돼지고기 생강구이

재료

0.5cm 두께로 얇게 썬
돼지고기 목살 5장
숙주나물 적당량
생강 2~3개
간장 5큰술
밀가루 적당량
소금 · 설탕 적당량
화이트 와인 50ml

만드는 법

1 생강은 껍질을 벗겨서 적당한 크기로 자른 뒤 더 잘게 썬다.(잘게 다질수록 좋은데 칼질이 쉽진 않네요.)

2 생강을 담은 작은 그릇에 간장을 5큰술 정도 담고, 설탕과 와인을 넣어 양념을 만든다. 와인 대신 소주나 청하도 나쁘지 않다.

3 준비한 돼지고기는(꼭 목살이 아니어도 좋습니다) 밀가루에 골고루 묻혀준다. 아주 정성스럽게.

4 올리브유를 둘러 달군 팬에 돼지고기를 먼저, 올린다. 고기가 살짝 익기 시작하면 그 위에 양념을 골고루 두른다. 기분 좋게 익어간다.

5 숙주나물을 넣고는 양념을 입혀 숨을 살짝 죽여주면 완성!

• 고슬고슬한 쌀밥 위에 얹어먹는 돼지고기 생강구이는 일본의 밥도둑이라 불릴 만하죠. 만드는 법도 어렵지 않아 남편들에게 강력히 추천합니다.

피렌체 **둘러보기**

Piazza della
Signoria
시뇨리아 광장

피렌체에 있는 동안 시뇨리아 광장에만 가면 왠지 모르게 기분이 좋았다. 시원스레 열려 있으면서도 짜임새 있는 공간이 사람의 마음을 편안하게 한다. 레오나르도 다빈치와 미켈란젤로를 경쟁시켜 실내 장식을 꾸미게 했으나 결국엔 조르조 바사리가 완성한 베키오 궁전을 비롯해 원래는 행정관청으로 쓰였던 우피치 미술관 등 세계적인 유산들로 둘러싸여 있다. 신은 왜 인류 역사상 최고로 손꼽히는 천재들을 피렌체에, 그것도 14~15세기에 몰아서 태어나게 했는지 한탄 아닌 한탄이 나올 법도 한, 피렌체의 진정한 심장부.

피렌체 **맛보기**

Bar
Centralle
바 첸트랄레

위치 : L.GO Alinari 5/r
메뉴 : 카푸치노 1.20유로, 초코크
림빵 2.00유로, 아티초크 피자
6.00유로

피렌체에 머무는 동안 우리의 사랑을 가장 많이 받은 재료를 꼽으라면 단연 아티초크라 불리는 흑녹색 채소였다. 슈퍼에서 산 식초절임된 아티초크를 한입 깨물었을 때의 식감을 아직까지 잊지 못하고 있다. 그저 '맛있게 아삭거린다'는 말로는 표현이 되지 않는다. 치아가 그대로 존재감을 남기며 식물 속으로 침투해가는 쾌감 같은 게 분명 거기엔 있었다. 틈만 나면 아티초크를 사서 레시피에 적극 활용한 건 당연한 일. 사실 바 첸트랄레는 소개할 만큼 특색 있는 곳이 아니지만 아티초크 피자가 있었다는 점에서 오랫동안 기억에 남을 만하다. 견문이 짧은 탓이겠지만 그 후로 피렌체 어느 곳에서도 여기처럼 아티초크만 올린 피자를 경험하지 못했다. 이곳의 진열장 속 메뉴는 매일 조금씩 바뀌었는데, 아티초크 피자가 있는 날도 있었고 없는 날도 있었다. 사실 없는 날이 더 많았다. 그래서 그런지 이 카페를 지나칠 때마다 힐끔거리는 게 피렌체에 있는 동안 버릇이 되어버렸다.

피 렌 체
8
일
째

AM 07:00 일찍 기상. 첫 피크닉이다! 목적지는 그 유명한 피사.

AM 08:30 집에서 마시는 카푸치노 한잔의 여유는 이제 일상이 됐다. 좋구나!

AM 11:00 피렌체 교외로의 첫 피크닉. 피사행 열차에 탑승했으나 티켓 유효화를 안 하고 탑승한 탓에 벌금 5유로를 내다. 이런 건 가이드북에서도 알려주지 않았는데…….

AM 11:43 40여 분 만에 피사 도착. 날씨도 좋고, 하늘도 높고.

PM 12:10 피사 시내를 지나다 또 서점 발견. 요리책 하나 구입하고는 다시 가던 길로 쭈욱.

PM 12:00 드디어 피사의 사탑에 도착. 남편에게는 1998년 배낭여행 이후 15년 만의 감격적인 재회.

PM 13:20 본격적인 관람을 앞두고 미리 준비해온 샌드위치로 점심 식사. 푸드스타일리스트 아내가 예쁘게 담아서 그런지 맛이 더 좋게 느껴진다.

PM 15:00 피사의 사탑에 오르다. 예전에 피사에 왔을 때는 더 기울어지는 것을 방지하기 위해 탑에 오르는 것을 금지했었는데, 지금은 시간당 입장객 제한을 두어 허가하고 있다. 의외로 높고, 생각보다 가파른 경사 때문에 속이 제법 울렁거린다. 옛날 피사 사람들은 이 탑을 오르며 무슨 생각을 했을까.

PM 16:15 기차역으로 돌아가는 길에 벼룩시장 발견. 한 달에 한 번 열린다는데, 의도치 않게 맞춰서 온 게 되어 버리다. 기가 막히다.

PM 19:30 아침에 갔던 것과 반대 방향 기차를 타고 피렌체 도착. 집으로 오는 길에 슈퍼마켓 들러 내일의 반찬거리 구입.

PM 21:30 어제 먹다 남은 닭볶음탕을 다시 끓여서 키안티 와인과 함께 먹다. 이곳이 이태'리'인지 이태'원'인지 헷갈리는 밤. 아무튼 몹시 좋다!

남 편 의 피 렌 체

❖

1학기 기말고사가 끝난 1998년 여름의 대학가는 한산했다. 19세에서 25세 사이의 많은 젊은이들은 대부분 로마나 파리, 혹은 런던으로 떠나는 비행기에 몸을 실었는데 신촌의 캠퍼스에서 첫 학기를 보낸 나도 그중 하나였다. 생애 최초로 서양이라 불리는 세상으로 나간다는 부푼 기대에, 누구보다 알찬 배낭여행을 다녀오겠다는 원대한 포부가 더해지면서 런던부터 파리까지의 35일을 10분 단위로 스케줄을 짜느라 마지막 시험 몇 개는 보는 둥 마는 둥 했다. 심지어 필수 과목이었던 공학수학은 날짜를 잘못 알아 시험을 아예 치르지도 못했다. 학점 때문에 취업 원서 쓸 때 애먹은 걸 생각하면 다소 후회가 되긴 하지만 당시엔 대수롭지 않았었다. 워낙 공부를 안 했던 터라 시험을 봤다 해도 안 친 것과 비슷한 점수가 나왔으리라 위안하는 쪽이 편하기도 했고. 대학 입학과 동시에 취업에 목숨을 걸어야 하는 요즘 대학생들에겐 이성계의 위화도 회군만큼이나 '위화감'이 느껴질 만한 시대의 일이다. 그러니 이 나이 많은 선배의 일이 이해 안 된다고 해도 너무 자책하거나 괘념치 마시길.

아무튼 1996년 연세대 사태와 1997년 한총련 출범식에서 비롯된 한양대 사태를 거치면서 학생 운동의 마지막 물결이 뜨겁게 불타올랐던 대학가는, IMF와 김대중 전 대통령의 헌정사상 첫 정권교체를 계기로 각자 제 살길을 찾는 데 점점 더 몰두하기 시작했다. 유럽 배낭여행과 단기 어학연수는 그렇게 해서 순식간에 유행이 되어버렸다. 여행사들은 저마다 대학생들을 유치하느라 눈에 핏발을 세웠고, 비슷한 표지에 제목만 살짝 바꾼 여행 안내서들이 하루가 멀다 하고 쏟아져 나왔다. 나 역시 같은 과 친구와 중간고사가 끝나가던 4월부터 의기투합, 하루는 유레일패스를 사러 홍대로, 또 하루는 소매치기를 방지하려면 꼭 필요하다는 복대를 사러 남대문으로 바삐 움직였다. 모든 게 인터넷 쇼핑이 본격적으로 발달하기 전의 일이었다.

배낭여행이 이제 막 만개하기 시작하던 때라 런던이나 파리에서 시작해 다시 파리 혹은 런던으로 끝났고 중간에 로마나 베를린을 찍으면 여행자들의 루트가 대부분 얼추 맞아떨어졌다. 로마의 맥도날드에서 만난 한국에서 온 누나나 형을 프라하의 맥주 집에서 우연찮게 다시 만난다거나 하는 식이어서 대개가 보고 느끼고 또 얘기하는 바가 비슷했는데, 특히 '유럽에서는 화장실에 가려면 돈을 내야 한다'는 것과 '식당에서 물을 공짜로 안 주더라'는 지점에서의 분노는 여지없이 공통된 것이었다.

그 두 가지 '사건'은 대한민국에서 나고 자란 우리의 기본적인 의식

과 질서 체계를 송두리째 뒤엎는 것이라, 처음에는 마치 외계 생명체를 맞닥뜨린 것과 같은 놀라움으로 시작했다가, 바게트로 하루의 끼니를 때워야 하는 배고픈 여행객들의 호주머니를 턴다는 데서 분노로 옮겨가더니, 종내에는 '역시 대한민국처럼 살기 좋은 곳은 없더라'는 자기 위안으로 끝나곤 했다.

'그래, 한국 사람은 라면 먹고 소주 마시며 물도 마음 편하게 들이켜야지.'

유럽 여행을 아직 다녀오지 않은 친구들은 이런 자기 귀납적 결론에 안도하며, 소주를 벌컥벌컥 기분 좋게 들이켰다.

15년 만에 다시 찾은 피사에서 0.5유로짜리 유료 화장실을 찾아 들어선 순간, 그때의 일들이 떠오르며 알 듯 말 듯한 웃음이 번졌다. 피렌체의 두오모를 봐도 내가 지금 유럽에 있다는 실감이 잘 나지 않았는데 관광지의 유료 화장실을 보곤 바로 깨닫게 되다니, 오 놀라워라.

화장실을 나서며 문득 그렇다면 외국인들은 한국의 어떤 점에 가장 놀랄까 떠올려보는 건 비교적 자연스런 수순이었다. 밴드 '버스커버스커'의 멤버 '브래드'가 말했듯 거리에 아무렇지 않게 가래침을 뱉는 사람들일까, 아니면 더 달라는 대로 밑반찬을 리필해주는 식당들일까, 그것도 아니면 직접 가본 강남엔 싸이보다 잘생긴 남자들이 훨씬 더 많더라는 것일까.

더 이상 유료 화장실이 놀랍지도, 피가 솟구치지도 않는 걸 보니 나이가 들긴 들었다. 그때보다 조금 더 돈이 많아서 여유로워졌다는 것보다 '틀린 것'이 아니라 '다른 것'일 뿐이라는 걸 이해하게 된 지금이 문득 행복하게 느껴졌다.

피사의 아름다운 밤이 붉게 물들어간다.

아 내 의 피 렌 체

*

'내 요리'를 만들어본 게 도대체 언제인지 모르겠다. 나 자신과 또 다른 누군가를 위해 메뉴를 떠올리고 장을 보고 재료를 손질하고 요리해서 상을 차리는 일, 말이다.

'은아 스타일'팀은 3년 만에 체계를 잘 갖췄다. 이렇게 내가 한 달이라는 시간을 비워도 모든 시스템이 착착 돌아가고 있다. 전화를 받고 견적을 보내고 스튜디오 대여를 하고 광고 촬영을 나가고 케이터링을 진행하는 데 문제가 없다. 5년간 함께 하고 있는 소현 팀장이 역할을 매우 잘하고 있고, 나머지 스텝들도 모두 자기 일처럼 즐겁게 일한다.

이렇게 차츰 회사의 시스템을 갖춰가고 있다 보니 내가 직접 양파를 까거나 파를 손질해본 것도 언제인지 까마득하다. 모두 각자의 자리 에서 역할을 분담해 일을 하고 있기 때문에 나의 역할은 대부분 스타 일링의 구상이나 요리의 마지막 단계다. 헌데 요리의 즐거움은 사실 신선한 재료와의 만남에서부터 시작된다고 해도 과언이 아니다. 탱 글탱글하게 물이 찬 대파의 밑동에 있는 흙을 털어내어 깨끗이 하는 기쁨, 소금을 한 꼬집 쥐고 까끌까끌한 취청 오이의 껍질을 박박 문질 러 내려갈 때의 상쾌함을 요리하는 사람들은 알 거다.

신선한 식재료가 가득한 피렌체의 중앙시장까지 불과 1분 거리의 집 에서 한 달 동안 지내기로 결심했을 때, 가장 기대에 부풀었던 것은 언제든 맛있는 요리를 '내 마음대로' 만들 수 있다는 것이었다. 일정 치 않은 스케줄로 결혼 후에도 집에서 밥을 지어 먹는 날이 거의 없 었고 주말에도 신랑과 작업실에 나와 작업실 냉장고에 남아 있는 음 식으로 간단히 밥을 차려 먹었다. 그건 '밥을 지어 먹는 행위'라기보 다는 '허기를 없애기 위한 행위'에 더 가까웠다.

여기에 와서 나는 원 없이 요리하고 있다. 거창한 요리도 특별한 레시 피도 아니지만 내가 하고 싶은 것을 만든다. 소박한 상을 차려 내면 신랑이 행복한 미소를 보여준다. 또 내가 아무것도 하기 싫어진 날엔 두 손 놓고 아무것도 안 할 수 있는 자유도 있다. 이렇게 완벽한 시간 이 언제 또 올 수 있을까? 과감히 사표를 던져준 신랑에게 오늘은 내 가 더 감사한 마음이 든다.

포카치아 샌드위치

재료

포카치아 2개
프로슈토햄 2장
슬라이스 치즈 2장
토마토 1개
샐러드 채소

스프레드

디종머스터드 2작은술
달걀노른자 1개
레몬즙 1큰술
올리브오일 3큰술
소금 약간

만드는 법

1 포카치아 빵을 반으로 자르고 토마토는 슬라이스하고 샐러드 채소
  는 손으로 뜯어놓는다.

2 디종머스터드와 달걀노른자, 레몬즙, 올리브오일, 소금을 모두 섞어
  스프레드를 만든다.

3 빵 안쪽에 스프레드를 바르고 햄, 치즈, 토마토, 채소를 올려 빵으로
  덮은 뒤 반으로 썬다.

카넬리니 샐러드

재료

카넬리니 통조림 1컵
적양파 1/3개
이탈리안 파슬리 한 줌
샐러리 1대
다진 마늘 1/2작은술
레몬즙 1큰술
올리브유 2큰술
소금·후추 약간씩

만드는 법

1 적양파와 샐러리, 이탈리안 파슬리는 굵게 다지고 마늘은 곱게 다
  진다.

2 국물을 따라 낸 카넬리니에 준비한 재료를 모두 넣고 레몬즙, 올리
  브유, 소금, 후추 약간씩을 넣고 잘 섞는다.

3 냉장고에 1시간 이상 두어서 차게 하고 재료에 간이 밴 뒤 먹는다.

• 카넬리니는 직접 삶아서 사용해도 좋아요. 마른 카넬리니를 구입해서 끓는 물
에 소금을 넣고 손으로 으깨질 때까지 삶아서 사용하세요.

피렌체 **근교 둘러보기**

Torre Pendente **di Pisa**
피사의 사탑

30분마다 30명으로 입장객을 제
한하고 있으며, 입장권은 건너편
박물관(Museo delle Sinopie)에서
구입할 수 있다.

실루엣만 보고도 무슨 건물인지 정확히 알 수 있는 게 몇이나 될
까 곰곰이 생각해봤더니, 우리의 경우엔 딱 세 개였다. 피라미드
와 에펠탑 그리고 피사의 사탑. 그래서 우리의 첫 근교여행지는,
기울어진 탑의 도시, 즉 피사였다. 너무나 당연한 선택이겠지만
첫 기차 여행인 데다 날씨마저 기가 막히게 좋았기 때문에 피사
로 가는 내내 발걸음이 가벼웠다.

갈릴레오의 자유 낙하 실험으로 더 유명세를 탄 피사의 사탑은
1173년 착공에 들어갔지만, 좁은 지반과 약한 지층 때문에 이미 3
층이 채 지어지기도 전에 기울어지기 시작했다고. 1350년 완공된
뒤에도 조금씩 기울어지긴 마찬가지였는데, 21세기 초에야 더 이
상의 기울어짐을 방지하기 위한 장치가 설치됐다. 그 덕에 앞으로
200년은 거뜬할 거라는 게 전문가들의 의견. 그렇게 높진 않지만
두오모를 오를 때에는 느낄 수 없는 현기증을 각오해야 한다.

기차 티켓 유효화(Validation)

솔직히 이탈리아까지 와서 벌금을 내고 싶진 않았다. 하지만 기차 탑승은 처음인데다, 여행 책자에도 유효화 (validation)에 관해 일언반구도 없어서 말 그대로 앉아서(?) 당할 수밖에 없었다. 'Validation,' 즉 티켓을 개시 혹은 유효화하는 프로세스는 유레일패스가 아닌 단일 티켓 구매자들은 유념해둘 필요가 있다.

유레일패스는 첫 사용 시점에 스탬프를 받고 나면 그때부터 일정 기간 유효하기 때문에 더 이상 기차를 탈 때 유효화라는 절차를 거칠 필요가 없지만(좌석 예약이 필요한 경우는 있다). 단일 티켓 구매자는 반드시 기 차표를 'Validation' 기계에 넣어 인증을 받아야 한다. 이렇게 해야 하는 이유는 기차표에 날짜와 시간이 명시 되어 있지 않기 때문. 쉽게 말하면 '서울발 부산행' 같이 구간만 명시되어 있고 나머지는 자유 선택사항으로 남겨져 있다. 단 1등석과 2등석으로 클래스가 나뉘어져 있기 때문에 유효화가 끝난 티켓을 들고 해당 클래스 칸의 아무 자리나 차지하고 앉으면 OK.

아무튼 피사까지 둘이 합쳐도 편도 15.60유로에 불과했는데, 무려 벌금으로 5유로를 내다니, 분하다.

피 렌 체

9

일

째

AM 09:30 새벽에 비가 내린 뒤라 몹시 쌀쌀한 아침. 하긴 피렌체에 온 뒤로 쌀쌀하지 않았던 날이 있었냐마는.

AM 10:30 카푸치노와 함께하는 아침 식사가 이젠 익숙하다.

AM 11:00 식사 후 편안히 소파에서 쉬고 있다가 3주간 총 6회 진행될 이탈리아 요리교실이 오늘부터 시작이라는 것을 불현듯 깨닫고 허겁지겁 준비해서 학원으로. 아, 늦겠다.

PM 12:45 미켈란젤로 인스티튜트(Institute)에 도착. 하지만 알고 보니 수업은 화요일과 목요일이라고. 월요일 아침에 예정됐던 오리엔테이션을 수업으로 착각하다. 휴. 등록비는 미리 내고, 내일 다시 오기로 하다.

PM 13:00 예정에 없던 오후 자유 시간이 생기면서 근처 산타 크로체 성당으로. 조토와 도나텔로 같은 대가들의 작품들이 아무렇지 않게 혹은 자연스럽게 여기저기 흩어져 있는 모습에 다시 한 번 경악하다. 피렌체는 알면 알수록 그 깊이를 가늠할 수가 없다.

PM 15:30 관람 종료. 추위를 달래가며 근처의 카페에서 케이크와 함께 카푸치노 한 잔씩.

PM 16:15 조금 서둘러 귀가하다. 이번 한 주를 상큼하게 보낼 계획도 세우고, 집 정리도 해야 할 시점.

PM 19:00 2시간에 걸친 집안 정리 끝내고 저녁 식사.

PM 21:00 스르르 잠들어버리다. 또!

남 편 의 피 렌 체

✤

어젯밤 나도 모르게 기분이 좋아져 며칠 전 슈퍼에서 사둔 5유로짜리 키안티 와인을 혼자서 다 마셔버렸다. 평소 서울에서 몇 십 분 이상 걸어본 적 없는 아내는 연일 계속되는 강행군과 남편의 호언장담과는 전혀 다른 피렌체의 한파에 지쳐 이미 침대에 쓰러진 직후였다. 좋아하는 음악을 들으며 피사에서 찍어온 사진을 예전에 함께 유럽을 여행한, 지금은 시카고에서 법률을 공부하느라 고군분투 중인 옛 친구에게 보냈더니 금세 답장이 왔다. 15년이 지난 지금, 한 명은 북아메리카에 그리고 또 한 명은 유럽에 있는 걸 보니 역시 우리 운명도 참 예사롭지는 않다는 생각에 피식 웃음이 났다. 서울에서 평범한 회사 생활하면서 가끔씩 얼굴 보며 소주 한잔 나누는 사이로 늙어가도 하등 이상할 게 없는 게 우리 나이 또래의 삶인데, 둘은 여전히 방황하고 있다. 물론 내 쪽이 더 심하지만.

이런 저런 이야기를 실시간 채팅 수준의 문자로 나누면서 와인을 한두 잔 마신다는 게, 술을 전혀 입에 대지 못하는 친구의 몫까지 마셔버린 듯 취해버렸다. 그대로 침대로 기어들어와 자고 일어났더니, 서울에서도 좀체 느껴보지 못한 숙취 때문에 머리가 깨질 지경이었다. 생각해보니 서울에서도 와인을 혼자 한 병 다 마셔본 적이 없었다. 소주나 맥주에 비해 와인은 내게 늘 비싼 술, 한 번에 다 비워서는 안 되는 술이었다. 하지만 이곳 피렌체는 달랐다. 시장에서 튀김 한 접시를 먹어도 와인이 있었고, 점심 저녁 가릴 것 없이 와인이 빠지면 뭔가 허전했다. 살면서 지금껏 마셔온 와인보다 여기서 며칠간 마신 게 더 많지 않을까 싶을 정도였는데, 키안티 와인을 물처럼 마시면서 비로소 내가 이탈리아 토스카나 주(州), 그리고 피렌체에 와 있음을 다시한 번 실감했다.

문제는 마땅히 숙취를 해소할 방법이 없다는 것. 지난 세월 소주에 익숙해진 내 위장은 뜨끈하고 매콤한 국물을 간절히 원하고 있었지만 한국 식당이 없는 피렌체에서는 어디서 무엇을 먹어야 할지 감이 잡히지 않았다. 그렇게 한참을 고민하다가 우유거품을 진하게 낸 카푸치노를 한 잔 들이키자 속이 좀 나아졌다. 하긴 서울에서 직장생활 할 때도 혀를 데일 듯 뜨거운 아메리카노로 술 마신 다음 날 속을 달랜 적이 있었으니 그렇게 놀라운 일은 아니었다.

와인에서 시작해 카푸치노로 이어지는 이탈리안 스타일의 흐름이 나를 몹시 유쾌하게 한다. 물론 숙취가 통 가시질 않아 하루 종일 제법 고생했지만, 그게 대수겠는가. 정말 아무리 생각해봐도 일생에 다시 오지 않을 순간들을 만끽하고 있다.

아 내 의 피 렌 체

✿

대학교 졸업을 앞둔 그때, 대기업에 입사한 친구들과 만나는 자리가
불편했었다. 난 말 그대로 백수였고 졸업 후에도 불투명하기만 한 길
이 눈앞에 펼쳐져 있었다. 당시 푸드스타일리스트라는 직업은 열 명
중 한두 명이 알고 있을 정도로 생소한 분야였다. 졸업 후에도 내 벌
이는 한 달에 많아야 고작 20만 원 정도였고 가족들, 친구들은 모두
나를 걱정했다. 길지 않은 내 인생에서 고난의 시절이라 말할 수 있는
2005~2006년은 암울함 그 자체였다. 홍대 반지하 작업실 시절 나는
한 달에 100만 원을 벌고 싶다고 생각했다. 월세와 생활비를 낸 나머
지 순수익이 아니라 그냥 돈 100만 원이 내 통장에 찍혀보길 바랐다.

그 바람을 이루기까진 꽤 긴 시간이 필요했다.

어찌 보면 신랑은 나와는 정반대의 삶을 살았다고 할 수 있다. 대학 졸업 후 어학연수를 떠났고 대기업에 입사했다. 누가 봐도 안정된 삶을 보낸 것이다. 그리고 3~4년이 지났으니 인생의 권태로움을 느끼는 고민의 시간이 올 법도 하다. 그래야 공평한 것도 같다. 하필 결혼하고 1년도 채 되지 않아서 이런 시련을 겪게 된 것은 참으로 유감스러운 일이나, 그래도 너무 늦어버리지 않아 다행이다. 불확실성에 도전했던 스무 살의 나와 더 큰 불확실성을 모험하는 서른다섯의 신랑. 시기가 다를 뿐이지 둘은 어쨌든 같은 고민을 하고 있는 것이 아닐까. 누구나 괴로운 순간은 온다. 하지만 자신의 인생을 어떤 방향으로 이끌어 나갈지에 대한 결정은 본인이 해야 한다. 그리고 주위의 염려에 굽히지 않을 만큼의 용기도 필요하다. 적어도 우리 부부는 그만큼의 용기를 냈고, 이제 그 결정에 책임을 지는 일만 남았다.

오늘은 시저샐러드를 만들며 추억에 젖어본다. 홍대 반지하 작업실 시절에 내가 가장 많이 만들어 먹던 음식은 샐러드였다. 푸드스타일링을 할 때 늘 치커리와 로메인, 베이비채소를 넉넉히 샀는데, 촬영 후엔 남은 재료로 2~3일간 샐러드만 해 먹었다. 생활비도 부족했던 시절이라 남은 음식으로 최대한 다양한 메뉴를 시도하곤 했는데, 이 시저샐러드는 큰맘 먹고 이태원 외국인 마트에서 7천 원짜리 앤초비 통조림 한 캔을 사서 만들어 보았던 적이 있다. 이곳의 중앙시장에서 7천 원어치 앤초비를 사면 한 달 동안은 먹겠더라. 그때만 해도 로마의 시저 황제가 즐겨 먹었던 샐러드로 알고 있었는데 알고 보니 미국의 '시저 카디니'라는 사람이 처음 만들어서 시저샐러드란 이름이 붙었단다. 그때와 지금은 많은 것이 달라졌다. 7천 원이나 주고 산 앤초비가 너무 짜고 비려서 엄청 억울했었는데, 지금은 이 짠 맛이 맛있게만 느껴진다.

시저샐러드

재료

로메인 1포기
바게트 1개
마늘 1톨
올리브유 2큰술
파마산 치즈 1/2컵

드레싱

달걀노른자 1개
올리브유 5큰술
레몬즙 1큰술
앤초비 3마리
소금·후추 약간씩

만드는 법

1 바게트는 1cm 두께로 썬다 로메인은 한 장씩 떼어내서 깨끗이 씻
   는다.

2 마늘을 반으로 썰어 바게트 표면에 문지른 뒤 올리브유를 두른 팬에
   서 노릇하게 굽는다.

3 파마산 치즈는 감자필러를 사용해서 얇게 저민다.

4 달걀노른자, 올리브유, 다진 앤초비, 소금, 후추, 레몬즙을 작은 볼에
   담고 잘 섞는다.

5 드레싱을 섞은 볼은 끓는 물이 담긴 냄비에 넣고 중탕하며 잘 섞어
   크림처럼 걸쭉하게 만든다.

6 접시에 준비한 로메인, 빵, 파마산 치즈를 담고 드레싱을 곁들인다.

피렌체 **둘러보기**

Basilica di
Santa Croce
산타 크로체 성당

오전 9시 30분부터 오후 5시까지 개
방. 일요일은 오후 1시부터 오픈.

설명이 필요 없는 미켈란젤로, "그래도 지구는 돈다."의 갈릴레
오, 그리고 《군주론》의 마키아벨리는 모두 같은 곳에 묻혀 있는
데, 그곳이 바로 산타 크로체 성당이다. 이 점만으로도 산타 크로
체 성당을 찾을 이유는 충분하지만, 거기에 더해 천재 조각가 도
나텔로의 마지막 작품까지 남아 있다. 피렌체가 낳은 위대한 선
지자들의 숨결을 느끼기에 산타 크로체만한 곳이 없다는 건 바로
이런 연유 때문이다.

아내가 이탈리아 요리 수업을 듣는 학원과 불과 300여 미터 떨
어져 있어서, 수업 들여보내고 난 뒤 이곳 주변을 자주 배회하곤
했다. 날씨가 좋은 날엔 광장 한쪽에 마련된 벤치에서 쉬어가며
사색하기 좋다. 성당 정면을 바라봤을 때 왼편으로 단테의 거대
한 입상이 서 있는 모습도 인상적이다.

피렌체 **맛보기**

Caffe
Gilli
카페 질리

위치 : Via Roma 1/r
메뉴 : 아메리카노 1.30유로, 카푸치
노 1.40유로, 아페리티보 칵테일
9.00유로

피렌체에 있는 동안 우리가 가장 자주 들러 이용한 카페. 정장을
깔끔하게 차려입은 남자 직원들이 능숙하고 세련된 솜씨로 커피
를 내려 기분 좋게 서비스한다. 저녁에는 아페리티보(식전에 간단
한 칵테일이나 와인으로 식욕을 돋우는 음식 문화)를 제공하니, 칵
테일 한잔과 함께 요기도 가능하다. 1733년 오픈한 전통 있는 카
페로 레푸블리카 광장 모퉁이에 자리 잡고 있으며, 넓게 펼쳐진
노천 테이블에서 유럽식의 우아한 분위기를 느끼며 식사도 가능
하다. 디저트의 종류가 무척이나 다양한데, 특히 초콜릿의 인기
가 높아 관광객들의 발길이 끊이지 않는다. 초콜릿과 쿠키를 좋
아하는 사람이라면 한번쯤 들러볼 만한 명소.

AM 08:30 침실 천장의 창문 사이로 쏟아져 내리는 아침 햇살. 이 좋은 햇살 덕에 자연스레 눈이 뜨이다.

AM 09:40 간단한 아침 식사. 그리고 빠질 수 없는 카푸치노.

PM 12:30 첫 요리 수업이 있는 날이라 학원에 조금 일찍 도착하다. 가방 둘러멘 폼이 영락없는 대학생인데?

PM 13:45 아내 등교시키고 홀로 아르노 강을 따라 걷는 남편. 추위를 피하려 카페에 들어가 따뜻한 카푸치노 한 잔.

PM 15:20 다소 늦게 끝난 첫날 요리교실. 푸드스타일리스트인 아내만이 오직 요리 전공자(?)라 사랑을 듬뿍 받다. 직접 만든 티라미수를 산타크로체 성당 앞에서 비를 피해가며 맛있게 나눠 먹다.

PM 16:00 오늘은 산로렌초 성당으로. 성당이 참 많은 피렌체. 한 달 동안 다 보고 갈 수 있을까.

PM 17:00 집에 와서 영화 〈라따뚜이〉를 DVD로 감상. 요리를 주제로 한 영화 혹은 이탈리아가 배경인 영화를 많이 챙겨왔다. 영화는 다 보고 가야지!!

PM 19:45 베트남 쌀국수를 집에서 만들어 볼까 해서 지난번 찾았던 아시아 식료품점으로. 그러나 8시 영업 종료라 아쉬움을 뒤로 하고 늘 가던 중앙역 근처 슈퍼마켓으로 발길을 돌리다.

PM 21:35 키안티 클라시코 와인에 아티초크 튀김을 곁들여 일본 영화 〈안경〉을 보다. 오늘은 무비 데이(Movie Day)!

남 편 의 피 렌 체

모든 여행은 '가이드북'이라 불리는 여행안내서를 손에 넣는 순간부터 시작된다. 목적지를 결정하는 것에서부터, 여행에 대한 상상력을 증폭시키고 뭘 먹어야 할지, 혹은 어느 곳에 묵어야 할지 확인하는 실용적인 목적에 이르기까지, 여행안내서가 관여하지 않는 영역은 없다고 봐도 무방하다. 아무리 모바일이 유용한 시대라고 해도, 두툼한 여행안내서가 손에 없을 때의 '불안함'은 익숙한 생활 속에서 감수할 수 있는 '불편함'과는 다른 차원의 것이다.

하지만 '여행안내서가 성경이나 코란처럼 독자의 삶의 행로를 규정한다.'라는 소설가 김영하의 말은 결코 과장이 아니다. 하나의 안내서를 선택하고 신봉하는 순간, 우리는 수많은 독자들과 동일한 경로 위에서 비슷한 음식을 먹으며 우리의 시각이 아닌 작가의 시각으로 그 도시를 감상하기 시작한다. 그가 소개한 롤랑 바르트의 말마따나 '텍스트의 바깥은 없는' 것이다.

낯선 도시까지 당신을 안내하는 역할만으로도 여행안내서는 충분하다. 그 도시에 적응하고 음미하는 일은 전적으로 여행자의 몫이 되어야 한다. 책에 대한 의존을 일정 부분 덜어내고, 스스로의 감각을 믿는 일에서부터 진정한 여행은 시작된다. 텍스트의 바깥으로 벗어나라. 당신이 몇 년을 꿈꿔온 외국 도시의 맨 얼굴이 바로 거기에 있다.

아 내 의 피 렌 체

✤

난 늘 궁금한 것에는 열심이었다. 중학교 때는 물리를 참 좋아했는데 공식을 외우는 것보단 공식의 증명이 궁금했고 그걸 알아가는 것에 흥미를 느꼈다. 푸드스타일리스트 일을 하면서도 나의 호기심은 큰 도움이 되고 있다. 다른 사람이 스타일링을 한 것도 어떻게 한 것인지 궁금해지기 시작하면 사용된 소품이며 요리한 방법을 알아낼 때까지 조사하고 연구해서 끝내 알아내고 마는 집요함이 있다. 그렇게 궁금증을 해소하고 나면 왠지 스스로에게 승리한 느낌이 든다.

여행도 호기심에서 시작될 때가 많다. 에펠탑과 바게트에 대한 궁금증으로 파리에 갔고, 제이미 올리버에 대한 궁금증으로 런던에 갔다.

파리의 바게트는 슈퍼마켓의 것도 겉은 '파삭', 속은 '촉촉'했고, 제이미 올리버가 사랑한다는 양념가게가 있는 포토벨로 마켓은 정말이지 영화 〈노팅힐〉에 나왔던 것처럼 사랑에 빠질 수밖에 없는 곳이었다. 이번 피렌체 여행은 이탈리아 음식과 두오모에 대한 궁금증에서 시작되었는데 솔직히 말하면 나는 두오모보다는 피자나 파스타 쪽이 확실히 더 끌렸다.

사실 난 이탈리아 여행이 처음이다. 지금껏 파스타와 티라미수 등 이탈리아 요리들을 학생들에게 종종 가르쳤지만 정작 본토에서 이 음식들을 맛볼 기회는 없었던 것이다. 물론 서울이나 다른 유럽의 도시에서도 훌륭한 이탈리안 요리사의 음식을 접할 수 있었기에 여기에 와서도 대부분의 음식은 그리 생소하지 않았다. 하지만 '이탈리아의 간(짠 정도)'과 이탈리아 본토의 물로 모카포트에서 추출한 에스프레소 같은 것들은 이곳이 아니면 평생 모를 것들이 아닌가.

그중 내가 유독 궁금했던 음식 중 하나가 '뇨키'다. 뇨키는 감자와 밀

가루를 동그랗게 빚어서 만드는 이탈리아식 수제비다. 지금까지 서울의 유명하다는 셰프들의 레스토랑에서 여러 번 맛본 결과, 집집마다 레시피가 천차만별이라 어떤 것이 정통인지 통 알 수가 없었다. 이번 피렌체 여행에서 뇨키는 꼭 먹어보리라 맘먹고 있었는데, 마침 오늘 요리교실 메뉴가 '시금치 뇨키'다. 얏호!

오늘 요리교실에서 뇨키에 대한 새로운 사실 몇 가지를 알게 되었다. 첫째, 포크로 찍어서 모양을 내야만 뇨키는 아니라는 사실. 소스가 잘 머물러 있도록 하는 방법일 뿐이지 정답은 없다는 것. 우리가 송편을 만들 때 토끼 모양도 만들고 별 모양도 만들 듯, 어떤 모양으로도 만들 수 있다고 했다.

둘째, 서울의 레스토랑에서나 맛보던 뇨키는 우리네 만두나 송편처럼 이탈리아에서는 온 가족이 둘러 앉아 빚어서 먹었던 음식이라는 것. 스파게티 같은 면은 어느 정도 숙련된 솜씨가 필요하지만 뇨키는 만들기가 워낙 쉽기 때문에 보통은 엄마가 반죽을 넉넉히 만들어서 식탁으로 가져오면 가족들이 둘러앉아 도란도란 이야기를 나누며 제각기 다른 모양으로 빚어냈다고. 솜씨 좋은 종갓집 맏며느리는 칼국수를 착착 썰고 서툰 새댁은 수제비를 뜨는 것과 비슷하달까.

셋째, 이탈리아 남부의 뇨키는 감자보다는 밀가루를 많이 넣어 쫄깃하고 북부의 뇨키는 감자를 듬뿍 넣어 크림처럼 부드럽다는 것. 다 같은 뇨키인 줄 알았는데 평양냉면, 서울냉면 다르듯 그렇단다.

이런 이유로 내가 여태 맛보았던 뇨키의 맛이 조금씩 다 달랐던 것이라니. 그런데 오늘의 뇨키 레시피는 쫄깃하지도, 크림처럼 부드럽지도 않은 그 중간 정도의 느낌인 것 같아 선생님한테 물어보니 이건 본인 스타일이라고 한다. 아, 복잡한 뇨키의 세계여.

시금치 뇨키

뇨키

시금치 300g
리코타 치즈 200g
소금 1작은술
밀가루 5큰술

토마토소스

올리브오일 1큰술
양파 1/2개
토마토 퓨레 2컵

만드는 법

1 끓는 물에 소금 1작은술과 시금치를 넣고 30초간 데친 뒤 건져서 찬 물에 헹궈 물기를 꼭 짠다. 물기를 뺀 시금치와 양파를 칼로 곱게 다진다.(푸드프로세서가 있으면 갈아도 좋다.)

2 볼에 다진 시금치와 리코타치즈, 소금을 넣고 잘 섞는다.

3 뇨키반죽을 동그랗게 빚고 밀가루에 굴린 뒤 가루를 살살 털어낸다.

4 모양낸 뇨키를 끓는 물에 데쳐낸다.(1분 정도)

5 팬을 달구고 올리브오일을 뿌린 뒤 양파를 볶는다. 양파가 투명하게 익으면 토마토 퓨레를 넣고 약불에서 끓이다가 데쳐낸 뇨키를 넣고 잘 섞는다.

• 기호에 따라 후추나 파마산 치즈를 뿌려서 먹기도 하지만 그대로 담백하게 즐기는 것도 굿!

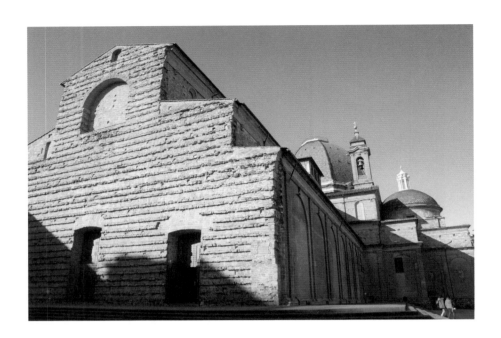

피렌체 **둘러보기**

Basilica di
San Lorenzo
산 로렌초 성당

오전 10시부터 오후 5시 30분까지 개방. 3월부터 10월까지 일요일은 오후 1시 30분부터 오픈. 그 외 달은 일요일 휴무.

피렌체와 르네상스를 제대로 이해하기 위해서는 메디치가를 그냥 지나쳐서는 안 된다. 군주국이 아니었기 때문에 왕이나 황제가 있었던 건 아니지만, 도시국가였던 피렌체를 14세기부터 실질적으로 지배한 건 메디치 가문이었다. 특히 '위대한 자' 로렌초 데 메디치가 집권하고, 재능 있는 예술가들을 본격적으로 후원하기 시작하면서 르네상스는 실질적으로 꽃을 피우게 된다.

산 로렌초 성당은 이런 메디치가의 가족성당으로, 미켈란젤로에게 의뢰한 정면 파사드가 미완성인 채로 남아 있어 눈길을 끈다. 하긴 미켈란젤로가 못한 걸 감히 누가 대신하겠다고 나설 수 있었으랴. 메디치가의 극진한 총애를 받았던 도나텔로의 무덤과 미켈란젤로가 설계한 다른 작품들이 곳곳에 숨어 있어 르네상스를 느끼며 찾아보는 재미도 쏠쏠하다.

AM 08:00 눈뜨자마자 르네상스 관련 서적 탐독. 피렌체에 오기 전에 이 모든 걸 알고 있었다면 얼마나 좋았을까. 깨달음은 언제나 조금 늦게 찾아온다.

AM 09:10 어제 점심 이후 미뤄온 설거지 개시. 서른 해 넘게 살아오는 동안 한 가지 확실하게 말할 수 있는 건, 일기와 설거지는 되도록 미루지 않는 편이 좋다는 것.

PM 12:30 절인 토마토와 살라미를 곁들인 토스트로 아침 겸 점심. 아, 상콤하고 신선한 이 맛.

PM 13:00 요리교실 두 번째 시간. 원래는 화, 목 수업이지만 내일이 발렌타인데이라 하루 앞당겨 수업하다.

PM 13:30 시뇨리아 광장에서 책을 읽던 남편. 한국 식품점 찾아 베키오 궁전 뒷골목을 다시 한 번 샅샅이 뒤졌으나 결국 이번에도 실패. 한국 음식이 꼭 먹고 싶다는 건 아닌데, 이렇게 못 찾으니 오기가 생긴다. 주소를 정확히 적어 와서 다시 도전해야 할 듯.

PM 15:20 오늘의 요리교실 끝. 메뉴는 '키위와 귤 타르트'. 걸어가며 가볍게 베어 물고, 리나센테 백화점 4층의 키친웨어 코너로 이동. 오늘 예산은 50유로. 즐거운 비명을 지르는 아내.

PM 16:45 어제 못 갔던 아시아 식료품점에서 쌀국수 재료 및 고수 구입. 뜨끈한 국물이 당기는 피렌체의 2월.

PM 19:00 정리에 강박증이 있는 남편과 웬만한 건 넘어가는 아내의 피렌체 첫 대청소. 각자 주방과 마루를 나눠 맡다. 1시간이 넘도록 쓸고 닦고, 휴. 2시간 만에 겨우 끝.

PM 21:00 피렌체에 와서 처음으로 먹는 국물 요리. 소고기가 없어 며칠 전 사둔 닭다리를 썼는데, 맛이 기대 이상으로 훌륭하다. 우리가 사랑하는 고수도 듬뿍!

남 편 의 피 렌 체

✻

어제부터 이틀째 아내를 이탈리아 요리학원에 등하교시키고 있다. 학부모가 되어 아이를 초등학교 교실에 노심초사하며 들여보내는 심정이랄까. 아무리 멀다 해도 피렌체 시내라면 혼자서 다닐 수 있을 법한 거리지만, 그래도 우리는 여기서 잠시라도 떨어져 지내는 법이 없다. 앞으로 몇십 년을 얼굴 맞대며 산다 해도 이렇게 둘이 24시간 붙어 지내는 때가 또 올까? 쉽지 않은 상상이다. 그런 면에서 지금 우리는 인생에서 두 번 없을 아주 특별한 시간을 보내고 있는 셈이다.

일주일에 두 번, 총 3주간 6번 진행되는 과정인데 당연히 영어로 하는 줄 알고 한국에서부터 열심히 검색해서 예약하더니, '거의 이탈리아 말만 쓰더라'며 조금은 울상이지만 새로운 배움에 아내는 신난 표정이다. 본 조르노(Boun Giorno, 안녕) 밖에 못 알아들을 텐데 하고 걱정스런 마음으로 들여보냈는데, 웬걸, 캘리포니아에서 온 친구까지 사귀고 왔다는 씩씩한 말에 불쑥 대견한 마음이 들었다. 이런 게 바로 부모 마음이구나, 하며 속으로 혼자 미소를 지었다. 다 컸네, 우리 딸. 아니, 우리 아내.

한국에서 미리 등록한 이탈리아 요리학원은 단테의 입상이 서 있는 산타 크로체 성당에서 불과 3분 거리에 있는 '미켈란젤로 인스티튜트'인데, 학원 이름에 미켈란젤로가 당당하게 들어가는 위엄은 오직 이탈리아에서만 가능한 일이다. 피렌체는 그런 도시다. 미켈란젤로의 작품이 도처에 아무렇지 않다는 듯 널려 있고, 그의 유골도 이 도시 어딘가에 조용히 잠들어 있는. 어린 시절엔 닌자거북이의 멤버 중 하나로만 알았던 미켈란젤로의 도시에 온 감회는 여기저기에서 예상치 못한 순간에 새로워진다. 물론 그와 맞먹는 거장들의 숨결이 도시 곳곳에 녹아 있지만.

어제는 양손 가득 내가 지금까지 보지 못한 크기의 대형 티라미수를 2개나 들고 나타났는데, 비가 와서 마땅히 앉을 데는 없고, 그래서 산타 크로체 성당 주변의 처마 밑에서 비를 피하며 사이좋게 나눠 먹었다. 과연 오늘은 뭘 배워올지 기대하며 여전히 쌀쌀한 피렌체 시내를 2시간 동안 홀로 배회하다 보니 어제와 오늘 합쳐 4시간이 최근 들어 그녀와 떨어져 지낸 유일한 시간이었음을 문득 깨달았다. 벌써부터 보고 싶어지는 내 짝꿍, 오늘은 또 어떤 이탈리안 요리를 배워올까, 혼자서 맛있는 상상을 하며 설레하고 있자니 저 멀리서 타르트를 들고 오는 그대가 보인다. 아, 반갑다.

아 내 의 피 렌 체

✿

한 달 동안 피렌체에 지내면서 요리학교를 다닐까 고민했었다. 한 달이라도 매일 가는 클래스가 있으면 적어도 30~60가지 레시피를 배우게 될 테니까. 남편에게 말을 했더니 한 달 전쯤 몇 곳의 요리학교와 학원을 서치해서 리스트를 뽑아주었다. 요리학교에서 운영하는 한 달짜리 클래스에서부터 현지인들이 배우는 일일 클래스까지 다양하게 알아봐주었다. 리스트의 홈페이지를 하나씩 들어가서 시간표와 커리큘럼, 수강료 등을 꼼꼼히 살폈다. 한 달 동안 풀타임(full time)으로 배우고 그럴 듯한 수료증을 주는 곳도 있었지만, 둘이 보내는 시간이 너무 없어질까봐 가볍게 들을 수 있는 미켈란젤로 인스티튜트의 단기 요리교실을 선택했다.

이 클래스는 본격적인 요리 강의라기보다는 어학을 배우기 위한 사람들이 음식을 만들어보며 어학을 좀 더 친근하게 배울 수 있게 도움을 주자는 취지로 개설된 것이었다. 수강료도 1회에 3만 원 정도로 저렴하다. 또 일주일에 두 번씩 하루에 2시간 동안 수업을 하고 1회에서 8회까지 선택해서 신청할 수 있는 것도 마음에 들었다. 딱 한 달간 이 곳에서 지낼 예정이니 3주 동안 여섯 번의 수업을 들어보기로 했다. 마지막으로 요리수업을 들어본 게 4년쯤 전이었던 것 같다. 당시 인기가 있던 레스토랑의 셰프에게 듣는 시연 수업이었는데, 그때 이후론 그런 수업을 들어볼 마음의 여유와 시간조차 없었다. 이번 여행은 여유롭게 휴식 하는 것이 목적이라 동네 문화센터 가는 기분으로 부담 없이 뭔가를 배울 수 있다는 사실에 설렜다.

새로운 사람들과의 만남도 신선했다. 여기에 와서 아는 사람이 없으니 주로 남편과 둘만의 시간을 보냈는데 같은 수업을 듣는 다양한 사람들을 만나게 되니 이것 또한 하나의 즐거움이었다. 아고스티노 선생님은 첫째날 나를 소개하면서 이곳에 어학 수업은 전혀 듣지 않고 요리 수업만 들으러 온 사람은 내가 학교 역사상 처음이라고 했다. 때문에 한국에서 온 이 학생은 이탈리아어를 전혀 못하니 종종 영어로 수업을 진행해도 이해해달라고 학생들에게 양해를 구해주었다. 또 한국의 푸드스타일리스트라고 소개했더니 시연 수업의 보조를 나에게 맡겨주었다.

사소한 질문에도 자세히 설명해주는 아고스티노 선생님은 말을 할 때 얼굴을 바짝 갖다 대서 코와 코 사이의 간격을 1센티미터 정도로 유지하며 말을 했다. 처음에 내가 너무 놀라며 뒷걸음질 쳤더니 캐나다에서 온 존 아저씨가 말하기를 '지극히 이탈리아적(very Italian)'이란다. 그것 말고도 몇 가지 지극히 이탈리아적인 것들을 알려주었다.

가장 재미있었던 것은 뭔가를 맛있다고 할 때 눈을 휘둥그레 뜨면서 두 손을 위로 올려 앞뒤로 크게 흔들며 '몰토 베네(Molto bene)!' 하는 것, 그리고 식당에서 아무 말 않고도 한 손을 옆으로 휘저으면 접시를 치워준다는 보디랭귀지다.

함께 수업을 듣는 8명의 학생들은 모두 다양한 이유로 어학연수를 왔다가 요리 수업을 취미로 듣는 사람들이다. 때문에 다들 요리에는 큰 흥미를 느끼지 않는 듯하다. 주로 조리 과정에 새롭게 등장한 단어의 해석에 관심이 있고 음식에 관한 질문은 주로 나만 한다. 수업은 주로 이탈리아어로 진행되고 나는 눈치로 내용을 이해한다. 샌프란시스코에서 온 친절한 아주머니가 영어로 적은 레시피를 매번 나에게 보여주어서 다행히 레시피는 정확히 알 수 있다. 언어학을 전공한 선생님도 이런 나의 요리 열정이 적잖이 부담됐던지 자신의 요리책 몇 권과 이탈리안 사전을 빌려주며 수업이 끝난 뒤 몇 가지 보편적인 이탈리안 레시피를 따로 알려주기도 한다.

전문적인 요리 수업은 아니었지만 여기서 수업을 듣길 잘했단 생각이 든다. 이 수업을 듣는 두 시간 동안 온전히 학생으로 돌아간 내게는, 이 레시피가 얼마나 맛있는 것인지, 또 이 조리법이 이탈리아 전통의 방식인지 아닌지는 별로 중요치 않다. 실제로 냉동 식재료를 사용하여 파스타를 만들기도 하고 믹서기로 타르트 반죽을 만들기도 한다. 절반 이상은 맛이 없다고도 말할 수 있는 정도의 수준이지만 나는 이 시간이 정말 즐겁다. 가방을 메고, 출석을 하고, 사람들을 만나고, 책상에 앉아서 수업을 듣고 하는 이 모든 과정 덕분에 한 달간 늘어져 있지만 않게 되어 고맙다. 이탈리아 식문화의 기본 지식도 적잖이 배울 수 있다. 아파트를 렌트하고 현지인처럼 지내보겠다고 다짐했던 것을 이 클래스를 통해 좀 더 실현할 수 있게 된 것 같다. 고마워요, 남편님.

딸기 티라미수

재료

레이디핑거 쿠키(사보이
아르디) 10개
에스프레소 2잔
마스카포네 치즈 1컵
달걀노른자 2개
카카오파우더 2큰술
설탕 2큰술
바닐라빈 1개
딸기 8개

만드는 법

1 볼에 달걀노른자 2개를 풀고 설탕과 바닐라빈의 씨를 넣어 잘 섞는
   다.(바닐라빈은 반으로 갈라서 칼등으로 안쪽의 씨만 긁어내세요.)

2 1에 마스카포네 치즈를 넣고 잘 섞는다.

3 레이디핑거 쿠키를 반으로 부러뜨려서 에스프레소에 푹 담가 적신
   뒤 컵이나 오목한 용기 바닥에 채운다.

4 그 위에 미리 섞어둔 2를 듬뿍 올리고 다시 에스프레소에 적신 레이
   디핑거 쿠키를 올린다. 이런 과정을 재료가 없어질 때까지 반복한다.

5 맨 위에 카카오 파우더를 뿌린 다음 딸기는 꼭지를 자르고 원하는
   모양으로 썰어 장식한다.

149

피렌체 **둘러보기**

La Rinascente
Firenze
라 리나센테
백화점 4층

위치 : 레푸블리카 광장 근처

아내나 여자친구가 요리에 관심이 있거나, 예쁜 그릇을 좋아한다면 혹은 둘 다 좋아하는데 환전해온 유로가 넉넉하지 않다면 이곳은 피하는 게 좋다. 전쟁터에 나가는 것만큼 쇼핑 따라다니는 데서 스트레스를 받는다는 남자들에게는 썩 유쾌한 경험이 되지 않을 가능성이 농후하다. 하지만 그게 아니라면 이곳만큼 쇼핑하기 좋은 곳도 없다. 키친웨어뿐만 아니라 인테리어 소품과 예쁜 포장의 초콜릿 등 스낵류도 다양하게 준비되어 있어 눈을 떼지 못하게 한다.

Vivi
Market
비비 마켓

피렌체 시내의 유일한 아시아 식품점. 한국과 일본 식품들을 판매하는 '사포리 디 코레아(Sapori di Korea)'가 있긴 하지만, 매장이 좁고 주로 완전 가공식품만 판매한다는 점에서 이곳과 견주기는 어렵다. 베트남, 중국, 일본 등 나라별로 섹션이 구성되어 있어 원하는 제품을 찾기 쉽고(한국은 따로 구분 없이 타 국가 진열대에 얹혀 있다. 아, 서러워라), 고수 같은 채소류도 냉장 유통되고 있기 때문에 계속되는 이탈리아 식사에 지친 여행객이라면 한번쯤 들러 봄 직하다.

위치 : Via del Giglio 20/22r
제품 : 한국라면 1.20유로, 고수 1봉지
1.00유로, 일본간장 150ml 3.10유로

다양한 음식점의 차이

피렌체에서 우리가 가장 헷갈린 지점. 모두 음식을 팔고 있다는 점에서는 큰 차이가 없지만, 가리키는 이름은 각각 리스토란테(Ristorante), 트라토리아(Trattoria), 오스테리아(Osteria) 등으로 달랐다. 도대체 우리는 어디에 가야 하는 것일까?

- **리스토란테(Ristorante)** 풀 서비스(Full Service)를 제공하는 고급 식당. 대부분의 경우 사전 예약이 필요하며, 내부는 매우 전통적인 이탈리안 장식으로 꾸며져 있는 경우가 많다. 소믈리에를 포함한 스탭들은 음식과 와인에 대해서 적절한 서비스와 풍부한 지식을 갖추고 있다. 숙련된 전문 요리사들이 주방을 담당하고 있다. 가격도 당연히 만만치 않다.

- **트라토리아(Trattoria)** 리스토란테보다는 격식을 덜 갖춰도 되는 식당. 중간 정도의 가격으로 캐주얼한 서비스가 제공된다. 이탈리아를 방문했을 때, 비싸진 않지만 합당한 수준의 음식을 제공하는 식당을 찾는다면 트라토리아가 답이다. 자리 안내를 해주는 호스트가 없을 수도 있는데 이 경우 알아서 자리를 잡으면 된다. 메뉴판은 따로 인쇄하지 않고 그날 그날 칠판에 적는 경우가 많다. 지역에서 나는 재료를 풍부하게 쓴 음식과 로컬 와인을 제공하며, 주로 가족들이 소유해서 운영하는 작은 가게를 일컫는 게 기본이다. 미국에서도 종종 이탈리아적인 느낌을 주기 위해 레스토랑인데도 트라토리아라고 이름을 붙인 경우가 많으니 참고.

- **오스테리아(Osteria)** 앞의 두 형태보다 격식이 없는 식당. 애초에 오스테리아는 간편한 숙박과 음식 그리고 와인을 제공하는 여관 혹은 게스트하우스를 일컫는 명칭이었으나, 현재는 로컬 와인과 기본적인 수준의 음식을 판매하는 동네 사랑방같은 편한 느낌의 음식점이 되었다. 관광객보다는 현지인들의 즐겨찾는 장소를 방문해보고자 한다면 오스테리아가 답이 될 수 있다.

- **피제리아(Pizzeria)** 피자 한 가지 메뉴만을 전문으로 다루는 식당으로, 이탈리아 남부의 나폴리에서 시작되어 현재는 전 세계 어디서나 볼 수 있는 피자 전문점을 말한다. 배달 서비스는 사실 이탈리아가 아니라 미국에서 시작된 것이며, 현재의 피제리아는 피자 한 메뉴에만 국한되지 않고 다른 음식들도 종종 제공한다. 매우 편안한 분위기에 가격도 부담없는 수준.

- **에노테카(Enoteca)** 그리스 말로 '와인 저장소'라는 뜻에서 유래한 에노테카는 와인 가게를 가리킨다. 다양한 종류의 와인을 테이스팅하거나 구입할 수 있으며, 대량 구입을 원하는 고객에게는 직접 생산자를 연결해주기도 한다.

- **파스티체리아(Pasticceria)** 빵과 디저트 그리고 커피를 파는 가게. 역사가 꽤 오래된 파스티체리아에서 구입한 제품은 이탈리아 내에서도 상당히 좋은 선물로 인정받는다. 젤라테리아(Gelateria, 아이스크림인 젤라토를 파는 가게)가 없는 작은 마을에서는 파스티체리아에서 젤라토를 판매하기도 한다.

- **파니노테카(Paninoteca)** 여러 가지 '핫&콜드' 이탈리안 샌드위치를 커피와 함께 제공하는 가게. 당연히 기본적인 메뉴도 맛이 나쁘지 않다. 여기는 바로 이탈리아, 그중에서도 토스카나니까.

AM 09:00 마치 밸런타인데이를 축복이라도 하려는 듯 아침 햇살이 눈부시다. 저녁까지 이 날씨가 이어졌으면 하는 바람인데, 미켈란젤로 광장에서서 피렌체의 노을을 감상하는 게 오늘의 가장 중요한 일과.

AM 09:30 해피 밸런타인데이를 맞아 우유 거품 가득한 카푸치노를 아내가 주문하기 전에 알아서 침실로 서빙하는 남편. 방긋 웃는 아내.

PM 12:00 중앙시장에서의 첫 곱창버거. 그런데 칼라마리(한치) 튀김을 파는 '피시 앤 칩스' 가게를 발견하는 엄청난 성과를 거두다. 우리가 세 손가락 안에 꼽았던 피렌체의 맛!

PM 16:00 미켈란젤로 광장에서의 야경을 멋진 사진으로 남기기 위해 집에서 삼각대와 카메라를 챙겨 출발. 그러나 삼각대 고정 볼트를 집에 두고 왔음을 광장에 도착해서야 알아채곤 허탈감 최고조. 야경 촬영 포기.

PM 17:50 본격적인 야경은 다음 주에 다시 감상키로 하고 피렌체 시내를 향해 씩씩하게 발걸음을 옮기다.

PM 18:45 코인 백화점 지하에서 인테리어 및 키친웨어 숍 발견. 리나센테 4층 매장만큼 매력적인 가게인 듯. 앞으로 몇 번을 더 오게 될까?

PM 19:10 레푸블리카 광장에서의 회전목마. 우리 인생에 있어 가장 화려하고 즐거운 한때가 물들어간다. 한 번으로는 아쉬워 두 번 탑승!

PM 19:45 집으로 돌아와서 카푸치노와 함께 조촐하지만 마음을 담은 저녁 식사로 밸런타인데이를 기념하다. 물론 하루를 마무리하는 마지막 잔은 키안티 와인으로.

남 편 의 피 렌 체

✤

아내를 만나지 않았더라면 내 인생의 피렌체도 없었거나 아주 늦어
졌을 것이다. 설령 피렌체에 올 운명이었다고 해도, 내 나이 서른다섯
에 회사를 그만두고 오는 일은 절대 일어나지 않았을 것이다. 그것만
은 확실하게 말할 수 있다.

아내와 나는 2010년 2월에 처음 만났다. 직장인에게는 늘 짧게만 느
껴지는 명절 연휴의 첫째 날이었는데, 그녀에겐 둘도 없이 친한 언니
이자, 나에겐 학생기자 시절에 가까워진 후배가 성사시켜준 소개팅
자리였다. 2009년 연말쯤 함께 술을 마시는 자리에서 우연히 소개팅
이야기가 나왔고, 여자친구와 헤어진 지 반 년쯤 지나면서 외로움에

사무쳐 있던 때라 나로선 마다할 이유가 전혀 없었다. 이미 앞으로 한 달가량은 소개팅 약속이 꽉 차 있었지만, 왠지 느낌이 나쁘지 않았다. 그렇게 우린 만났다.

푸드스타일리스트라고 했다. 난 사실 그녀를 만나기 전에는 푸드스타일리스트라는 직업을 전혀 알지 못했다. 머리나 옷을 매만져주는 스타일리스트는 들어봤어도, 음식을 스타일리시하게 꾸미는 일을 누군가가 전문적으로 한다는 데까지는 생각이 미치지 못했었다. 나중에야 알게 됐지만, 음식이 상업적으로 활용되는 세상의 어떤 작업에서도 푸드스타일리스트가 빠지는 일은 거의 없었다. 음식이 살짝이라도 등장하는 광고와 잡지의 먹음직스러운 화보 촬영에서부터 레스토랑 메뉴 컨설팅과 각종 방송 출연까지, 그녀의 활동 영역은 넓고도 방대했다. 회사에서 오래 참고 앉아서는 묵묵히 주어진 일만 하는 게 미덕이라 생각해온 나에게는 그녀와의 만남이 신선한 충격이자 강렬한 호기심을 불러일으키는 일생의 사건이라 할 만했다.

아무튼 나는 그녀를 보는 순간 '이 여자와 결혼하게 될 것'이라는 것을 직감했다. 서른 해를 넘게 사는 동안 단 한 번도 첫눈에 사랑에 빠진 적이 없었는데, 결국 내게도 그런 순간이 오고야 만 것이었다. 쌍커풀 없는 서글서글한 인상에 구김 없는 미소, 부모님에게 의존하지 않고 오직 꿈만을 바라보며 자기 길을 개척해온 뚝심까지, 내가 오랫동안 내 여자가 갖췄으면 하고 꿈꿔왔던 미덕을 모두 갖추고 있었다. 물론 키 큰 여자를 선호하던 내게 171cm라는 그녀의 키도 다소의 부담이면서도 확실한 매력으로 다가왔다. 게다가 서서 일하는 직업이라 하이힐을 신지 않는다니, 휴, 나도 모르게 안도와 기쁨의 한숨이 새어 나왔다.

그렇게 1년 8개월을 연애한 뒤 우리는 2011년 크리스마스를 일주일 앞둔 연말에 식을 올렸고, 샌프란시스코와 하와이로 보름간의 긴 신

혼여행을 다녀왔다. 이때부터 이미 우리의 외국 도시 생활의 꿈, 좀
더 구체적으로 말하자면 '1년에 최소한 1개의 도시에서 1개월 이상
체류하자'는 꿈의 씨앗을 뿌린 셈이었는지도 모르겠다.

현재를 살 것. 미래에 대한 지나친 걱정이나 두려움 때문에
지금 이 순간을 저당잡히지 말 것. 현실에 구애받지 않고 떠나고 싶을 때
언제든 떠날 수 있을 정도의 경제력만은 갖출 것.

비슷한 구석 못지않게 완전히 다른 삶의 행보를 걸어왔던 그녀와 내
가 전적으로 일치하는 부분이 이 지점이었다는 건 우리에게 축복이
었다. 남들보다 조금은 돌아가더라도 우리는 우리만의 속도대로 살
아가자고. 하와이에서 돌아오는 비행기 안에서 다짐했었다.
처음에는 알래스카였다가, 다시 이탈리아 포지타노에서 최종적으로
피렌체로. 결국 우리는 이 순간에 도달했다. 꿈을 현실로 만들어본 자

의 기쁨과 만족감이 이렇게 큰 것인지 나는 오늘 밤 레푸블리카 광장의 회전목마를 타면서 처음으로 깨달았다. 무엇보다 곁에 있는 아내에게 큰 고마움을 느낀다.

참으로 다행이다. 그대를 만나 사랑을 나누고 결국 이곳까지 함께 오게 되어서.

아   내   의   피   렌   체

✤

발렌타인데이를 위해 남겨둔 레푸블리카 광장의 회전목마를 오늘
드디어 탔다. 생각보다 더 로맨틱했고, 그래서 이 순간을 놓치지 않고
동영상으로 남겨두었다. 언젠가 세월이 흘러 애틋함이 덜해지는 나
이가 되면 이 영상을 보고 다시 한 번 회전목마를 타러 가야지.
'잘 익은 맛있는 사과 한 개와 맛없는 썩은 사과 한 개가 있다. 무얼
먼저 먹겠는가?' 그 질문을 받은 것이 열아홉 살, 고등학교 3학년 때
의 진로상담 시간이었다. 나는 '썩은 사과를 먼저 먹고 맛있는 사과
를 나중에 먹겠다'고 답했었다. 맛있는 사과를 먹고 맛없는 사과를
먹으면 입맛을 버려버릴 테니 맛없는 썩은 사과를 먹고 나서 맛있는

사과로 입 안을 개운하게 하겠다는 이유였다. 선생님은 다른 식으로 생각할 수도 있다고 하시며 '만약 썩은 사과를 먼저 먹었는데 배가 불러서 잘 익은 사과를 못 먹게 되면 어떻게 하냐'고, 또 '맛없는 사과를 먼저 먹어버리면 썩은 맛이 입에 남아 맛있는 사과가 덜 맛있게 느껴질 수도 있지 않겠냐'며 반문하셨다.

그때 그 상담 선생님의 성함도 얼굴도 사실 기억이 전혀 나지 않는데, 그때 그 말씀만큼은 아직까지도 또렷이 기억이 난다. 피렌체에 온 지 보름이 되어가는 오늘, 회전목마를 타다가 갑자기 그 말씀이 생각났고 우리의 여정에 강한 확신이 들었다. 신랑을 응원했지만 걱정이 더 컸던 마음도 편안해졌다. 나중을 위해 맛있는 사과를 남겨놓지 말고 지금 우리가 가장 좋아하는 것을 선택하자. 맛없는 사과는 지금 굳이 먹지 않아도 되지, 뭐.

피렌체 **둘러보기**

Piazza della
Repubblica
레푸블리카 광장

피렌체가 한때 이탈리아 왕국의 수도였다는 사실을 아는가? 나도 이 글을 쓰면서 처음 알았다. 1865년부터 1871년까지 6년이라는 짧은 기간 동안이니. 아시아에 위치한 '조용한 아침의 나라'에서 온 우리 부부, 그리고 당신이 모르는 게 전혀 이상하지 않다. 하지만 거대한 로마 스타일 아치가 뜬금없이 왜 광장의 한켠을 차지하고 있었는지 이제야 비로소 이해할 수 있을 것 같다. 르네상스 이후 처음으로 찾아온 피렌체의 영광을 기념하기 위해서는 이 정도의 장식물이 필요했던 것. 레푸블리카 광장은 사실 상당히 흥미로운 곳이다. 도심 북쪽으로부터 베키오 다리와 시뇨리아 광장에 접근하기 위해서는 거의 빠짐없이 지나쳐야 하는 곳임은 물론, 거리의 악사들과 한낮의 태양을 조금이라도 더 즐기려는 사람들이 뒤엉켜 미묘한 공기를 만들어내기 때문이다. 또 회전목마가 아름다운 피렌체 야경의 한 축을 당당히 책임진다. 물론 우리의 발렌타인데이도 함께 책임졌다.

Pescheria
Ultima Spiaggia
생선가게
울티마 스피아자

위치 : 중앙시장 내
메뉴 : 칼라마리 그릴 10유로, 해산물
튀김 모듬 7유로(한치+대구)/10유로
(한치+대구+새우)/15유로(한치+튀김
+새우+감자)

중앙시장은 오전 11시를 기점으로 그 전과 후로 나눌 수 있다. 본
업인 해산물 판매 외에 부업(?)으로 그 시간부터 피시 앤 칩스, 정
확히 말하자면 칼라마리(한치)와 대구를 기본으로 한 튀김요리를
팔기 시작하는 이 가게 때문이다. 다소 적막하다고도 할 수 있는
중앙시장에서 가장 요란하면서도 흥에 겨운 곳이다.

다소 무뚝뚝해 보이는 주인아저씨들의 친절함에 우선 반하고, 기
존의 그저 그런 피시 앤 칩스를 뛰어넘는 신선한 맛에 두 번 반
한다. 한치, 대구, 새우, 감자튀김 등을 섞어서 선택할 수 있고, 한
치는 그릴라(Grilla), 즉 구이로도 주문할 수 있다. 싱싱한 재료에
밀가루를 툭툭 쳐서 깨끗한 기름에 튀겨낸 것이 이 집 맛의 비결.
참치나 새우에 레몬과 소금 그리고 올리브유를 두른 가르파초 등
메뉴에 없는 요리도 주문하면 즉석에서 만들어준다. 화이트 와인
과의 궁합도 환상적이어서 정신없이 먹고 마시다 보면 '지금 우
리가 어디에 있고, 무엇을 하러 왔나'를 종종 잊곤 했다.

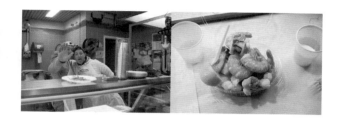

피렌체 **맛보기**

Nerbone
Due S.A.S
네르보네 뒤 사스

위치 : 중앙시장 내
메뉴 : 곱창/소고기 샌드위치 3.50유
로, 곱창 수육 6.50유로, 하우스 와인
1잔 1.00유로

우리나라 사람들에게는 키안티 와인의 산지로 알려져 있는 이탈
리아의 토스카나. 사실 와인도 와인이지만 유럽에서 유일하게 곱
창요리를 즐긴다는 지역답게 피렌체 중앙시장의 곱창 샌드위치
도 반드시 맛봐야 할 명물로 소문이 자자하다. 1872년 창업한 이
래 140여 년간 명맥을 유지하며 끊임없이 관광객과 현지인의 발
길을 끌어 모은다. 피크타임엔 한참 줄을 서서 기다려야 하는 것
은 물론 테이블을 차지하기도 힘드니 서둘러 가는 것이 좋다.
'파니노'라 불리는 빵에 곱창을 듬뿍 얹고 피렌체 스타일로 믹
싱한 토마토, 샐러리 그리고 인삼 소스를 뿌린 3.50유로짜리 샌
드위치가 기본 메뉴. 참고로 곱창은 이탈리아어로 '람프레도토
(Lampredotto)'인데, 수육만 푸짐히 먹을 수도 있다. 한국에서 먹는
것과 놀라울 정도로 맛이 비슷하고 의외로 개운해서 한국 음식이
그립다면 이곳에서 갈증을 풀어도 좋을 듯.

AM 02:00 악몽을 꾼 아내와 그녀를 달래며 팔베개가 되어주는 남편. 무슨 꿈이기에 이렇게 화들짝 놀랐을까. 안쓰러운 마음.

AM 10:00 밤새 잠을 설친 덕에 다소 늦은 아침. 우리 둘 다 몸과 마음이 다소 피곤하다.

AM 10:30 어김없는 카푸치노 타임. 오호, 거품을 다루는 남편의 솜씨가 점점 괜찮아지는데?

AM 11:45 우리가 늘 찾는 슈퍼마켓으로 3일치 장보러 가다. 이곳에 들어설 때마다 마주하게 되는 과일과 채소 코너는 우리의 기분을 한껏 들뜨게 한다.

PM 12:30 집으로 돌아와서 가볍게 점심식사.

PM 14:00 휴식, 휴식, 또 휴식. 집을 떠나 타지에서 장기간 체류한다는 건 사실 피곤한 일이다. 상당히.

PM 17:00 문득 미국 스타일의 프라이드 치킨이 먹고 싶어져 슈퍼에서 사 온 생닭을 꺼내 요리 시작!

PM 17:50 '치킨 & 포테이토' 완성. 피렌체에 온 뒤로 가장 거대한 식욕 유발. 그러나 아무리 찾아도 보이질 않는 와인 오프너. 급히 집 근처의 0.99유로숍으로 달려가서 구입해 오다.

PM 18:30 KFC에서 사먹는 치킨과 똑같은 맛의 닭다리를 뜯으며 지금까지 찍은 폴라로이드 필름 총정리. 참 많이도 찍었다.

PM 20:00 설거지하고. 한국에 있는 가족들에게 오랜만에 연락해서 안부 나누며 하루를 마무리.

남 편 의 피 렌 체

✤

어젯밤 새벽 2시쯤 아내가 갑자기 잠에서 깨 나를 불렀다. 한창 마루의 테이블 위에 노트북을 켜두고 이것저것 정리를 하고 있을 때였는데, 뭔가 예감이 좋지 않았다. 잠이 많은 그녀라 흔치 않은 일이었다. 급히 방으로 달려가보니 악몽을 꿨다고 했다. 앞니가 두 개 빠지는 꿈. 흔히들 이가 빠지면 좋지 않은 일이 일어난다고 하는데 두 개나 쑥 빠져버렸으니 기분이 좋지 않았던 거다. 갑자기 잠에서 깬 그녀는 한국에 있는 가족들에게 '건강 조심, 차 조심' 하라고 당부의 말을 문자로 급히 보내곤 한참을 뒤척이다 다시 잠들었다.

하고 있던 컴퓨터 작업을 서둘러 마치고 침대로 돌아가 그녀의 팔베

개가 되어 잠을 재우다 문득 그런 생각이 들었다. 지금 만약 가까운 가족이 세상을 떠난다면, 혹은 우리가 계단에서 발을 헛디뎌 발목이라도 부러진다면, 아니면 가지고 온 유로를 모두 도둑맞는다면 우리는 과연 누구를 탓할 수 있을까. 그나마 마지막 가정이 제일 무난하지만, 어느 것 하나 쉽게 비켜갈 수 없는 일들이다. 한국에서라면 서둘러 대응하고 마무리할 수 있는 일들도 집을 떠나는 순간 엄청난 재앙이 되어버린다. 애써 시간을 비워 온 피렌체에서 그런 일을 겪을 수도 있다는 걸 떠올리자 나 역시 잠이 싹 달아나버렸다.

그러고 보면 인생은 정말 타이밍이다. 모든 것이 어긋나버리는 건 한순간이다. 나이가 들면서 그런 경우를 예기치 않게 종종 봐왔다. 평생 모아온 돈으로 어렵게 가게를 차려서 돈을 좀 버나 했더니 사기를 당한다거나, 취직도 하고 결혼도 해서 이제 마음 편히 살아보나 했더니 어린 자녀가 쉽게 낫지 않을 병에 걸린다거나, 건강한 줄로만 알았던 내 곁의 친구 혹은 회사 동료가 몇 마디 말도 남기지 못하고 급작스레 세상을 떠나버린다거나. 인생의 슬픔은 늘 예기치 않은 순간에 찾아온다. 그러니 지금, 스스로의 불운을 탓하지 않아도 된다는 사실만으로도 우리는 얼마나 축복받은 삶을 살아가고 있는가.

다시 돌고 돌아온 질문. 행복이란 과연 무엇일까? 여전히 내 대답은 머뭇거린다. 행복을 찾고자 피렌체에 온 지 보름여가 흘렀지만, 삶의 무대가 서울에서 피렌체로 바뀐 것 외엔 크게 달라진 게 없다. 다만 누군가가 그랬듯 '미래를 낙관하고 현재에 충실한 것'만이 내가 지금 믿고 있는 유일한 답이다. 다가올 일에 대한 지나친 걱정이나 흘러간 시간을 향한 탄식 대신 지금 내가 누리고 있는 평범한 일상, 나와 밥을 지어서 나눠 먹는 내 가족에 대해 감사하는 마음으로 살아가는 것 외에 달리 무엇이 있으랴.

이런저런 생각에 몸을 뒤척이고 있자니, 내 팔에 기대 누운 그녀의 쌔

근거리던 숨소리가 다시 제 호흡을 찾았다. 나는 아내의 잠든 모습이 그렇게 사랑스러울 수가 없다. 아무쪼록 그대, 부디 평온한 밤이 되기를. 부오나 노테(굿나잇)!

아 내 의 피 렌 체

❉

피렌체 시내에는 대형마트라고 불릴만한 슈퍼마켓이 없는 것 같다. 우리가 아직까지 찾지 못 한 건지는 몰라도 '코스트코'나 '테스코' 같은 창고형의 대형마트는 본 적이 없다. 피렌체 시내의 모든 마트를 다 가본 것은 아니라 확신할 순 없지만 보름 동안 시내에서 작은 골목까지 들쑤시며 걸어 다녀본 결과, 가장 큰 마트도 서울의 약간 큰 '홈플러스 익스프레스' 정도였다. 하지만 소스와 양념, 그리고 와인 코너를 보고 있자면, 그 작은 마트에서도 두세 시간이 어떻게 지나가는 줄 모를 정도로 빠져든다. 아직 우리는 우피치 궁전이나 아카데미아 미술관도 못 가봤는데, 피렌체에 와서 가장 많은 시간을 보낸 곳이 어쩌면

슈퍼마켓과 시장일지도 모른다는 생각이 들었다.

어느 나라를 가든 재래시장과 슈퍼마켓은 그 나라의 식문화를 여실히 보여준다. 그 나라 사람들이 가장 많이 먹는 채소와 소고기 부위가 어떤 것인지 알 수 있고 가장 많이 해 먹는 메뉴는 반드시 반조리 식품으로 나와 있으니 한번쯤 사 먹어보는 것도 추천한다. 피렌체의 시장과 슈퍼마켓에 가서 보고 듣고 경험한 것들을 몇 가지 적어본다.

1. 눈꽃 같은 마블링이 촘촘히 박혀 있는 소고기는 눈을 씻고 찾아봐도 없지만 두께가 5cm는 족히 되는 티본스테이크용 소고기는 어딜 가든 쉽게 볼 수 있다.

2. 채소와 과일은 우리나라의 여느 슈퍼와 같이 저울에 무게를 달아 가격표를 붙이는 방식인데 우리처럼 직원이 해주는 것이 아니라 스스로 가격표를 붙여야 한다. 사고 싶은 만큼의 채소나 과일을 봉지에

담고 저울에 올려 채소 또는 과일의 번호를 누르면 나오는 스티커를 직접 봉지에 붙이는데 이때 반드시 비치된 비닐장갑을 껴야 한다. 처음에 모르고 맨손으로 양파를 이것저것 만지고 있었는데 점원이 무서운 얼굴로 다가오더니 장갑을 가리키며 뭐라고 말했다. 이탈리아 말이라서 못 알아들었지만 다른 사람들을 보니 모두 오른손에 장갑을 끼고 채소를 담고 있었다.

3. 햄과 치즈, 올리브, 빵 따위를 저울로 달아서 파는(우리나라의 반찬 코너 같은) 델리 코너에서는 은행에서처럼 번호표를 뽑고 순서대로 기다려야 한다. 종종 델리 점원이 단골손님과 인사를 나누고 사적인 이야기를 길게 하는 경우도 많이 있지만 잠자코 기다려야 한다.

4. 우리와는 다르게 이곳은 소금이 거의 다 종이박스에 담겨 판매되고 있다. 이탈리아 말을 모르니 'sale(소금)'이라 쓰인 종이박스가 가루세제인 줄만 알았다.

5. 토스카나 주는 곱창요리가 유명해서 우리나라의 슈퍼마켓에서는 쉽게 볼 수 없는 생 곱창이나 벌집(소의 두 번째 위)을 이곳의 정육 코너에서는 흔하게 볼 수 있다.

바질페스토 페투치네

재료

페투치네 6묶음
바질페스토 적당량
바질 잎 한 줌
잣 3큰술
올리브유 1/2컵
파마지아노 치즈 간 것
5큰술
소금·후추 조금씩

만드는 법

1 냄비에 물 3리터, 소금 1큰술, 올리브유 1큰술을 넣고 팔팔 끓여서 페투치네를 8분간 삶아 건진다.

2 바질과 잣을 잘게 다지고 나머지 재료를 모두 넣어 잘 섞는다.

3 삶은 파스타에 바질페스토를 넣고 잘 섞는다.

  • 바질페스토 재료를 믹서기에 넣고 갈아주면 맛이 더욱 잘 어우러지고 부드러운 페스토를 만들 수 있어요.

피렌체 **둘러보기**

Coincasa
코인카사

코인카사는 코인(Coin) 백화점 지하에 자리 잡은 카사(Casa), 즉 집과 관련된 숍이다. 당연히 아내는 환호했고 남편은 조금 두려 워했다. 리나센테 백화점 4층에 위치한 키친웨어 전문숍과 비교 하자면 좀 더 넓고, 좀 더 집과 관련된 인테리어 제품에 집중되어 있다. 선물을 사고 싶다면 리나센테에, 집에서 직접 쓸 아이템을 찾는다면 코인카사에, 이 정도로 심플하게 정리해도 좋겠다. 물 론 이건 남자의 기준에서다. 보통의 여자라면 이런 기준과 무관 하게 '너무나 예쁜 것이 많은 보석 같은 장소'로 기억될 가능성이 크다.

위치 : Via dei Calzaiuoli 56/r

피렌체 **둘러보기**

Tutto a
99 cent
0.99유로 숍

이런 가게는 일본이나 한국에만 있는 줄 알았다. 도쿄 도심에서나 볼 듯한 0.99유로 숍을 15세기 르네상스 유산이 즐비한 피렌체 도심에서 마주한 건 사실 하나의 문화충격에 가까웠다. 하긴 돈 되는 일에 유럽인들이라고 무심할 까닭은 없을 테다. 이런 종류의 숍들이 가진 장점은 우리도 충분히 인지하고 있으니 또 다시 설명을 덧붙일 필요는 없겠지만, 한 가지 인상적인 건 정말 모든 제품이 0.99유로라는 점이다. 우리처럼 좀 좋아 보인다 싶은 제품에 3천 원 딱지가 붙어 있는 경우는 없단 이야기다.

위치 : 피렌체 도심 곳곳

AM 08:30 오늘도 역시 카푸치노로 여는 아침. 점점 바닥을 드러내는 원두를 하나 더 구입해야 할 듯.

AM 11:40 레푸블리카 광장에서 주말마다 벼룩시장이 열린다는 정보에 따라. 일단 그 쪽을 둘러보는 것을 목표로 집을 나서다. 그러나 지난주에 이어 허탕. 도대체 벼룩시장은 어디에?

AM 11:45 피렌체에 온 뒤로 가장 화창하고 심지어는 따뜻하기까지 한 날씨. 하지만 오늘은 카메라 배터리를 집에 두고 왔다. 인생은 때로 예기치 못한 순간에 어긋난다. 정말이다.

PM 12:00 베키오 궁전 쪽을 지나다 듣게 된 정오를 알리는 종소리. 이 은은한 소리를 미켈란젤로나 보티첼리도 들었던 것일까?

PM 12:10 오늘 점심은 베키오 다리 인근의 가게에서 피자를 한 조각씩 나눠 먹는 걸로. 기름지지 않고 담백한 맛.

PM 12:30 단테와 베아트리체의 재회를 그린 헨리 홀리데이의 그림 덕에 널리 알려진 트리니타 다리 쪽으로 이동. 우리도 비슷한 구도로 기념사진 찰칵.

PM 12:50 피티 궁전 앞의 양지바른 곳에 누워 피렌체 라이프를 즐기다. 아 좋다. 이 햇살. 이 바람 그리고 이 여유.

PM 18:30 집으로 돌아와서 저녁 식사. 오늘은 남편의 봉골레 찜! 뜨끈한 국물로 몸을 녹이다.

PM 19:45 피곤한 와이프의 어깨와 등을 마사지해주며 내일 어디로 갈지 고민 또 고민. 한 달이라는 시간이 짧고도 참 길다.

남 편 의 피 렌 체

✤

현대인들은 대단히 광범위한 뉴스의 홍수 속에서 살아가는 듯하지만 급작스런 사건, 사고를 제외하고는 평생 거의 비슷한 패턴으로 뉴스를 접하게 된다. 가령 명절을 전후해서는 서울에서 부산까지 몇 시간 걸리더라는 고속도로 실시간 교통상황이나 온 가족이 모여 차례를 지낸 후 음식을 나눠 먹는 풍경, 대학 졸업 시즌을 맞아서는 지독한 취업난에 절망하는 구직자들의 하소연과 대기업 인사팀 직원이 밝히는 면접 노하우 등이 어김없이 등장하기 때문에 굳이 이걸 매년 취재해야 하나 싶은 생각이 들 정도다. 자료사진만 조금씩 바꿔 사용한다면 재작년 뉴스가 올해 다시 나온다고 해도 이를 알아챌 사람은 거의 없다. 아니, 그대로 써도 사실 무방하다.

피렌체의 집에서도 무선인터넷이 잘 잡히는 탓에 자의 반 타의 반으로 한국 뉴스를 꾸준히 접했는데(무선인터넷과 스마트폰이 일반화되지 않았던 2~3년 전과 비교해보면 혁명적이면서도 한편으론 다소 불필요한 변화다. 왜 모든 걸 훌훌 털어버리자고 떠난 유럽에서까지 한국 뉴스에 일희일비해야 하는지), 대통령 취임 관련 소식을 제외하고는 한국에 있을 때 접하던 뉴스와 거의 판박이였다. 사실 어떻게 보면 대통령 취임도 5년 만에 한 번씩 돌아오니 아마 그 시절 뉴스를 꺼내본다면 사람과 논란만 바뀌었지 거의 똑같다는 사실에 우리는 놀랄지 모른다.

아무튼 이런 식상한 패턴을 뻔히 알면서도 늘 관심을 갖고 읽게 되는 이슈가 있는데 '대한민국 자영업자의 몰락'과 같은 뉴스가 그렇다. 생계가 달려 있는 본인들에게는 대단히 안타까운 일이겠지만 곰곰히 생각해보면 나 역시 대한민국 대부분의 직장인과 마찬가지로 평생 월급쟁이로 살 자신도 없고, 여건도 안 되어 있기에 언젠가는 자영업자로 살아가야 하지 않은가. 좀 더 투박하게 말하자면 우리 모두는 태어날 때부터 스스로 벌어먹어야 하는 자영(自營)업자의 운명을 타고났다. 이런 기사 속 자영업자는 주로 '퇴직금으로 치킨집이나 피자 가게를 차렸다가 2년도 채 안 되어 망한 사람들'이긴 하지만 나 역시 그들과 같은 운명을 맞지 않으리라는 보장이 없다.

지금 머물고 있는 피렌체나 예전에 꽤 오랜 기간 체류했던 도쿄와 비교해보자면, 우리나라 사람들은 유달리 먹고 마시는 일에 대한 창업을 쉽게 생각하는 경향이 있는 것 같긴 하다. 여러 역사적, 문화적 이유들을 무시하진 못하겠지만 서울에 살다 도쿄에 처음 갔을 때 내가 받은 가장 큰 문화충격 중의 하나는 이 도시에는 역사가 오래된 가게들이 너무나 흔하다는 것이었다. 50년은 우스웠고, 그래도 100년 이상은 된 음식점이라야 명함을 내밀 만했다. 이런 가게를 지키고 있는 사람은 사장이라기보다는 장인이라 불려야 마땅한 사람들이었다. 굳이 장인은 아니라 하더라도 자신만의 철학과 가치관을 담은 식당이나 카페들이 도쿄에는 수두룩했다.

피렌체도 마찬가지였다. 우리가 즐겨 찾던 레푸블리카 광장의 카페 질리(Gilli)는 1700년대 초에 이미 카푸치노를 팔기 시작했고, 곱창버거로 유명한 중앙시장 내의 네르보네(Nerbone)라는 가게도 창업한 지 100년이 훌쩍 넘어 있었다. 이런 도시에 한 달 정도만 있다가 서울에 돌아와도 우리 동네의 치킨집은 이미 프랜차이즈 김밥집으로 바뀌어 있거나 '임대' 딱지가 붙어 있기 일쑤였다.

부끄러운 고백이지만 나 역시 '회사 그만두고 카페나 차려볼까' 하고 한두 번 생각해본 게 아니다. 초기 자본이 없어서 그렇지 돈만 있으면 누구보다 멋진 카페를 차릴 자신이 있었다. 나는 자금이 받쳐주지 않는 게 늘 불운하다 생각했고, 카페야말로 나의 꿈이라고 생각하기도 했지만 내가 커피에 대해서 자신 있게 말할 수 있는 건 아무것도 없었다. 아메리카노도 2009년부터 마시기 시작했는데, 또래의 남자들보다 조금 더 쓴맛을 견딜 수 있다는 게 카페 주인이 될 수 있다고 생각한 나의 유일한 적성이었다. 카푸치노와 라테의 차이도 피렌체에 와서야 알게 되었으니 얼굴이 화끈거릴 지경이다. 물론 드립커피의 섬세한 차이는 전혀 알지 못했고 지금도 그렇다.

아마 나보다 10년 내지는 20년 더 직장생활을 하다 창업을 했던 대부분의 수많은 자영업자들도 더하면 더했지 결코 덜하지는 않았을 거다. 처자식을 위해 돈은 벌어야겠고, 회사에서 시키는 일만 했으니 그간 익혀둔 기술은 없고, 그렇다고 노후 준비가 완벽한 것도 아니고, 엄밀히 말하자면 아무런 준비가 안 되어 있었던 거다. 그래서 가장 만만한 게 치킨집이나 피자가게였을 테고, 본사에서 재료와 노하우를 다 알려주겠다고 하니 덜컥 계약. 권리금에 인테리어비만 이미 억 이상이 들어갔는데, 주변에 비슷한 프랜차이즈가 우후죽순 생기는 걸 보면서 밤에 두 발 뻗고 잘 수 있는 담대한 심장이 몇이나 될까.

이건 사실 나와 당신의 자화상이다. 작가 김영하의 입을 또 한번 빌리자면, 외국의 많은 이들은 '좋아하는 일을 하면서도 생계를 유지할 수 있는' 방법을 찾다가 창업을 하는 반면에 우리는 '제일 만만해 보여서' 가게를 여는 경우가 적지 않다. 남들과 간판만 달리해서 똑같은 맛과 제살깎기식 덤핑으로 승부하려는데 1~2년 안에 망하지 않는 게 오히려 이상한 일이다.

세상 모든 일이 다 그렇지만, 자신의 이름을 건 가게를 도시의 한 귀퉁이에 연다는 것은 대단히 심오한 프로세스가 작동하지 않으면 안 된다. 그리고 본인만의 철학과 가치관이 바탕이 되어야만 비로소 수많은 경쟁자들과의 차별점이 생겨난다. 준비가 필요한 것은 비단 대통령뿐만이 아니다.

아 내 의 피 렌 체

✤

피렌체 우리 집의 침실 천장에 작은 창이 있다. 새벽에 동이 트기 시작하면 그 창으로 빛이 조금씩 새어 나와 하늘이 보이는데 맑고 파란 하늘이 보이는 날엔 조금 더 누워서 하늘을 바라본다. 하루하루 꿈같은 날들이지만 조금씩 적응이 되고 있다. 김치나 라면보다 두오모 성당 앞의 조각피자와 중앙시장의 칼라마리가 더 맛있다. 서서 마시는 에스프레소에 꽤 익숙해졌고, 아침마다 모카포트로 카푸치노를 만드는 일은 여전히 신이 난다.

피렌체에 온 뒤로 계속 꿈을 꾸듯 붕 떠 있는 기분이 든다. 그런데 정신을 조금 차리고 보니 벌써 보름이란 시간이 지나버렸다. 실은 한 달이란 시간이 꽤 길 것이라 예상했고, 맛있는 토스카나 음식을 먹을 생각에만 부풀어 막상 피렌체란 도시에 대해 거의 무지한 상태로 오고 말았다. 그 흔한 가이드북 한 권 읽지 않고 왔으니 내가 아는 것이라 곤 〈냉정과 열정사이〉에 나온 두오모가 있다는 것과 르네상스의 중심지였다는 것 정도? 아는 만큼 보인다는데, 내 상황이 이렇다 보니 지금껏 중앙시장과 슈퍼마켓에만 흘려 있었던 탓에 느끼지 못했던 피렌체란 도시 자체에 대한 궁금증을 느끼기 시작한 거다. 그래서 어젯밤엔 자기 전에 서울에서 가져온 르네상스 미술사를 조금 읽긴 했는데 뭔가 부족한 느낌이었다.

마침 오늘 일정으로 계획한 벼룩시장이 문을 열지 않아 허탕을 치는 바람에 신랑에게 피렌체 가이드를 받게 됐다. 마치 오디오 가이드 헤드셋을 끼고 걷는 것처럼 큰 광장이나 다리, 궁전 앞을 지날 때면 신랑의 설명이 자동으로 흘러나왔다. 두오모 성당을 지나 베키오 다리의 많은 보석가게, 산타 트리니타 다리, 피티궁전까지 산책을 하며 메디치가와 예술가들, 르네상스와 단테가 흠모한 베아트리체의 이야기까지 듣다 보니 우리가 그 시대의 이 거리에 서 있다면 어땠을까 생각하며 피렌체란 도시에 흠뻑 빠져들었다. 단테의 《신곡》 해설집을 비롯해서 열 권이 넘는 책을 싸 짊어지고 와서 매일 아침저녁으로 책을 열심히 읽더니 오늘에서야 그 빛을 발하는구나. 우리의 피렌체 여행을 책으로 낼 때는 피렌체의 역사나 문화에 관한 이야기는 전적으로 신랑에게 맡겨야겠다.

오늘의 가이드 덕분에 내일부턴 피렌체의 오래된 다리 하나, 상점 하나, 건물의 문양 하나까지도 좀 더 유심히 볼 수 있을 것 같다. 남은 시간 동안 몇 번 더 오디오 가이드를 신청해야지.

봉골레 찜

재료

봉골레 1kg
마늘 1개
라임 1개
페페로치니 혹은
고춧가루 적당량
화이트 와인 적당량

만드는 법

1 잘 씻은 봉골레는 통에 담아 준비하고, 라임은 적당한 크기로 썬다.

2 봉골레는 호일 접시에 옮겨 담고, 마늘도 얇게 썬다.

3 봉골레 속으로 라임이 잘 스며들도록 얇게 썬 라임 한두 개를 쥐고 즙을 짠다. 너무 강하지 않게, 사랑하는 사람의 손을 쥐듯 부드럽게.

4 짜고 남은 라임과 얇게 저민 마늘은 호일 접시에 살포시 넣어준다.

5 그 위로 페페로치니 가루를 뿌리고, 화이트 와인도 적당량 뿌린다. 남은 화이트 와인은 반주로 곁들여야 하니 너무 많이 넣지는 말자!

6 호일을 덮고 오븐에 넣어 30분 정도 익히면 완성.

• 피렌체는 바다를 면하지 않은 내륙지방이라 싱싱한 생선보다는 조개류를 구하기가 더 쉬웠고, 그래서 시도해본 게 바로 봉골레 찜. 페페로치니나 고춧가루의 양에 따라 얼큰하게도, 혹은 다소 심심하게도 만들 수 있어요.

피렌체 **둘러보기**

Pallazzo
Pitti
피티 궁전

오전 8시 15분부터 오후 6시 50분까지 오픈하며 월요일은 휴무. 1월 1일, 4월 1일 그리고 크리스마스에도 역시 쉰다.

피렌체에 한 달간 머무르면 웬만한 유적지는 다 가볼 줄 알았다. 하지만 생각해보면 서울에 수십 년을 살아도 못 가본 곳이 태반이다. 경복궁이나 덕수궁은 대개 한두 번쯤 자의든 타의든 가봤겠지만 창덕궁이나 경희궁 같이 도심을 조금만 벗어나도 북경 자금성보다 결코 더 잘 안다고 말할 수 없는 곳이 우리 주변엔 너무나 많다.

피티 궁전은 피렌체의 경희궁 같은 곳이었다. 강 건너 피티 광장까지는 총 세 번을 갔지만, 궁전 내부와 보볼리 공원은 시간이 늦어서, 날씨가 좋지 않아서, 그리고 휴무라서 발을 한 번도 들여놓지 못했다. 사실 피티 광장만으로도 우리에겐 충분했지만 다시 기회가 생긴다면 피티 궁전을 제대로 보고 반드시 소개하고 싶다.

AM 09:30 눈뜨자마자 앞집 고양이가 나와 있나부터 확인. 그 녀석들도 한국에서 온 우리를 이상하게 생각하고 있을까? 아직 안 보이는 걸 보니 녀석들은 자고 있는 듯.

AM 11:00 우리의 두 번째 피렌체 피크닉은 피렌체 근교 피에솔레(fiesole)!

PM 12:09 산 마르코 광장에서 7번 버스를 타고 종점까지. 30분가량 소요되는 아주 아담하고 정겨운 마을 피에솔레.

PM 12:38 가는 날이 장날. 주말을 맞아 광장에서 벼룩시장이 열리다. 와인과 몇 가지 인테리어 소품을 구입하고 산 프란체스카 성당을 향해 발걸음.

PM 13:30 와우. 산 프란체스카 성당 올라가는 길의 환상적인 피렌체 전망. 좋아. 오늘 점심은 여기서!

PM 15:15 몸을 녹이기 위해 버스 정류장 근처 카페에 들어가 파스타 수프와 커피 두 잔을 시켜 따사로운 햇살을 즐기다.

PM 16:30 피렌체로 다시 출발!

PM 19:00 피렌체에서의 첫 '비스테카(피렌체식 비프스테이크)' 요리. 과연 어떤 맛일까? 어느 레스토랑을 갈지 한참 고민. 또 고민하다 겨우 결정.

PM 20:20 맛있게 식사를 마치고 카푸치노와 디저트를 위해 레푸블리카 광장의 질리(Gilli)로. 피렌체에서 우리가 가장 애용하는 카페.

PM 20:45 광장에서의 두 번째 회전목마. 느리고도 진중한 움직임 속에서 느껴지는 이 도시의 매혹적인 아름다움에 점점 취해가다.

남 편 의 피 렌 체

조금 뜬금없지만 안정된 노후대비나 경쟁에서의 승리만이 대한민국 30대가 극복해야 할 키워드가 아니라면, 지금 난 제법 괜찮은 길 위에 있는 것도 같다. 인생은 그 자체만으로도 아름다운 게 아닐까. 눈부시게 아름다운, 그러나 우리가 보기엔 느리고 투박하다고밖에 할 수 없을 피렌체 근교 피에솔레에 다녀오며 다시금 생각했다. 나만 뒤처지는 건 아닐지 솔직히 두려운 마음 떨치기 힘든 중에 작은 위안이랄까.

부끄러운 고백이지만 '무엇이 되는가'보다 '어떻게 사는가'가 중요하다는 걸 서른다섯 인생에서 사실상 처음으로 깨닫고 있다. 생계를 외

면하지 않으면서 동시에 삶도 포기하지 않는 길은 과연 무엇일까. 있기나 한 걸까.

피렌체 체류 후반 15일의 화두는 던져졌다. 남은 인생 내내 고민해도 부족할 난제이긴 하겠지만 이 해답의 실마리라도 잡게 된다면 우린 아마 이번 여름에 피렌체보다 좀 더 북쪽 혹은 남쪽에 있게 될 것 같다. 아직은 꿈같은 얘기지만.

아 내 의 피 렌 체

✤

지금 피렌체의 우리 집에는 500리터 정도 되는 냉장고가 있는데 이틀에 한 번 꼴로 장을 봐서 채워 넣었더니 최소단위로 산 것들인데도 조금씩 남아 냉장고가 반 이상이나 차버렸다. 그래서 오늘은 특별히 냉장고 정리를 위한 메뉴를 만들어봤다.

서울에선 냉장고 비우기 메뉴로 주로 카레를 만들었다.(카레에는 웬만한 육류, 해산물, 채소를 다 넣어도 무난하게 맛이 난다.) 그러나 피렌체에 온 만큼 오늘의 메뉴는 스파게티로 정했다. 건면도 있지만 지난주에 산 생면의 유통기한도 얼마 남지 않았기에 베이컨보다 조금 더 짭조름하고 쫀득한 식감의 판체타와 마늘을 포함한 남은 채소를 다 털어 넣고 볶아 10분 만에 뚝딱 스파게티를 완성했다. 2유로짜리 와인 한 병에 두 접시를 싹 다 비웠다.

판체타라고 하는 것은 말하자면 이탈리아식 베이컨이다. 베이컨과 마찬가지로 돼지의 삼겹살 부위를 소금으로 절이고 각종 정향, 계피, 마늘 등의 향신재료로 다시 재워 그늘지고 바람이 잘 통하는 곳에 걸어 말리면서 2~3주간 숙성시켜 만든다. 돌돌 말아 동그랗게 만들기도 하고 그냥 펴서 말리기도 하는데 펴서 말린 것은 그냥 보기에는 베이컨과 비슷하다. 베이컨과 가장 큰 차이라면 훈연을 하지 않았다는 점.(종종 훈연하는 판체타도 있다.) 그래서 색이 조금 진하고 어두운데, 말린 것이라 일반 칼로는 얇게 썰기가 쉽지 않다. 우리나라에서도 인기가 좋은 카르보나라에 빠지지 않고 들어가는 것이 이 판체타인데 흔히 베이컨으로 대신하기도 한다. 여기 슈퍼마켓에선 500g짜리 한 덩어리가 3유로밖에 하지 않기에 첫 주에 하나 사봤다. 닭가슴살 꼬치를 해 먹고 틈틈이 구워 와인 안주로 먹었음에도 아직 1/3이나 남아 있기에 이참에 깔끔하게 처리했다. 알뜰살뜰 이렇게 살림하는 재미도 여기 와서 새롭게 느끼고 있다.

카프레제 꼬치

재료

모차렐라 치즈 작은 것 4개
방울토마토 12개
시금치 잎 10장
발사믹 식초 1큰술
올리브유 2큰술
건바질 1/3작은술
소금 · 후추 약간씩

만드는 법

1 모차렐라 치즈는 방울토마토와 비슷한 크기로 썰고 시금치 잎은 반으로 자른다.
2 꼬치에 방울토마토, 치즈, 시금치 순서대로 끼운다.
3 발사믹 식초, 올리브유, 바질, 소금, 후추를 섞어서 드레싱을 만들어 뿌린다.

드라이토마토 타르틴

재료

바게트 5조각
버터 1큰술
드라이토마토 5개
에멘탈 치즈 3조각
프로슈토 햄 5조각
디종머스터드 1큰술

만드는 법

1 바게트는 버터를 두른 팬에 노릇하게 굽는다.
2 구운 바게트 위에 디종머스터드를 바른다.
3 프로슈토 햄, 체다 치즈, 드라이토마토를 순서대로 올린다.

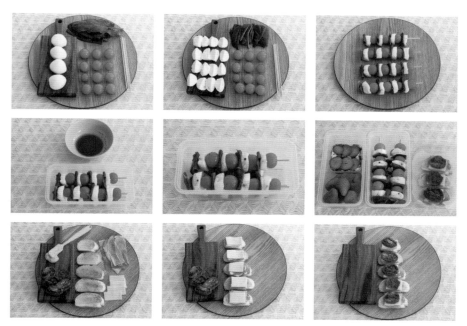

———
피렌체 **근교 둘러보기**

———
Fiesole
피에솔레

사실 피렌체에 오는 여행객들은 피사나 아레초 혹은 시에나를 근교 여행지로 삼는 경우가 많은데, 피에솔레도 놓치기 아까운 곳이다. 버스로 30분 내에 도달한다는 점, 그리고 미켈란젤로 광장과는 또 다른 느낌의 피렌체 전경을 선사한다는 점에서(훨씬 와이드하고 극적이다) 꼭 시간을 내어 들러볼 만하다. 그리고 반드시 산 프란체스카 성당을 오를 땐 와인 한 병과 오프너를 가지고 가시길. 맨정신으로 북부 이탈리아의 장대한 풍광과 바람을 음미할 수 있는 사람은 생각보다 그리 많지 않다.

피렌체 **근교 맛보기**

Blu
Bar
블루 바

7번 버스에서 내리면 바로 우측에 있는, 바람과 전망이 좋은 야외 테라스가 있는 바. 피렌체 시내처럼 스탠딩으로 저렴하게 즐길 수 있는 곳은 아니지만, 화장실이 깨끗하고 무선인터넷을 무료로 쓸 수 있어 쉬어가기에 좋다. 물론 가게 입구 쪽에 가까이 서면 무선인터넷 신호가 자연스레 잡히긴 하지만. 커피는 전체적으로 무난했는데 수프는 다소 짠 게 입맛에 썩 맞지는 않았다.

위치 : P.ZA Mino 39, FIESOLE
메뉴 : 생크림 커피 4.15유로, 마로키노
커피 3.50유로, 파스타 수프 8.00유로

피렌체 **맛보기**

Ristorante
Antico Barile
안티코 바릴레

위치 : Via dei Cerchi, 40r
메뉴 : 봉골레 파스타 11.00유로, 비
스테카 100g에 5.00유로, 훈제 연어
10.00유로, 하우스 와인 1병 15.00유로

거의 일촉즉발의 상황이었다. 피렌체의 명물 비스테카를 처음으
로 먹어보자며 집을 나선 지 30분, 이런 저런 이유로 몇몇 가게
를 그냥 지나치며 우왕좌왕하는 사이 허기가 급습해왔다. 둘 다
신경이 예민해진 상태에서 반쯤 포기하는 심정으로 찾은 가게.
아니나 다를까 일본인 단체 관광객들이 테이블의 절반을 차지하
고 있어서 들어가는 순간 맘이 살짝 상했다.
허나 음식 맛은 그리 나쁘지 않았다. 파스타는 적당히 짭조름했
고, 비스테카도 지금까지 경험해본 미국식 스테이크와는 차원이
달랐다. 하지만 또 가겠냐고 묻는다면 글쎄. 한 달을 지내는 동안
피렌체의 좋은 식당들을 너무 많이 알아버렸다.

피 렌 체

16

일

째

AM 10:30 몸이 안 좋은 아내. 덩달아 처지는 남편. 등부터 허리까지. 마사지로 시작하는 아침. 아프지 마.

AM 11:00 영화 〈냉정과 열정사이〉를 다시 한 번. 이 영화는 언제 봐도 참 좋다. 특히 이토록 영화와 어울리는 배경음악이라니.

PM 15:00 늦은 점심.

PM 17:39 〈냉정과 열정사이〉의 준세이와 아오이가 두오모에서 재회한 후. 다음 날 서로의 어긋난 운명을 직감하고 마주섰던 산티시마 안눈치아타 광장에서 똑같은 포즈와 구도로 찰칵. 피렌체에서의 소소한 재미.

PM 18:30 영화 패러디 놀이 끝내고, 무작정 피렌체 동쪽으로 걷다 앤티크 시장 발견. 아내는 또 한 번 광분. 아프다는 몸은 다 나은 거니? 하지만 숍들이 문을 닫기 시작한 탓에 내일 요리수업 마치고 다시 오기로.

PM 20:00 케밥과 탄두리 치킨 사 와서 지난번 피에솔레에서 구입한 와인과 함께 집에서 몸을 녹이다. 밤이 깊어간다.

남 편 의 피 렌 체

✤

마지막까지 냉정했던 네게 난 뭐라 말해야 할까.
어떤 식으로 마음의 빈 공간을 채워야 할까.

난, 과거를 되새기지도 말고
미래에 기대하지도 말고
지금을 살아야만 해.

아오이, 네 고독한 눈동자 속에서
다시 한 번 더 나를 찾을 수 있다면,

그때 나는 너를……

〈냉정과 열정사이〉 준세이의 마지막 독백 中

아 내 의 피 렌 체

✤

소스를 흥건하게 뿌린 파스타는 우리나라식으로 변형된 것이라고
한다. 이탈리아에서는 고소한 파스타 자체의 맛을 즐기면서 어울리
는 소스에 무치는 정도로만 곁들인다. 파스타의 종류도 지금껏 알려
진 것만 150여 가지라고 하니, 어느 마을의 할머니가 새로운 모양으
로 만들고 계실지 모르는 것까지 합하면 그 종류가 어마어마하다.
부카티니는 스파게티보다 4~5배쯤 굵은 면에 가는 구멍이 나 있는
파스타의 한 종류다. 여태 한 번도 사용해본 적이 없는 파스타라서 오
늘 한번 시도를 해봤다. 구멍이 있는 파스타라면 소스를 보통 구멍 안
쪽으로 들어가게 해서 면과 소스를 좀 더 잘 어우러지게 한다. 예를

들면 펜네 같은 것 말이다. 하지만 이것은 구멍도 너무 작은 데다 길어서 버터소스 외에는 도무지 들어갈 것 같지도 않고 토마토소스 재료도 남아 있기에 그냥 무난하게 토마토소스 부카티니를 만들어보았다.

당연히 소스는 면의 안쪽 구멍까지 들어가지 않았다. 그래서 조금은 실망하며 한입 먹었는데 이게 의외로 매력이 있다. 스파게티와는 또 다른 식감으로 씹는 재미를 준다. 면발이 굵고 탄력이 있지만 안쪽은 비어 있어서 부드럽게 씹히고 오래 씹지 않아도 금세 술술 넘어간다. 이렇게 굵은 파스타에 속까지 꽉 차 있었다면 씹기도 부담스럽고 금방 질려버렸을 것 같다. 아, 이탈리아 사람들은 이런 이유로 부카티니를 만들었을지도 모른다. 역시 이론과 실제는 다르다. 아직 맛봐야 할 파스타의 종류가 너무 많다.

토마토 부카티니

재료

부카티니 160g
다진 소고기 80g
마늘 1톨
올리브오일 4큰술
토마토 퓨레 1.5컵
양파 작은 것 1개
샐러리 1대
미니당근 1/2개
레드 와인 1큰술
오레가노 가루 1작은술
소금·후추 약간씩

만드는 법

1 냄비에 물 2ℓ 와 소금 1큰술을 넣고 팔팔 끓이다가 부카티니를 넣고 9분간 익힌다. 다 익히면 건져서 채반에 담고 올리브유 1큰술을 골고루 뿌려둔다.

2 양파와 당근은 다지고 샐러리는 섬유질을 제거한 뒤 비슷한 크기로 썬다. 토마토는 씨 부분은 제거한 뒤 굵게 다지고 마늘은 작게 다진다.

3 팬에 올리브유를 두르고 약불에서 마늘과 양파를 볶다가 양파가 갈색이 나기 시작하면 샐러리와 다진 소고기를 넣고 함께 볶는다.

4 레드 와인 1큰술을 넣어 잡냄새를 제거하고 고기가 다 익으면 오레가노, 소금, 후추로 밑간을 한 뒤 토마토 퓨레를 넣고 잘 섞는다. 중불에서 끓이다가 보글보글 끓으면 약불에서 뭉근하게 3분 정도 더 끓이고 소금, 후추로 간을 한 뒤 삶아둔 부카티니를 넣고 잘 버무린다.

피렌체 **둘러보기**

Piazza Della Santissima **Annunziata**
산티시마 안눈치아타 광장

10년 전 〈냉정과 열정사이〉를 인상 깊게 보면서 피렌체에 가면 반드시 가보겠다고 생각한 두 곳 중 하나가 안눈치아타 광장이었다. 물론 나머지 하나는 당연히 두오모였고. 그런데 피렌체에 오고서도 한참 뜸을 들였다. 우리가 중앙시장과 두오모를 거쳐 남쪽으로 향하는 길을 선호했던 탓에, 렌탈한 아파트에서 다소 북동쪽에 위치해 있는 이곳을 지나치기가 쉽지 않았던 것.

피렌체에 온 지 보름여 만에 찾은 안눈치아타 광장. 광장 한 복판에 서 있는 페르디난도 1세의 동상으로부터 시작하는 두오모의 전경은 피렌체 도심 어느 곳과 비교해도 뒤지지 않을 정도로 인상적이다. 〈냉정과 열정사이〉의 로케이션 매니저가 이곳을 발견하고 감탄했을 모습이 눈에 선할 정도. 브루넬레스키가 설계한 피렌체 최초의 고아원과 메디치가가 후원하고 미켈로초가 완성한 성당으로 둘러싸여 있어 반나절 관광으로도 손색이 없다.

AM 08:30 일어나는
시간은 항상 유동적이다.
그저 물 흘러가는 대로 자
연스럽게.

AM 11:22 중앙시장에서 두 번째 피
시 앤 칩스. 오늘은 올리브유를 두른 칼
라마리 그릴라가 아닌 모둠 튀김으로. 아,
이것도 눈물이 날 만큼 맛있다.

AM 11:50 메디치 궁전 방문. 메디
치가를 이해하지 않고서는 피렌체, 그
리고 르네상스를 이해할 수 없다. 생각
보다 그리 큰 규모는 아니었지만 기품
이 느껴지는 공간이랄까.

PM 13:00 아내는 요리
교실. 남편은 아내를 배웅한
뒤 북쪽 공원에서 책을 읽으
며 사색.

PM 14:50 조금 일찍 끝난
수업. 오늘 만든 음식도 사이좋
게 나눠 먹고, 커피 한잔으로 몸
을 데우다.

PM 15:10 어제 찾아낸 치옴
피 광장의 앤티크 시장으로. 피렌체
에 온 뒤로 가장 신나 보이는 아내.

PM 16:50 드디어 조토의 종탑. 두
오모가 손에 잡힐 듯 가깝다. 건너편 사
람들에게 열심히 손을 흔들지만 묵묵부
답. 우리만 신났나봐.

PM 18:30 다소 추운
날씨에 덜덜 떨면서도 야경
까지 다 보고 내려오다.

PM 19:10 내일 시에나
행에 대비해 장도 봐야 하지
만. 너무 추워서 일단 집으로.

PM 20:30 도무지 움직일 수 없
을 정도로 얼어붙은 몸. 소파에 쓰러져
있다가 잠이 스르르.

AM 12:50 문득
눈을 떠서는…….

AM 01:10
설거지 시작.

AM 02:06 설거
지 종료. 이렇게 살고
있습니다.

남 편 의 피 렌 체

✤

장면 #1

철 지난 유행가 가사 같지만 아버지는 외식이 싫다고 하셨다. 집에서 먹는 된장찌개가 세상에서 제일 맛있다는 레파토리도 늘 함께였다. 어린 내가 듣기에도 그냥 하시는 말씀은 아닌 것 같았다. 그럴 때면 어머니는 못마땅한 표정으로 눈을 흘기시며, 밖에 나가서 식사 한번 하는 게 뭐 그렇게 대수냐며 쏘아붙이셨다. 오늘 저녁에도 또 밥을 차려야 하냐는 지겨운 표정을 살짝 지으셨던 것 같기도 하다. 나는 그저 두 분 사이에 끼어 오늘은 밖에서 돼지갈비를 못 먹는구나 하는 아쉬움에 입맛만 '쩝' 다셨다.

장면 #2

보통의 대한민국 가정이 비슷한 풍경이지 않았을까 싶은데, 1년에
두어 번 크게 부부싸움이 있는 날이면 대개 고성 속에 이런 대화가
오고 갔다.

"당신이 그럼 나가서 돈 벌어 와. 내가 살림할 테니까."

"살림은 쉬워 보이나 보죠? 그래요 그럼. 당신 혼자 밥하고 설거지하
고 빨래 다해보세요."

"내가 밖에서 얼마나 고생하는지 당신이 나가봐야 알지."

살림은 정말 쉽고, 밖에 나가서 사회생활 하는 건 정말 어렵고 힘든
일이었던 걸까. 내가 사내아이라 그랬는지 몰라도 어릴 땐 심정적으
로 좀 더 아버지 쪽에 관대했던 것 같다. 어린 내가 보기에도 아침 일
찍 출근해서 늦은 밤, 술이 거나하게 취해 귀가하는 아버지가 참으로
딱해 보였으니까. 지금 와서 새삼 실토하자면 그에 비해 가정주부는
좀 더 편한 직업이 아닌가 여겼다. 출퇴근 전쟁을 매일같이 벌여야 하
거나 눈치 봐야 할 상사도 없고, 좀 피곤하면 낮잠도 즐길 수 있을 텐
데, 엄마가 좀 져줘도 되지 않나 싶었다.

그런데 피렌체에 와서 아내와 함께 살림을 본격적으로 나눠 하면서
생각이 조금씩 바뀌기 시작했다. 엄마가 어릴 때부터 설거지를 비롯
한 집안일을 제법 나에게 시킨 데다가, 공군장교 생활 40개월과 일본
체류 6개월의 독립된 삶을 거치며 꽤나 가정적인 남자가 됐다고 생
각했는데, 가사 일이 한두 번이 아니라 매일 해야 하는 '본업'이 되자
이건 전쟁이었다. 가정적인 남자가 되는 것과 살림을 한다는 건, 당연
하지만 전혀 다른 문제였다.

사실 아내가 요리를 도맡아한 까닭에 나는 설거지, 청소, 빨래 등 자
질구레한 일들을 해야만 했다. 그중에서도 설거지가 제일 고역이었

다. 다른 건 하루 이틀 미뤘다 해도 크게 상관이 없는 반면, 설거지는 단 하루만 미뤄도 쳐다보기 싫을 정도로 쌓여갔다. 이틀 정도 미루면? 오 마이 갓. "아줌마를 부르고 싶어!"라는 외침이 목구멍까지 올라왔다. 그런 아줌마가 피렌체에 있을 턱이 없었기에 설거지를 미룬 내 자신을 자책하며 열심히 수세미로 쓱쓱, 빡빡, 마지막으로 음식물 쓰레기까지 싹 처리하고 나면 녹초가 됐다. 그러면 곧 다음 식사 시간이 돌아왔다.

흔히들 세계사 속에 위대한 여성들이 많이 등장하지 못한 이유를 남성 주도의 역사서 편찬 때문이라고 하는데, 집안 살림을 보름만 해보면 이 이론은 수정되어야 함을 알 수 있다. 삼시 세 끼 밥 짓는 것만 해도 보통 일이 아닌데, 그 사이사이 설거지를 하지 않으면 집에 악취가 돌고 부엌은 엉망이 되어버린다. 지금은 그래도 외식이란 개념이라도 있지만, 우리 부모님 세대까지만 해도 집밥을 놔두고 밖에 나가서 사 먹는다는 건 좀처럼 납득하기 어려운 일이었을 것이다. 식당이

흔했을 리도 없고.

게다가 시댁살이까지 하게 되면 식구는 좀 많나. 늦도록 장가 안 간, 그러나 제철 나물은 꼭 먹어줘야 하는 입맛만은 까다로운 철 덜 든 늙은 삼촌까지 있으면 밥상을 차리는 건 그 자체로 노동이 따로 없다. 우리는 단출히 둘뿐인데도 두 끼 정도를 집에서 연속으로 해 먹으면 하루가 다 지나가버렸다. 물론 가장 고되다는 육아는 여기에 포함되지도 않았다. 그러고도 당신이《햄릿》을 쓰거나, 로마를 정복할 수 있다면 나는 그를 위인이 아니라 신의 반열에 올려놓겠다고 수세미로 기름때 묻은 냄비를 박박 씻으며 몇 번이고 속으로 되뇌었다. 나폴레옹이 밥 짓고, 빨래하고, 설거지해가며 유럽을 정복했다는 얘기는 내가 과문한 탓인지 몰라도 들어본 적이 없다.

지금 만약 가정주부와 직장인이라는 선택지가 주어진다면 나는 주저 없이 직장 생활을 택하겠다. 그리고 잦은 회식에 지쳐 집밥이 제일 맛있다고 하셨던 아버지께는 죄송하지만 어머니가 옳았다. 이 자리를 빌려 이 세상의 모든 어머니와 아내들에게 경의를. 당신들을 진심으로 존경합니다.

그리고 앞으로도 설거지와 집안 정리는 내 몫이니, 김은아 씨 노 터치 (No Touch)!

아 내 의 피 렌 체

✤

오늘의 수확이라고 한다면 남편이 발견한 치옴피 광장의 앤티크 시장이다. 미켈란젤로 인스티튜트에서도 가까운 치옴피 광장은 작은 가건물의 앤티크 상점들이 촘촘히 모여 있는 곳이다. 내가 수업을 듣고 있는 동안 신랑이 혼자 산책을 하다가 우연히 발견했다고 하는데, 유심히 보지 않으면 모르고 지나갈 만큼 간판 하나 없는 작은 가게들이 빼곡히 붙어 있어서 가서 보니 이걸 발견했다는 것 자체가 놀라웠다. 오늘 아침부터 몸이 으슬으슬하고 컨디션이 좋지 않았는데 이걸 보는 순간 신기하게 몸도 가벼워졌다. 한마디로 '초(超)' 흥분 상태.

서울에서도 이태원 앤티크 거리의 끝자락에 쿠킹 스튜디오가 있다

보니 오며 가며 구경도 종종 하고 촬영에 필요한 소품은 사거나 빌려서 쓰고 있다. 1년에 두 번씩 벼룩시장도 열리는데 가격이 만만치 않아서 구입하는 일은 거의 없지만 세계 각국에서 누가 언제 어떻게 사용했을지 모르는 골동품들이 한꺼번에 쏟아져 나오는 것을 보는 것만으로도 꽤나 흥미롭다.

2006년에 언니와 파리에 갔을 때도 루브르 대신 앤티크 상점이 줄지어 있는 골목을 누볐고, 런던에서도 죽기 전에 꼭 방문해야 할 건축물 중 하나로 불리는 테이트 모던을 뒤로하고 노팅힐 옆에 있는 앤티크 시장엘 먼저 갔다. 앤티크 마니아들은 그 물건의 연도를 보고 제대로 수집하기도 한다지만, 나는 그저 손때 묻은 골동품들을 살펴보며 세월의 흐름을 느끼는 것만으로도 좋다. 마음이 차분히 가라앉으며 그 시대를 여행하는 느낌을 받는다고나 할까? 물론 그 사이에서 예상치 못하게 '득템'을 하는 경우도 종종 있어서 그 또한 커다란 재미 중의 하나다.

이번 피렌체 여행에서도 역시 오기 전부터 앤티크 벼룩시장을 노리고 있었다. 현지인의 정보와 구글 검색을 통해 몇 개의 벼룩시장 리스트를 뽑아놨지만 예상치 못한 날씨와 행사가 겹치는 바람에 지금껏 번번이 허탕을 쳤고, 지난 피에솔레 피크닉에서 그나마 작은 벼룩시장을 겨우 만날 수 있었다.

피렌체의 큰 앤티크 벼룩시장을 샅샅이 뒤져서 아기자기한 소품이나 접시, 커틀러리를 가져오는 게 이번 여행의 중요한 목적 중 하나! 일단은 치옴피 광장을 목표로 삼을 수 있게 됐다. 오늘은 상점이 거의 문을 닫기 시작해서 한번 휘둘러보기만 했지만 조만간 아예 하루 날을 잡아 다시 오기로 했다.

피렌체 **둘러보기**

Palazzo
Medici Riccardi
메디치 리카르디
궁전

오전 9시부터 오후 7시까지 개장. 월
요일과 4월 1일, 그리고 크리스마스
는 휴무.

앞서 설명한 메디치가의 본진. 사실 피티 궁전을 본 뒤 메디치 궁
전을 보면 "겨우?"라는 탄식이 나올 법도 한데 실은 사연이 있다.
메디치가를 피렌체 제1의 가문으로 발돋움시킨 코시모 데 메디치
는 매우 검소했던 것으로 알려져 있다. 게다가 말을 타고 다니면
시민들과 교감할 수 없다며 당나귀를 고집한 그의 결벽증에 가까
운 소박함이 메디치가의 후대에도 영향을 크게 미치면서 궁전도
화려하게 짓지 않았던 것. 브루넬레스키의 장엄하고 위용 찬란한
최초 설계안 대신 미켈로초의 다소 투박하지만 실용적인 설계안
이 채택된 것에도 이런 배경이 있다. 여담이지만 브루넬레스키는
자신의 설계가 탈락했다는 얘기를 듣고 격분한 나머지 설계 모형
을 그 자리에서 박살냈다고 하는데, 두오모가 남아 있으니 그래
도 참 다행이다.

Campanile
di Giotto
조토의 종탑

오전 8시 30분에서 오후 7시 30분까지 오픈. 휴무 없음.

피렌체, 아니 세상에서 가장 아름다운 건물 중 하나는? 두오모. 그렇다면 피렌체에서 두오모가 들어간 풍경을 가장 스펙터클하게 찍을 수 있는 곳은? 바로 조토의 종탑이다. 두오모와는 불과 몇 십 미터 거리이고, 높이로는 두오모보다 조금 낮으니 탑 위에서의 풍경은 거의 두오모를 눈앞에 두고 보는 착시를 불러일으킬 만하다. 조토는 사실 미켈란젤로나 레오나르도 다빈치에 비해 우리에게 덜 알려져 있지만 르네상스 미술사에서 빼놓아서는 안 되는 인물 중 하나다. 비록 종탑이 완공되는 건 못 보고 죽었지만 그의 제자들이 스승의 뜻을 이어받아 이 아름다운 건축물을 완성했다.

AM 09:30 즐거운 아침 기상.

PM 12:15 중앙시장에서 해산물 튀김 한 박스와 칼라마리 구이 한 접시 뚝딱. 오늘은 특별히 샴페인까지 챙겨주던 친절한 주인아저씨. 이 맛을 평생 어떻게 잊을 수 있을까.

PM 12:45 중앙시장 내 카페에서 카푸치노 한 잔씩. 가게 장식을 보니 주인께서 지역 축구팀 피오렌티나의 오랜 팬이신 듯.

PM 13:40 SITA 버스를 타고 시에나행. 여러 곳을 느긋하게 들르는 완행버스.

PM 15:22 드디어 시에나에 도착. 그러나 기대를 안고 온 벼룩시장은 어디에? 잘못된 정보였거나 우리가 너무 늦게 도착한 까닭인 듯. 낙심, 또 낙심. 진심으로 상심한 아내.

PM 16:20 그래도 집에서 싸온 도시락은 맛있게 먹고 가야지. 광장에 앉아 이곳 슈퍼마켓에서 구입한 와인과 함께. 이럴 줄 알고 와인 오프너도 집에서 가지고 온 남편. 나 잘했지?

PM 18:15 아. 화장실이 급한데 찾을 수가 없다. 버스 정류장으로 오는 길에 있는 그롬(Grom)이라는 젤라또 가게에서 아이스크림 하나 사 먹으며 해결. 무선인터넷까지 터지니 이런 게 일거양득?

PM 19:10 다시 피렌체로. 이번엔 급행(Rapido) 버스라 1시간 만에 도착. 차도 거의 막히지 않고.

PM 22:00 1999년 칸느 영화제에서 그랑프리를 수상한 로베르토 베니니의 〈인생은 아름다워〉를 DVD로 시청. 당시 극장에서 보고 거의 14년 만에 다시 보다. 영화 그 자체로도 충분히 아름답지만, 다음 주에 가려는 아레초(Arezzo)가 영화의 배경이라 더욱 뚫어져라 감상. 예전엔 느끼지 못한 감동이 묻어난다. 나이가 들긴 들었나?

남 편 의 피 렌 체

❖

누구나 비슷한 경험이 있겠지만 나에게 서양은 곧 미국이었던 시절이 있었다. 조금 느끼하다 싶은 음식은 미국 요리, 거리에서 마주치는 노랑머리 외국인은 미국 사람, 그리고 그들이 말하는 언어는 미국어, 아니 영어. 아주 오랜 세월 세계의 중심은 미국이었고, 우리나라의 근현대사는 제대로 알지 못해도 미국이란 나라가 어떻게 건국되었고, 얼마나 위대한 대통령들이 있었는지는 '술술'이었다.

언어에 대한 맹신도 대단했다. 우리말은 좀 못해도 영어는 잘해야 성공한다는 강박관념이 있었다. 학교에서 의무적으로 선택해야 하는 독일어, 프랑스어 혹은 일본어는 그저 통과의례였다. 모든 것은 영어에 초점이 맞춰졌고, 정부 고위관료나 대학 교수들의 대부분은 미국 유학파로 채워졌다. 1990년대 끝물이었던가. 태어날 2세의 국적을 위해 원정 출산을 간다던가, 아이의 영어 발음을 위해 혀를 잘라내는 시술을 하는 강남 엄마들이 있다는 믿기 힘든 뉴스가 하루가 멀다 하고 쏟아져 나왔다. 세계는 곧 미국이었고, 미국은 곧 세계였다.

그런 청소년기를 거친 나를 포함한 대부분의 사람들이 유럽에 와서 느끼는 첫 번째 당혹스러움은 같은 노랑머리들인데 영어가 잘 통하지 않는다는 것이다. 일부 나이 많은 사람들의 문제일 뿐이라고 혹자들은 얘기하지만 내 경험상으로는 북유럽과 영어권 유럽을 제외한 대부분의 국가에서 영어는 때로 독어나 프랑스어보다 뒤에 놓여 있는 듯했다. 피렌체에서도 마찬가지였다. 워낙에 세계적인 관광지인 탓에 상점 주인들과 의사소통하는 데는 문제가 없었지만, 일정한 영역을 벗어나면 죄다 영어 까막눈들이었다. 내가 그들보다 좀 더 나은 영어를 구사한다는 게 한편으론 어이가 없으면서도 웃음이 났다.

그리고 처음에는 어색하던 이 상황들이, 영어도 하나의 언어일 뿐이라는 생각에 이르자 모든 게 편안해졌다. 그리고 조금씩 이탈리아어가 눈과 귀에 들어오기 시작했다. '헬로'보다는 '차오'가, '땡큐'보다는 '그라치에'가, '굿 이브닝'보다는 '부오나 세라'라는 말이 얼마나 발음도 유려하고 경쾌한가. 이 사실을 조금씩 깨닫자 35년을 살면서 내가 익힌 서양 언어가 영어뿐이라는 사실에 솔직히 속으로 좀 화가 났다. 왜 좀 더 일찍 이탈리아어나 스페인어에 관심을 가져보지 못했던가. 왜 영어 하나면 글로벌 시대의 주인공이 될 수 있다고 생각했던가. 그렇다고 영어를 썩 잘하는 것도 아니잖아?

언어 속에 문화가 녹아 있다는 말은 진부하다. 영어 하나만 알고 죽는 게 억울하다는 마음가짐, 그 정도면 이탈리아어를 시작하기에 충분하다.

우리가 주로 접한 이탈리아어

- Si(씨)/No(노) : 예/아니오

- Mi Scusi(미 스쿠지) : 실례합니다.

- Ciao(챠오) : 안녕(만날 때나 헤어질 때 둘 다 사용)

- Boun Giorno(본 조르노) : 좋은 하루!

- Bouna Sera(부오나 세라) : 좋은 저녁!

- Bouna Notte(부오나 노테) : 좋은 밤!(잠자리에 들기 전에 하는 인사)

- Grazie(그라치에) : 감사합니다.

- Prego(프레고) : 천만예요 혹은 영어의 'please'

- Avanti(아반티) : 다음(슈퍼 계산대에서 '다음 손님' 할 때 자주 들린다)

- Molto Bene(몰토 베네) : 정말 좋네요!

- Bouno(부오노) : 좋아요, 맛있어요

- Tutto(투토) : 전부

- Saldi(살디) : 세일

- Orario(오라리오) : 시각

- Aperto(아페르토) : 오픈(open)

- Chiuso(키우소) : 클로즈(close)

- Entrata(엔트라타), Ingresso(인그레소) : 입구

- Uscita(우시타) : 출구

- Vino(비노) : 와인

- Vino Rosso(비노 로소) : 레드 와인

- Vino Bianca(비노 비앙카) : 화이트 와인

- Vino Spumante(비노 스푸만테) : 스파클링 와인

- Vino della Casa(비노 델라 카사) : 하우스 와인

- Insalata(인살라타) : 샐러드

- Pane(파네) : 빵

- Antipasti(안티파스티) : 에피타이저
- Primi Piatti(프리미 피아띠) : 첫번째 접시라는 뜻으로 파스타, 리조
  토, 뇨키, 수프 등 탄수화물 위주의 음식
- Secondi Piatti(세콘디 피아티) 두번째 접시라는 뜻으로, 고기, 해산
  물, 생선 등을 이용한 메인 요리
- Dolce(돌체) : 디저트
- Grande(그란데) : 큰
- Piccolo(피콜로) : 작은
- Zucchero(주케로) : 설탕
- Sale(살레) : 소금
- Pepe(페페) : 후추
- Acqua Frizzante(아쿠아 프리잔테), Acqua Gassata(아쿠아 가사타) :
  탄산수
- Acqua Naturale(아쿠아 나투랄레) : 물(탄산이 없는)
- Carne(카르네) : 고기
- Manzo(만조) : 소, 소고기
- Maiale(마이알레), Suino(수이노) : 돼지, 돼지고기
- Pesce(페셰) : 생선, fish
- Pollo(폴로) : 닭, chicken
- Lunedi(루네디) : 월요일 - Martedi(마르테디) : 화요일
- Mercoledi(메르콜레디) : 수요일 - Giovedi(지오베디) : 목요일
- Venerdi(베네르디) : 금요일 - Sabato(사바토) : 토요일
- Domenica(도메니카) : 일요일
- Piazza(피아자) : 광장
- Palazzo(팔라초) : 성
- Casa(카사) : 집

아 내 의 피 렌 체

시에나에 가기로 했는데 어젯밤 장을 보지 못하고 기절하듯 잠이 드
는 바람에 도시락 메뉴를 정하지 못했다. 냉장고를 열어보니 달걀 몇
개가 보인다. 그래, 프리타타를 만들자.

이탈리아식 오믈렛이라고도 불리는 프리타타는 팬에 여러 가지 재
료를 볶다가 달걀물을 부어서 뚜껑을 덮고 약한 불에 익히거나 그대
로 오븐에 넣고 구워 완성하는 달걀요리다. 우리나라의 달걀찜하고
도 비슷하고 반달 모양의 프렌치 오믈렛과도 닮아 있다. 그 어떤 재
료를 넣어도 맛있게 완성할 수 있고, 완성된 모양도 그럴 듯하니 재료
준비가 안 된 오늘 같은 날에 달걀 5개만 있다면 딱 맞는 메뉴가 아닐

까. 게다가 조각으로 썰어 샐러드와 함께 내면 그럴싸한 브런치가 되고 빵 사이에 끼워 넣으면 샌드위치가 되니, 오늘은 프리타타가 날 살렸다.

웨지 감자와 프리타타

재료

감자 1개

잣 3큰술

가지 1/2개

올리브유 3큰술

소금·후추 약간씩

드라이토마토 6개

시금치 한 줌

모차렐라 치즈 1덩어리

양파 1/2개

달걀 3개

우유 1/4컵

파마산 치즈 1큰술

만드는 법

1 감자는 8등분하고 가지는 한입 크기로 썬다.

2 오븐 용기에 감자, 가지, 잣을 넣고 올리브유 1큰술, 소금, 후추를 뿌려서 190도로 예열한 오븐에서 20분간 굽는다.

3 드라이토마토는 반으로 썰고 모차렐라 치즈는 얇게 썬다.

4 양파는 가늘게 채 썰고 시금치는 길이를 반으로 썬다.

5 팬에 올리브유 2큰술을 두르고 양파와 시금치를 볶는다.

6 달걀 3개를 잘 풀어서 우유와 소금, 파마산 치즈를 넣고 잘 섞는다.

7 오븐 용기에 볶은 양파와 시금치, 드라이토마토를 넣고 6을 부은 뒤 모차렐라 치즈를 위에 올리고 후추를 뿌려서 190도로 예열한 오븐에서 30분간 굽는다.

피렌체 **맛보기**

Consorzio
Agrario
콘소르조
아그라리오

SITA 버스에서 내려 캄포 광장 쪽으로 가는 초입에 위치한 슈퍼마켓. 한쪽에서 가벼운 식사도 가능하고, 프로슈토나 살라미 등도 다양하게 판매하고 있다. 특히 와인 구색이 좋으므로 굳이 피렌체에서 힘들여 사 오지 않아도 좋겠다. 피렌체 슈퍼마켓에서는 못 보던 토스카나 지역의 와인도 다양해서 그저 넋 놓고 구경하는 것만으로도 시간이 훌쩍 가버릴지 모르니 주의 요망.

위치 : Via Pianigiani, 5 SIENNA
메뉴 : 키안티 클라시코 와인 8.90유로,
피노치오나 3.41유로, 초콜릿 2.90유로

피렌체 근교 둘러보기

SIENA
시에나

시에나는 피렌체와 사이가 좋지 않았던 것 같다. 물론 이탈리아가 통일국가가 아닌 도시국가였던 때의 이야기다. 시에나를 소개한 영국판 가이드북에는 이 아름다운 도시가 두 번의 쇠락을 겪었다고 되어 있다. 흑사병 때문에 인구의 3분의 1이 줄어든 1348년이 첫 번째이고, 그로부터 200년 뒤 피렌체가 감행한 18개월의 봉쇄작전에서 패했을 때가 두 번째라고 한다. 그 뒤 피렌체의 실질적인 통치 하에 들어간 이 도시는 크게 번성하지 못했다. 하지만 그 때문에 중세 시대의 찬란한 옛 모습을 그대로 간직하고 있는 이 아이러니. 피렌체에서는 SITA 버스로 1시간에서 1시간 반가량 소요된다. SITA 버스 정류장은 찾기 힘들 수 있는데, 중앙역을 정면으로 봤을 때 좌측의 노면전차 역에서 10m가량 더 왼쪽에 있다. 사실 우리는 오후 늦게 간 데다 주목적이 벼룩시장 탐방이었기 때문에 캄포 광장만 보고 돌아와야 했는데 시에나는 어쩌면 그것만으로도 충분했다. 그토록 아름다운 광장이라니!

AM 09:10 몸도 마음도 더없이 상쾌한 아침. 어디선가 카푸치노 향이 나는 것 같은.

PM 13:00 이탈리안 요리 교실 세 번째 날. 오늘은 또 어떤 요리를 배워 올까?

PM 13:15 아내의 수업이 진행되는 동안 남편은 인근 케밥집에서 간단히 요기.

PM 14:00 비오는 아르노 강을 따라 걷다가 베키오 다리 근처에 위치한 슈퍼마켓에서 처음으로 꽃다발 구입. 장미 10송이에 4.95유로로 저렴한 편이다. 빛깔도 더할 나위 없이 아름답다.

PM 15:10 요리교실 끝나고 학원 휴게실에 앉아 오늘 만든 음식 나눠 먹으며 도란도란 이야기꽃을 피우다. 자판기에서 커피도 두 잔 뽑아 마시며 여유를 만끽!

PM 16:00 오랫동안 고대하던 단테의 집에 드디어 방문. 그럼 이제 그의 숨결을 한번 느껴볼까?

PM 17:15 단테의 집에서 나와 불과 1분 거리에 있는 피렌체 시내 유일의 한국 식품점을 드디어 발견! 그럼 오늘 밤엔 떡볶이를 해 먹어볼까? 생각만으로도 두근두근.

PM 18:30 닭볶음탕에 이어 피렌체에서 먹는 두 번째 한국 음식. 떡볶이. 이탈리아 맥주와도 썩 잘 어울린다.

PM 21:00 내일 예정된 우피치 박물관 관람을 위해 관련 서적을 뒤적이다가 스르르 잠들다.

남   편   의   피   렌   체

❖

당신은 유럽인과 미국인을 구분할 수 있는가? 그렇다면 북유럽인과 남유럽인은? 제법 여행 경험이 쌓이면서 유럽 사람들은 남쪽에서 북쪽으로 갈수록 피부가 희며 눈이 파랗고 키가 크다는 정도, 그리고 영국 남자보다 이탈리아 남자들이 확실히 잘생겼다 정도는 말할 수 있지만 그 이상 분별해내긴 불가능하다. 아마 그들 스스로는 외모와 특징만으로도 어느 나라 국민인지, 심지어는 미국인지 유럽인인지 정확히 집어낼 수 있을 것이다.

우리가 가장 동질감을 느끼는 아시아 3국, 한국, 중국 그리고 일본도 생김새나 스타일의 차이가 분명히 존재한다. 그리고 이 차이를 감지

하는 것은 앞서 말한 서양인들을 우리 아시아인들의 눈으로 나라별 혹은 대륙별로 분별해내는 일보다 분명히 쉽다. 2001년 미국에 체류 하던 때는 이런 쪽으로 눈썰미가 별로 없던 나도, 그 후 종종 외국 여 행을 다니다 보니, 그리고 특히 피렌체 체류하는 동안 유심히 아시아 단체 관광객들을 관찰하다 보니 한국인과 중국인 그리고 일본인을 한눈에 가려내는 내 나름의 기준을 몇 가지 찾게 됐다. 우선,

– 단체 관광객 중 젊은 여성의 비율이 압도적으로 높은 것은 일본인 이다.
– 하지만 이런 단체 관광객 중 안경을 쓴 젊은 여성이 둘 이상 포함 되어 있으면 일본인이 아닐 가능성이 90%. 일본 젊은 여성의 안경 착 용 비율은 현저히 낮다.
– 초등학교 자녀와 함께 여행하는 쪽은 중국인이나 한국인일 가능 성이 높은데, 그 자녀가 안경을 끼고 있다면 한국인일 가능성이 높다. 역시 안경이 기준!
– 중국인이냐 한국인이냐는 갈림길에서는 남자들의 머리가 좀 더 짧고 약간 더 반지르르한 쪽이 중국인일 가능성이 높다. 또 대체로 갈 색으로 염색하거나 파마기 없는 생머리 무리 가운데 군인처럼 짧은 머리를 한 여자가 간간히 섞여 있다면 이는 중국인일 가능성이 매우 높다.
– 무리 중 일부 여성들이 등산복을 입고 있고 금색 테두리가 박힌 선 글라스를 꼈으며, 걸음걸이마저 빠르다면 한국 사람일 가능성이 농 후하다.
– 일본 남자들의 머리는 3국 중에서 가장 길고 또 뻗쳐 있다. 일명 '새기 컷'이다.
– 일본인들은 스카프 등 소품을 매우 적극적으로 활용하며 옷의 레

이어드가 가장 복잡하다. 내가 도쿄에 체류하는 동안 경험한 바로는 이들은 가까운 편의점에 갈 때도 트레이닝복을 절대 입지 않는다. 굳이 패셔너블해서라기보다는 남들의 눈에 허투루 보이는 걸 꺼려하는 것 같다. 이것도 남에게 일종의 폐가 된다는 강박관념?

– 일본 여자들은 눈 화장과 볼 터치에서 한국 및 중국 여자들과 다소 극명하게 차별화된다.

그리고 마지막으로,

– 외국을 여행하면서 'MLB' 야구모자를 쓰고 다니면 이는 90% 이상 한국 남자다. 굳이 응원하는 팀도 아니지만, 허전해서 혹은 원래 그랬으니까 쓰고 다닌다. 야구장 밖에서 MLB 모자를 쓰고 다니는 곳은 미국과 한국이 거의 유일하지 않을까?

아　내　의　피　렌　체

오늘 요리교실에서는 요거트 판나코타(panna cotta)를 만들었다. 선생님은 우리 수업이 이탈리안 전통 가정식 레시피를 배우는 클래스지만 이 판나코타만큼은 특별히 오리지널 레시피에 들어가는 생크림 대신 요거트를 사용해서 칼로리를 낮춘 것이라고 했다. 이탈리아에서 직접 배우는 판나코타인데 이왕이면 오리지널 레시피를 배우고 싶었지만 선생님 말로는 요즘은 이탈리아 가정에서도 칼로리를 생각해 요거트로 대체해서 만드는 게 유행이라고 한다.

결론적으로 요거트 판나코타의 맛은 실망 그 자체였다. 맛이 없는 것은 아니었지만 적어도 내가 기대하는 판나코타 맛은 바닐라와 크림

의 향이 입 안에 퍼지며 녹아 없어지는 달콤함, 그 달콤함에 나도 모르게 스르르 눈이 감기며 나른해지는 그런 맛이다. 그런데 이건 담백하다 못해 정신이 번쩍 들도록 상큼해서 사실상 판나코타가 아니라 요거트 젤리일 뿐이다. 그도 그럴 것이 본래 판나코타라는 것이 '조리된 크림'이라는 뜻인데 크림이 빠졌으니 팥 없는 찐빵이나 다름없는 것. 찐빵 이야기가 나와서 말인데 피자 맛, 만두 맛 찐빵이 줄줄이 나온다 해도 달달한 팥앙금을 넣어 만든 찐빵이 최고다. 슈크림, 단호박 등을 아무리 넣어 새롭게 만들어도 본래의 붕어빵 맛보다 못한 것처럼.

나도 요리교실을 진행하다 보면 '다이어트 레시피'란 명목으로 건강하고 담백함을 살려 메뉴 개발을 할 때가 있다. 버터 대신 올리브유를 쓰거나, 닭다리를 닭가슴살로 대체하고 튀김에서 구이로 바꿔 칼로리는 낮추고 건강을 강조하는 것이다. 그리고 "담백하게 완성해보세요!", "칼로리를 낮춰서 부담 없이 먹을 수 있답니다.", "깔끔하고 가벼워서 여성분들이 좋아하는 맛입니다."라고 소개한다. 물론 다 맞는 말이다. 하지만 가끔 어떤 것은 그 맛이 현저히 차이가 나서 도저히 본래의 레시피를 거스르기 싫을 때가 있다.

버터의 향, 닭다리살의 찰진 식감, 튀김의 바삭함을 즐겨야 할 메뉴라면 굳이 바꾸지 않는 편이 낫다. 그래서 나는 종종 클래스에서 치즈를 듬뿍 올리고 맛깔나게 튀김요리를 하면서 "이렇게 만들어서 맛있게 먹고 나중에 밥 한 공기 덜 먹고 운동하면 되죠, 뭐."라며 수강생들을 설득한다.

칼로리를 낮추고 건강에 좋은 것도 좋지만 음식은 뭐니 뭐니 해도 맛이 가장 중요한 것이 아닌가. 그렇다고 해서 요거트 판나코타가 맛이 없다는 말이 아니다. 다만 요거트 젤리와 판나코타는 다르다고 말하고 싶다.

요거트 판나코타

재료

플레인요거트 300㎖
생크림 100㎖
설탕 2큰술
판젤라틴 1장
(또는 가루 젤라틴 5g)
바닐라빈 1/2개
레드커런트 한 줌
소금 적당량

오리지널 판나코타 재료
우유 200g, 생크림 200g
판젤라틴 1장(가루 젤라
틴 5g), 설탕 2큰술, 소금
약간, 바닐라빈 1/2개

만드는 법

1 판젤라틴은 찬물에 1분간 담가두었다가 흐물흐물해지면 건져서 물기를 꼭 짠다.(가루 젤라틴을 쓸 경우, 물 2큰술과 함께 불려둔다.)

2 바닐라빈은 반으로 갈라 안쪽의 씨를 칼등으로 긁어낸다.

3 설탕과 긁어낸 바닐라빈 씨를 냄비에 넣고 생크림을 부어 약불로 끓인다.

4 생크림이 데워지면 불을 끄고 1의 불려둔 판젤라틴과 플레인요거트를 넣고 잘 섞는다.

5 4를 작은 용기에 부어서 냉장고에 3시간 이상 차갑게 둔다.

6 레드커런트를 알알이 떼어서 설탕과 함께 냄비에 넣고 중불로 조린다. 윤기가 나고 어느 정도 조려지면 불을 끄고 식혀서 판나코타에 곁들인다.

피렌체 **둘러보기**

Casa di
Dante
단테의 집

오전 10시부터 오후 5시까지 개장.
월요일과 마지막 주 일요일은 휴무.

피렌체에서 아내가 집착한 게 벼룩시장이었다면 남편은 《신곡》의 작가 단테에 단단히 꽂혀 있었다. 때론 이런 역사적인 인물에 이유 없이 강하게 끌리는 게 남편의 특징 중 하나. 둘 사이에 공통점이 있다면 피렌체를 사랑했다는 것과 나이 서른다섯에 인생의 여행을 떠났다는 점인데, 단테는 사실 여행이 아닌 형벌에 따른 유랑이었다. 1302년 정치적 반대파에 의해 반역 혐의를 받아 피렌체에 돌아오면 화형에 처해진다는 판결을 받은 뒤 평생 외지를 전전했다. 그리고 결국 파도바에서 한 많은 인생을 마감했다. 어린 시절 맞닥뜨린 베아트리체와의 순수한, 그러나 이루어지지 못한 사랑이 그의 인생을 지배했으며, 신을 찬미하던 중세의 틀을 벗어나 인간의 아름다움을 본격적으로 노래하면서 르네상스의 기원을 마련했다. 도심 벽면 곳곳에 새겨진 《신곡》의 구절들을 보고 있자면 피렌체 사람들이 얼마나 단테를 사랑하고 자랑스러워하는지 짐작할 수 있다.

피렌체 **둘러보기**

Sapori di
Korea
사포리 디 코레아

위치 : Via Dei Magazzini 27/r

굳이 피렌체에 와서까지 한국 음식을 먹어야 할까 싶었지만, 아무리 훌륭한 이탈리아 음식을 매일 접한다 해도 때론 매운 맛이 그리운 건 어쩔 수 없었다. 피렌체에 한국 음식점이 없는 건 우리가 해 먹을 수 있으니 그렇다 치더라도 필수 재료는 구입해야만 했다. 그런데 어찌된 일인지 블로그에 소개된 한국 식품점은 찾기가 만만치 않았다. 감으로 찾다가 몇 번 허탕을 치곤 결국 주소를 꼼꼼히 적어 시내 지도와 비교해본 끝에 발견하곤 살짝 감격했다.

너구리부터 포장김치, 냉동만두 그리고 소주는 물론 막걸리까지. 한국 슈퍼마켓의 코너 일부를 그대로 옮겨온 듯한 상점을 한국 여자와 결혼한 이탈리아 아저씨가 운영하고 있다는 게 인상적이다. 한국말로 의사소통은? 한번 해보려다 로버트 할리처럼 사투리가 튀어나오면 왠지 웃음보가 터질 것 같아 그만뒀다.

AM 08:45 기분 좋은 금요일 아침의 시작.

PM 12:10 우피치 미술관의 본격적인 탐방에 앞서 햄버거와 피자로 점심 식사.

PM 13:30 예상치 못한 비 때문에 우산 가지러 다시 집으로. 이왕 들어온 거 커피 한잔 하고 갈까?

PM 14:00 다시 우피치 미술관을 향해 출발. 표 끊기 전 가방 검사하는 데만 20분가량 소요되다. 비수기가 이런데 성수기에는? 꼭두새벽에 문 열자마자 가야 할 듯!

PM 14:40 관람 시작. 제대로 보려면 사실 하루도 모자라다. 엄청나게 방대한 컬렉션. 볼 줄 아는 안목이 없다는 게 아쉬울 따름.

PM 18:20 관람 종료. 제대로 알고 다시 보고 싶다는 생각뿐. 한국 돌아가면 르네상스 시대의 미술뿐 아니라 서양 역사에 대해서 다시 배워보고 싶다.

PM 19:00 집으로 돌아와서 김태권의 《르네상스 미술이야기》를 처음부터 끝까지 찬찬히 다시 읽어보다. 만화의 형식을 빌려 독자의 이해를 돕는 좋은 길잡이.

PM 22:00 그나저나 이틀 전에 한 빨래를 지금에서야 건조. 살림살이가 정말 만만치가 않다.

남 편 의 피 렌 체

이탈리아 체류 20일이 넘어가면서 내가 느끼는 감정은, 사실 놀라움이나 감탄보다는 극심한 자괴감과 열등감이다. 제법 아는 척하고 싶었지만 사실 이름만 들어본 단테의 《신곡》은 물론이고, 르네상스의 역사와 그 시대와 관련된 어떤 것에 대해서도 난 지식이라 불릴 만한 것을 갖고 있지 않았다.

35년을 이토록 부실한 배경지식 및 교양 속에서 살았다는 것, 그게 비단 서양 역사뿐만 아니라 내가 태어나고 자란 한국 문화사에 대해서도 인문학적 뒷받침이 될 만한 것을 거의 쌓지 못했다는 점에서 굉장히 부끄럽고, 또 당황스럽기까지 하다. 대학은 과연 내게 있어 허울

뿐이었는가. 미켈란젤로나 라파엘로라는 이름은 단지 닌자거북이의 멤버일 뿐이었던가. 또 1997년도의 수능은 이렇게 허술한 암기 지식을 가진 자들을 걸러내지 못할 정도로 허술했던 것인가 하는 생각으로 매일매일이 자괴감의 연속이었다.

한국에 돌아가면 당장 해야 할 공부가 있다는 점에서는 반가우나, 어디부터 시작해야 할지 사실 감이 잡히지 않는다. 일단은 르네상스 복기와 단테 원문 읽기, 그리고 그리스, 로마부터 시작하는 것이 좋을 것 같다. 그런 점에서 굉장히 스스로에게 실망스럽지만 또 한편으론 희망적이다. 이미 서울대에서 도자공예를 배우고자 수강 신청한 아내와 함께 나 역시 뭔가 올 한 해 동안 절실히 배우고 싶고, 스스로의 무지를 깨치고 싶은 마음뿐이다. 아, 창피하지만 그래도 기대된다.

아 내 의 피 렌 체

오늘 우린 바르셀로나행 비행기표를 예매했다. 올 여름 한 달 동안은 바르셀로나에서 지내보기로 결정한 것이다. 갑작스럽지만 그렇게 됐다. 지난주였던가. 피렌체에 오길 정말 잘했다는 이야기를 하고 있었는데 통장의 잔고를 걱정하기보다 육체가 건강함에 감사하며 이런 모험을 몇 번 더 감행해보는 것도 좋겠다고 둘 다 동의했다. 통장 잔고가 바닥이 날지언정 우리의 청춘, 이 순간은 지나가 버리면 되돌릴 수 없지 않은가!

물론 시간과 비용의 문제도 생각하지 않을 수는 없었다. 일단 나는 조금만 무리하면 한 달을 또 비울 수 있다. 한 달간 일을 쉬면 수입은 없겠지만 직원들이 할 수 있는 작은 일만이라도 유지한다면 월급과 월세는 어느 정도 막을 수 있을 거다. 남편 역시 당장 재취업을 하지 않는다면 올 여름에도 한 달의 시간을 내는 일은 어렵지 않을 거고 퇴직금으로 여행 경비를 충당할 수 있다. 물론 6개월이란 시간 동안 우리의 잔고는 마이너스를 향해 달려갈 것이고, 통장이 바닥나서 밑바닥부터 다시 시작해야 할 수도 있겠지만, 다행히 우리는 가진 것도 별로 없다. 그렇다고 해서 당장 길거리에 나앉을 정도도 아니고. 하지만 걱정이 되는 것도 사실이라 스스로 용기를 내기 위해 타당성을 뒷받침해줄 근거를 일부러 몇 가지 더 생각해봤다.

첫째, 지금 이 여행을 통해 스트레스가 없어졌고 엄청난 휴식과 충전이 되고 있다. 지금까지 열심히 살았으니 우리 스스로에게 이 정도의 상을 주는 것도 나쁘지 않다.

둘째, 음식을 업으로 하는 나에게는 이 동네의 다 쓰러져가는 가정식 집에 가서 한 끼를 먹더라도, 시장을 한번 가더라도 더할 나위 없이 좋은 공부고 경험의 시간인 것 같아 오히려 이런 여행은 당연한 투자가 아닐까 생각한다.

셋째, 남편이 바로 재취업을 하게 되면 한 달이란 시간을 언제 또 낼 수 있을지 모른다. 학생 때는 돈 많이 벌면 여행 다녀야지 하다가 회사에 들어가면 돈이 있어도 시간을 낼 수 없어서 여행을 못 가고, 나이가 들면 돈 있고 시간 있어도 체력이 달려서 못 간다고 하더라. 나중에 후회하지 말고 지금 용기를 내보자.

결정적으로 넷째, 아파트에서 지내고 밥도 해 먹다 보니 외식만 좀 더

줄이면 서울에서 쓰는 생활비와 큰 차이가 없다. 저축은 못 해도 크게 손해 날 일도 없다.

이렇게 몇 가지 이유를 덧붙여 생각해보니 더 이상 망설일 이유는 없었다.

이번에는 바다가 있는 도시를 원했다. 겨울의 유럽은 온돌방이 그리울 만큼 너무 춥기 때문에 뜨거운 지중해의 태양 아래서 마음껏 태닝하는 상상을 했다. 수영은 못하지만 물놀이도 하고 바닷가에 누워서 하루 종일 음악 듣고 책도 읽어야지. 독일의 함부르크는 어떨까? 핀란드 헬싱키도 오래 전에 짧게 가본 적이 있는데 인상이 좋아서 오래 지내며 둘러보고 싶다. 스페인의 어느 도시도 좋을 것 같고 신랑의 오랜 꿈인 알래스카도 후보에 올랐다. 우린 와인 한 병을 다 마시는 동안 여러 도시를 여행하듯 이야기를 이어갔다. 즐거운 고민 끝에 뜨거운 태양의 도시, 맛있는 음식이 있는 바르셀로나로 의견이 모아졌다. '바르셀로네타' 해변에서 느긋하게 시간을 보내고 '타파스'와 '샹그리아'를 먹는 상상, 해산물이 듬뿍 들어 있는 '파에야'를 떠올리는 순간, 더 이상의 고민은 필요치 않았다. 포테이토 치킨을 만들고 키안티 와인을 글라스에 채웠다. 축배를 들었다. 정열의 바르셀로나를 위하여! 우리의 뜨거운 청춘을 위하여!

여행은 사람을 변화시키고 때로는 엄청난 용기를 준다. 이곳에 올 때 그렇게 치열하게 싸우고 고민했는데 우리는 하룻밤 만에 이런 결정을 내리고 속전속결 비행기표를 예매했다. 시뇨리아 광장의 다비드 상 복제품이 우리에게 용기를 준 걸까. 피렌체가 우리를 용감하게 만들었다. 이번 주엔 꼭 아카데미아 미술관에 있는 미켈란젤로의 다비드상을 보러 가야겠다. 승리를 거둔 다비드가 아닌, 골리앗을 쓰러뜨릴 용기를 한손에 움켜쥔 소년 다비드를.

포테이토 치킨

재료

닭다리 4개
우유 1컵
닭날개 4개
감자 작은 것 2~3개
버터 4큰술
달걀 2개
빵가루 1컵
소금 · 후추 · 페페로니
조금씩
라임 1개

만드는 법

1 닭고기는 우유에 30분간 담가두었다가 깨끗이 씻어서 물기를 제거한다.

2 감자는 웨지로 썰고 라임은 반으로 썬다.

3 오븐 용기에 버터를 올리고 180도로 예열한 오븐에서 1분간 두어 버터를 녹인다.

4 준비한 감자와 닭에 소금, 후추, 페페로니 파우더를 뿌린다.

5 달걀은 풀어두고 빵가루는 넓은 접시에 준비한다.

6 닭에 달걀과 빵가루를 묻혀서 감자와 함께 오븐 용기에 담는다. 200도로 예열한 오븐에서 40분간 굽는다. 라임즙을 쭉 짜서 곁들인다.

• 버터를 넣어서 더욱 고소하고 바삭한 오븐구이예요.

피렌체 **둘러보기**

Galleria
degli Uffizi
우피치 미술관

오전 8시 15분부터 오후 6시 50분까지 개장하며, 월요일과 1월 1일, 4월 1일 그리고 크리스마스는 휴무.

우피치(Uffizi)는 '사무실'이라는 뜻으로 '사무실 미술관'이라는 다소 지루하고도 어색한 이름이다. 하지만 그 컬렉션만큼은 지루하지 않다. 세계에서 가장 오래된 미술관이자, 르네상스의 발상지 피렌체에 자리한 까닭에 미켈란젤로, 레오나르도 다빈치, 보티첼리 혹은 라파엘로를 한자리에서 마주할 수 있다. 세계의 어느 미술관에서도 쉽게 접하지 못할 행운.

미술에 조금이라도 관심이 있다면 되도록 이른 시간에 가길 추천한다. 우리는 비수기인 2월의 비 오는 날에 갔지만 입장에만 30분 걸렸고, 관람도 편치 않았다. '성수기라면 어떨까?' 하는 상상만으로도 식은땀이 날 정도? 앞서 언급한 대가들의 작품 외에도 미술관 1층 외벽 회랑에 줄지어 있는 피렌체 출신 위인들의 입상만으로 이미 압도될 정도이니, 시간이 많지 않다면 이 주변이라도 한번 쭉 둘러보는 게 좋겠다.

The
Club House
클럽 하우스

위치 : Via dei ginori 4/6/8/10r
메뉴 : 네 종류의 치즈가 올라간 피자
8.00유로, 클럽하우스 베이컨 버거
12.00유로, 코카콜라 라이트 3.00유로

이탈리아어 상호 일색인 피렌체 시내에서 일단 영어로 된 간판이 눈에 띄는 곳. 아니나 다를까 메뉴도 그렇고 분위기도 그렇고, 밝고 가벼운 아메리칸 스타일 레스토랑이다. 햄버거에 감자튀김이 이 집의 주력 메뉴인지, '#1 Hamburger in Florence'라고 쓰인 전단지를 받고 호기심이 생겨 찾게 됐다. 햄버거와 피자를 하나씩 시켜서 나눠 먹었는데 양이 적지 않다. 피자 한 판도 그렇고 햄버거도 둘이 사이좋게 나눠 먹으면 좋을 정도의 크기다. 여자끼리 찾는다면 둘 중 하나에 샐러드를 곁들여도 양은 충분하겠다. 맛은? 맛도 미국 스타일에 가까우니 판단과 선택은 각자의 몫으로. 그래도 감자튀김은 확실히 맛있다.

AM 11:05 중앙시장에서 처음으로 맛본 곱창 수육! 소주 한잔이 생각날 만큼 우리네와 맛이 흡사하고 또 개운하다. "아줌마, 여기 소주 한 병!" 하고 외치고픈 아침 겸 점심.

PM 12:00 앤티크 시장이 열린다고 알고 찾아간 피렌체 북쪽 광장. 하지만 허탕. 비는 계속 내리고, 기분이 급격히 가라앉았다.

PM 12:45 대신 산타 마리아 노벨라 성당으로 향하다. 하지만 성당도 이젠 눈에 들어오지 않는다.

PM 13:30 우리가 처음으로 피렌체에서 찾았던 중앙역 근처 카페에서 카푸치노 한잔. 몸이 얼어버릴 정도로 추운 피렌체의 2월. 그 누가 연중 온화한 기후의 토스카나라고 했던가.

PM 14:15 집으로 오는 길에 슈퍼에 들러 맥주를 종류별로 다 사는 걸로 스트레스 해소하다.

PM 16:00 이불 잔뜩 끌어다가 침대에 누워 톰 행크스 주연의 〈다빈치 코드〉 감상.

PM 18:50 저녁 식사를 위해 지인에게 추천받은 레스토랑을 찾았으나 7시 30분 오픈이라는 말을 듣고 다시 집으로. 불과 3분 거리라 정말 다행이다.

PM 20:00 식전 와인부터 시작해서 비스테카와 라비올라. 그리고 고급 디저트까지 완전 풀 코스로. 메뉴 하나하나에 지금까지 살아오면서 경험해보지 못했던 풍미가 가득 담겨 있다.

PM 21:45 드디어 식사 종료. 우리가 만난 뒤로 가장 오랜 시간, 그리고 가장 느긋하게 서로의 눈을 마주하며 나눈 저녁 식사로 기억될 듯. 이 행복감!

남 편 의 피 렌 체

✳

내가 이탈리아에 오기 전 와인에 대해서 자신 있게 얘기할 수 있는
건, 와인에는 레드와 화이트가 있다는 것 정도였다. 이탈리아가 와인
의 본고장이라는 건 알았지만, 수출량으로는 프랑스 다음으로 세계
2위, 재배지 면적으로는 스페인과 프랑스에 이은 3위라는 것까지는
알지 못했다. 토스카나 지방에서 생산되는 키안티 와인이라는 게 제
법 유명하다는 것도 피렌체에 와서야 처음 알았다. 만화 〈신의 물방
울〉에서도 주류는 프랑스 와인이고, 이상한 취향의 아저씨만 이탈리
아 와인을 고집하지 않던가. 그렇다고 프랑스 와인을 잘 안다는 건 또
아니고.

사실 십 수 년을 마셔온 소주도 주문할 때마다 '처음처럼'을 시켜야 할지, '참이슬'을 시켜야 할지 매번 망설일 정도니 주류에 대한 취향은 전혀 깊지도, 확실치도 않은 셈이다. 하긴 소주를 맛으로 구분해 자기만의 기호로 승화시킨 사람이 몇이나 되겠느냐마는, 그래도 한국에서는 나름 적당히 술을 즐길 줄 안다고 생각했고 일본 생활을 거치면서 맥주 맛 정도는 분별할 수 있다 여겼는데 와인에 이르자 말문이 딱 막혀버렸다.

와인에 대한 지식이 이 정도로 바닥을 친 데는 사실 비용에 대한 공포감이 한몫했다. 가령 이탈리안 레스토랑에 가면 둘이서 파스타만 먹어도 4만 원을 상회하는데, 여기에 전채요리와 와인까지 시키자면 그야말로 물경 10만 원. 푸드스타일리스트 아내를 만나기 전까지 먹고 마시는 데 쓰는 돈에 인색했던 나는, 웨이터에게 와인 리스트를 받으면 마치 인터넷 쇼핑몰에서 '가격순'으로 정렬해 검색하듯, 누구보다 빠른 속도로 제일 저렴한 와인과 그다음 저렴한 와인을 찾아내서는 후자를 주문하곤 했다. 당연히 어떤 와인을 마셨는지, 또 맛이 어땠는지 기억하지 못했다. 내 손에 남은 것은 주말 근무수당 정도가 찍힌 영수증뿐이었다.

굳이 술 하나 마시는데 이게 몇 년도 산이고, 그해 비가 얼마나 내려서 작황이 어땠는지 따위를 알 필요가 있나 싶기도 하지만, 알고 마시는 술과 모르고 마시는 술은 사실 그 의미가 전혀 다르다. 얼마 전 광장에 앉아 아내와 함께 와인을 홀짝이는데 건너편에 처음 만난 듯한 젊은이와 어르신 한 분이 와인을 주고받으며 이야기를 나누고 있었다. 이탈리아어를 거의 알아듣지 못하는 까닭에 정확한 의미 파악은 안 됐지만 와인 병을 유심히 쳐다보며 고개를 끄덕이는 모습에서 둘의 화제가 와인임을 어렴풋이 알 수 있었다. "이 와인 참 괜찮죠?" 정도의 얕은 대화였을 수도 있지만 '와인은 처음 만나는 사람도 나눌

수 있는 스토리가 담긴 술이구나.' 하는 생각이 들어 문득 그들의 대화가 좀 더 풍요롭게 느껴졌다. 찾아보면 사실 술만큼 훌륭한 스토리텔러도 없다.

반면 맥주는 그렇다 치고, 우리네 소주나 막걸리는 그래도 스토리가 있을 법한데 거의 접해보질 못했다. 막걸리는 그나마 지역별 혹은 재료별 특색이 있어 조금 나을지 몰라도 '안동소주는 몹시 독하더라.' 정도 외에는 소주 개개의 특징에 대해서 들어본 바가 없다. 업체들도 도수 경쟁에만 열을 올릴 뿐, 브랜드에 의미를 담거나 스토리를 만들어내는 데에 크게 관심이 없는 것 같다. 하긴 폭탄주의 메인 재료로서 가만히 있어도 빈병이 차곡차곡 쌓여가니 특별한 공을 들일 필요가 없는지도 모르겠다.

하지만 이젠 우리도 술을 좀 음미해가며 마실 만한 여유가 되지 않았나. 풍미를 더하는 게 아니라 오로지 빨리 취하기 위해 술에 술을 타는 건 한국에서밖에 보지 못했다. 이렇게 술을 자주 마시고 사랑하는

술 애호가가 넘쳐나는 나라에서 세계의 주류 문화를 이끌지 못하고 술과 관련된 스토리가 없다는 건 이상한 일이다. 그래서 이 자리를 빌려 '좀 더 맛있는 맥주를 생산해주십사' 하고 한국의 업체들에 간곡히 청한다. 마음만 먹으면 못해내는 일이 없는 우리나라가 일본의 아사히보다 맛없는 맥주를 만든다는 게, 그리고 거기서 자존심의 상처를 입지 않는다는 게 난 도무지 이해가 되질 않는다.

여러분도 그렇지 않습니까?

아　내　의　피　렌　체

❖

뜨거운 와인은 나라마다, 지역마다, 만드는 사람마다 방법이 조금씩 다른데 대부분 와인에 오렌지, 계피 스틱, 정향, 설탕을 넣는 걸 기본으로 한다. 과일을 넣거나, 계피나 정향 대신 카다몬 씨, 넛맥 가루를 넣기도 한다. 프랑스에서는 '뱅쇼', 독일에서는 '글루바인', 영국에선 '뮬드와인'이라고 부르는 뜨거운 와인은 이탈리아에서는 말 그대로 비노칼도(vino caldo, 뜨거운 와인)라고 부른다.

날이 추워서 한번쯤은 사 먹고 싶었는데 이탈리아 사람들은 직접 만들어서만 먹는지 바나 레스토랑 메뉴판에서는 본 적이 없다. 하긴 이렇게 와인이 싼 나라에서, 그것도 저가의 와인이나 먹다 남은 와인을

끓여서 마시는 음료를 굳이 밖에서 사 먹을 필요가 없겠지. 슈퍼에서
계피가 보이기에 언젠가 감기가 걸리거나 추울 때를 대비해서 한 봉
지 사놓았다. 지금껏 두어 번 끓여서 마셨는데 그중 한 번은 감기 기
운이 있는 날 위해 남편이 끓여준 것. 이럴 때 보면 영락없는 '스윗가
이(sweet guy)', 로맨티스트다. 생강까지 넣어서 정말 맛있던 그 두 잔
을 마시고 이불을 머리끝까지 덮고 푹 잤더니 다음 날 아침, 신기하게
감기 기운이 싹 사라졌다. 실은 약한 불에 은근히 끓여서 알코올을 날
리는 게 요령인데 센 불에 끓여서 금세 따라내왔으니 알코올이 그대
로였던 것. 컨디션이 좋지 않았던 나는 두 잔만 마셨을 뿐인데도 바로
뻗어버린 거다. 뜨거운 와인은 유럽에서도 감기에 특효약으로 인정
받고 있다던데, 어쨌든 감기도 낫고 오랜만에 푹 잤으니 '어설픈' 남
편에게 감사해야겠지.

비노칼도

재료

레드 와인 1/2병
계피 스틱 1개
생강 1개
오렌지 1개
설탕 적당량

만드는 법

1 우선 오렌지를 얇게 썬다.

2 얇게 썬 오렌지를 냄비에 정성스레 넣는다. 비록 거창한 음식은 아니지만 모든 요리의 기본은 정성이니까.

3 생강도 저민다.(전 사실 생강을 무척 좋아합니다. 잘 절인 초생강만 있으면 밥 반 그릇은 뚝딱. 한 그릇은 어렵고요.)

4 오렌지와 생강이 들어간 냄비에 계피 스틱을 하나 넣는다.(전 계피가 이렇게 스틱 모양으로 판매된다는 걸 피렌체 가기 직전에 처음 알았어요. 그러고 보니 비노칼도를 처음 만든 게 불과 얼마 전이군요.)

5 설탕을 한 스푼 정도 넣는다.

6 레드 와인을 반 병 가량 붓는다.(아, 아까워라. 하지만 이 와인이 술이 아닌 약이 됩니다.)

7 중불에 10~15분가량 끓여주면 완성!

Basilica di
Santa Maria Novella
산타 마리아
노벨라 성당

오전 9시부터 오후 5시까지 개방. 단
금요일과 일요일에는 오후 1시부터
5시까지만 관람 가능.

당신이 로마나 밀라노 혹은 베네치아에서 기차를 타고 피렌체에 입성했다면 역을 나서자마자 가장 먼저 산타 마리아 노벨라 성당과 마주할 가능성이 크다. 피렌체 중앙역이 'S.M.N'라는 약자로 불리는 이유도 이 성당의 이름에서 유래했다. 하지만 그만큼 익숙한 곳이고 우리가 매일 슈퍼를 갈 때마다 지나치는 곳이다 보니 오히려 정식 방문에는 뜸을 들였다. 그런데 이 고딕 양식의 건물 안에도 수많은 대가들의 작품이 살아 숨 쉬고 있다. 특히 마사초의 '트리니티(The Trinity)'는 원근법을 최초로 구현한 선구자적인 작품으로 서양미술사를 언급할 때 빠지지 않는 작품이니 한국 돌아와서 아는 척이라도 한마디하려면 꼭 한번 봐두는 게 좋다.

피렌체 **맛보기**

Garga
가르가

위치 : Via San Zanobi 33/r
메뉴 : 비스테카 1kg 50.00유로 등

오랜 친구이자 우리 부부보다 앞서서 한 달간 이탈리아를 찾았던 SBS 〈힐링캠프〉의 조문주 PD가 적극 추천하여 찾게 된 곳. 우리 집에서 불과 100미터 떨어진 곳에 자리 잡고 있어 가벼운 마음으로 집을 나섰는데, 지갑은 좀 무겁게 해서 가길 추천한다. '옐프(Yelp)' 등 레스토랑 평가 사이트에서 상위권을 차지한 만큼 맛은 확실히 보장하지만 비스테카 1kg이 50유로로 가격대가 만만치 않다.(게다가 100g 단위로 시킬 수 있는 몇몇 레스토랑과 달리 1kg을 기본으로 시켜야 한다.) 맛도 맛이지만 주인이 현대 미술에 조예가 깊은지 내부 디자인 또한 상당히 인상적이다. 피렌체에 한 달 있는 동안 가장 비싼 저녁이었지만 동시에 가장 만족도가 높았던 식당 중 하나였다.

AM 08:00 벼룩시장 갈 생각에 처음으로 남편보다 먼저 일어나서 준비 중인 아내. 못 말려, 정말.

AM 11:00 치옴피 광장의 벼룩시장으로 향하는 당당한 발걸음. 구경거리도 많고, 사고 싶은 것도 너무 많다.

PM 12:30 점심 식사도 잊은 채 쇼핑, 쇼핑 그리고 쇼핑.

PM 14:00 마침내 쇼핑 종료. 저렴한 가격에 구입해서 몹시 만족스럽긴 하나 '과연 서울로 이 물건들을 모두 가지고 갈 수 있을 것인가?' 하는 불안감이 엄습해오다.

PM 15:00 집에 돌아와서 늦은 점심. 오늘은 스스로에게 선물하는 기분으로 고추장을 잔뜩 넣은 '라볶이!'

PM 16:00 오늘 구입한 모든 아이템을 마루에 펼쳐놓는 아내. 뿌듯한 미소가 떠나질 않는다.

PM 17:00 어제의 〈다빈치 코드〉에 이어 같은 원작자의 〈천사와 악마〉를 DVD로 감상. 영화라서 좀 과장된 면도 없진 않겠지만, 이탈리아는 참으로 흥미로운 역사와 이야깃거리를 갖고 있는 나라인 건 확실한 듯.

PM 21:00 다시 한 번 오늘 구입한 벼룩시장 쇼핑 리스트들을 살펴보며 뿌듯해하는 밤. 오늘만큼은 저녁을 먹지 않아도 배부를 듯?

남 편 의 피 렌 체

✤

우리나라에는 유독 '최고, 최대, 최초'의 수식어가 붙는 게 많다. 신혼 부부들의 필수 혼수품목이라는 LED TV는 세계 최고의 사이즈이자 최초로 발매된 제품이며, 최근 오픈한 백화점은 세계 최대 규모를 자랑한다. 정부 경제 부처 혹은 대기업 전략부서 어딘가에 세계에서 생산되는 모든 제품이나 서비스를 매일같이 비교해서 1위부터 100위까지 도식화하는 담당자가 따로 있나 싶을 정도다. 작고 소박하고, 정신이 깃든 소규모 장인 제품임을 더 알리고자 하는 세계의 흐름과는 분명 맞지 않는 일이다.

우리나라 여느 도시에서나 마주칠 수 있는 '걷고 싶은 길'도 마찬가지다. 걷고 싶다는 건 인위적으로 이름을 가져다 쓴다고 해서 가능한 일이 아니다. 돈을 아무리 많이 들인 식당도 사람이 찾지 않으면 결국 망하듯, 길 또한 사람들이 스스로 모이고 통행을 지속할 때만 온전한 하나의 길이 될 수 있다. 루쉰이 말했듯, 본래 땅 위에는 길이 없었다. 걸어가는 사람들이 많아지면 그것이 곧 길이 되는 것이다.

나 역시 그렇게 '이름을 붙이듯' 살아왔던 게 아닐까 하는 생각을 피렌체에 있는 동안 문득문득 했다. '연세대학교', '미국과 일본 어학연수', 그리고 '대기업 입사'는 내가 간절히 원해서 걸어온 길이라기보다는 남들에게 이렇게 보이면 좋겠다는 바람이 강하게 이끈 신기루였는지도 모르겠다. '난 남들에게 이 정도로 보이며 살고 싶어.'라고 미리 정해두고, 그 길을 무작정 좇아온 게 아닌가 하는 자괴감과 슬픔이 나를 때때로 휩싸곤 했다. 솔직히 말하자면 나는 '최고, 최대, 최초'가 되고자 했지만 그럴수록 행복해지기는커녕 본질로의 접근도 더더욱 멀어졌다. 답은 화려한 스펙이 아닌 소박한 내면에 있음을 이미 알고 있었기 때문일 테다. 다만 생각과는 반대로 살아왔을 뿐이다.

그 대가를 지금 톡톡히 치르고 있다. 먼 훗날 다시 한 번 후회하고 싶지 않다.

아　내　의　피　렌　체

✤

서른다섯 전에는 절대 결혼하지 않겠다던 나의 결심은 일과 사람에
치여 심신이 지쳐 있던 시기에 신랑을 만나 바뀌었다. 유학까지 갈 형
편은 못 되어 한식을 공부했는데, 갑자기 한식 세계화 바람이 불면서
한식을 할 줄 아는 젊은 푸드스타일리스트를 찾는 사람들이 많아졌
다. 결혼이든 일이든 타이밍이 참 중요하다. 사랑과 믿음만큼, 재능과
실력만큼 중요한 것이 시기 적절한 타이밍이다. 타이밍은 둘 중 하나
다. 치밀한 계획으로 시기를 맞추거나 그저 천운에 맡기거나.

　요리도 늘 타이밍이 중요하다. 빵은 반죽의 발효시간을 덜 해도 더 해
도 망쳐버리고 만다. 발효시간이 모자라면 덜 부풀어서 딱딱하고 질

긴 빵이 되어버리고, 발효가 과해지면 부풀다가 다시 주저앉아버리니 적절한 타이밍에 재빨리 오븐 속에 넣어야 한다. 해물의 비린 맛을 잡는다고 술을 뿌릴 때도 마찬가지다. 뜨겁게 달궈졌을 때 술을 뿌려야 순간적으로 증발되면서 비린내가 사라진다. 미지근할 때는 아무리 술을 넣어도 제대로 증발되지 않아 비릿한 맛이 그대로 남아버린다.

요리계의 '타이밍 지존'은 단연 스테이크다. 두툼한 것일수록 타이밍은 더 중요해진다. T자 모양의 뼈를 사이에 두고 안심과 등심, 두 가지의 다른 부위가 붙어 있는 티본스테이크라면 더욱 그렇다. 티본스테이크를 맛있게 굽고 싶다면 다음의 타이밍을 잊지 말아야 한다.

1. 굽기 전 : 냉장고에 보관했던 고기라면 굽기 30분 전에 실온에 두어 육질이 너무 차가운 상태가 되지 않도록 한다. '웰던'으로 익힐 것이라면 크게 상관이 없지만 '미디움'이나 '레어'로 익힐 것이라면 이

과정이 더욱더 중요하다. 단, 실내 온도가 20도를 넘어간다면 15분 정도 전에 꺼내두는 것만으로도 충분하다.

2. 팬에 겉면을 익히는 과정에서 : 팬이 매우 뜨거운 상태일 때 고기의 겉면을 익혀야 한다. 팬을 가스레인지에 올려서 불꽃을 최고로 세게 조절하여 팬을 달구다 보면 팬이 매우 뜨거워져서 연기가 나는 시점이 있다. 바로 이때 버터를 두르고 고기를 올린다. 불이 날까 걱정은 되겠지만 맛있는 스테이크를 위해서라면!

3. 오븐에서 꺼낸 뒤 : 겉면을 익힌 고기를 오븐에 넣어 한 번 더 익힌 뒤에는 꺼내서 바로 먹는 것이 아니다. 호일이나 뚜껑을 덮은 채로 5분간 그대로 둔다. 이 과정은 '미디움'이나 '레어'로 익혔을 경우에도 안쪽까지 열기가 침투되도록 해주고 육즙을 모아주어 더욱 부드럽고 맛있는 스테이크가 완성될 수 있게 도와준다.

4. 먹을 때 : 스테이크는 너무 오랫동안 먹으면 식어서 질겨지기 때문에 되도록이면 따뜻할 때 모두 먹도록 한다. 급하게 먹으라는 뜻은 아니지만 안주처럼 오래 두고 먹다가는 육즙이 달아나버리고 만다. 또 먹을 만큼 한입 크기로 썰어가며 먹어야 육즙의 손실을 줄여 맛있게 먹을 수 있다.

이 네 가지 타이밍만 지킬 수 있다면, 좋은 사람과 함께 집에서도 레스토랑 부럽지 않은 비스테카를 즐길 수 있다. 물론 이 네 가지를 모두 커버할 수 있는 단 한 가지 타이밍이 있다.

5. 먹는 사람이 무지 배가 고플 것.
오늘의 비스테카는 타이밍이 참 좋았다.

비스테카

재료

티본 스테이크 1kg
버터 2큰술
올리브유 1큰술
호박 적당량
소금 · 후추 · 디종머스터
드 약간씩

만드는 법

1 팬을 뜨겁게 달구고 버터를 녹인 후 티본스테이크를 사방으로 돌려
   가며 겉면이 갈색이 나도록 굽는다.

2 스테이크에 소금, 후추를 뿌리고 오븐 용기에 담은 뒤, 쿠킹 호일로
   뚜껑을 덮어 280도로 예열한 오븐에서 10분간 굽는다. 오븐에서 꺼
   낸 뒤 그대로 5분간 둔다.

3 호박은 한입 크기로 썰어서 올리브유, 소금, 후추를 뿌려 버무리고
   오븐 용기에 담아 200도로 예열한 오븐에서 15분간 굽는다.

4 구운 스테이크와 호박을 접시에 담고 기호에 따라 소금과 디종머스
   터드를 곁들인다.

피렌체 **둘러보기**

Piazza dei
Ciompi
치옴피 광장

벼룩시장에 대해서는 거의 전문가 수준으로 조사했다고 자부하는 우리 커플에게도, 치옴피 광장은 미지의 세계를 발견한 듯한 기쁨이었다. 발견한 계기도 그야말로 우연에 가까웠다. 아내를 요리교실에 등교시킨 뒤 하릴없이 북쪽으로 걷던 남편이 길을 잃고 방황하던 중 발을 들여놨던 것. 사실 그렇게 큰 규모는 아니다. 대략 20~30개의 숍들이 옹기종기 모여 있는데, 불규칙적으로 영업하는 가게들을 제외하면 통상 10개 정도의 숍들이 상시적으로 손님을 맞이하고 있다. 가격대는 국내의 1/3에서 1/5 수준으로 무척 저렴한 편.

매월 마지막 일요일에는 광장 주변을 둘러싸고 한바탕 벼룩시장 축제가 열리니, 관심 있는 사람은 이때에 맞춰 피렌체를 방문하는 것도 좋겠다.

AM 08:35 특별한 일정이 없는 날이라 일어나서 베키오 다리 남단까지 가벼운 마음으로 산책. 산 스피리토 성당에서 집전 중인 미사를 잠깐 보고 나오다.

AM 11:00 설거지. 모든 종류의 가사 중에 설거지가 제일 귀찮고 힘들다. 쌓이면 더 그렇다.

PM 13:30 남편표 김치부침개. 부침개 하나는 피렌체 와서 확실하게 익혀서 돌아가는 듯! 서울에서도 자주 만들어줄게. 와이프.

PM 15:00 달콤한 낮잠. 서울에서는 좀체 가져보지 못한 이런 여유로운 느림이 정말 감사하다.

PM 19:00 두 번째로 찾은 레스토랑 '차차(Za–Za)'. 오늘의 메뉴는 라비올리와 타르타르로! 역시 만족스러운 저녁.

PM 21:00 책도 읽고, 일기도 쓰고, 또 내일은 어떤 새로운 걸 해볼까 행복한 고민을 나누며 도란도란 이야기.

남 편 의 피 렌 체

❖

해파리일 리 없다. 하늘 높이 빠르게 치솟았다가 스스로 빛을 내며 유유자적 하강하는 모습이 마치 바닷속을 유영하는 해파리처럼 우아해서 편의상 우리끼리 그렇게 이름을 붙였을 뿐이다. 어디선가 나타났다 금세 사라지는 빛을 멀리서 처음 보곤 사실 어리둥절했다. 이게 피렌체에만 있는 건지, 아니면 이탈리아의 주요 관광지에도 있는 건지는 확인해볼 길이 없었지만, 기껏해야 화약 폭죽 정도만이 내 힘으로 하늘로 치솟아 올릴 수 있는 유일한 것이라 믿고 살아왔던 나의 빈약한 상상력에 금 가는 소리가 들려왔다.(얼마 전 이태원 지구촌 축제에서도 이걸 발견했다. 어찌나 반갑던지!) 간편한 것치곤 아름다웠고, 스스로 빛을 발하는 것치곤 폭죽마냥 시끄럽지 않았다. 2개에 5유로, 몇 번 쏘아 올리지 않을 것이란 걸 알고 있었지만 내 손은 이미 지갑에 가 있었다. 두오모나 레푸블리카 광장 주변을 맴돌며 이것을 파는 사람들은 주로 동남아시아나 아프리카에서 온 사내들이었다. 내게 야광 해파리 2개를 판 아저씨도 방글라데시에서 왔다고 자신을 소개했는데, 가족들은 아직 그곳에 있다고 했다. 내가 한국에서 왔다고 하자 '우리는 형제의 나라'라며 예의 사람 좋은 미소로 악수를 건넸다. 한 핏줄은 아니지만 어쨌든 전 세계에 형제가 많은 것은 좋은 일이다. 물론 이것만 팔아서는 본국에 남은 가족들의 생계를 책임질 수 없을 게 분명하다. 그래서 이들은 낮에도 뭔가를 꾸준히 팔았는데, 비가 오는 날에는 우산을, 비가 오지 않는 날에는 장신구나 가죽 제품들을 팔았다. 조금 논점을 벗어난 이야기지만 이들을 보면서 나는 날씨가 인간의 삶과 얼마나 밀접한 관련이 있는지 다시 한 번 생각하게 됐다. 사회가 고도화되고 인간들이 몸보다 머리를 쓰는 일을 하면 할수록 날씨는 우리 삶에 있어서 부차적인 변수가 된다. 자연보다는 인간의 힘을 믿고 의지하게 되고, 점점 자연이란 존재에 무감각해진다. 비나 눈 따위는 내 삶과는 전혀 상관없는 그저 귀찮고 불유쾌한 경험의 제공자가 되는 것이다. 이 얼마나 슬픈 일인가.

아무튼 방글라데시 사내의 뒷모습을 보면서 한국에 계신 나의 아버지를 떠올렸다. 나의 아버지도 저렇게 악착스럽게 벌어 우리를 키우셨겠지, 하는 생각에 나도 모르게 코끝이 시큰해졌다.

어느새 서른 살이 훌쩍 넘었지만 아직도 아버지의 마음을 그다지 잘 헤아리지 못하는 철부지 아들인 것 같아 다소 씁쓸해졌다. 그래서 지금의 송구스런 마음을 글로 대신 전한다. "아버지, 당신 어깨에 아직 짐이 되고 있어 죄송하고 사랑합니다."라고.

아　내　의　피　렌　체

❖

산책 : 휴식을 취하거나 건강을 위해서 천천히 걷는 일

오늘은 꽤 일찍 눈이 떠져서 아침 산책을 했다. 출근하는 피렌체 사람들, 아침관광을 나온 단체 관광객들, 베키오 다리 근처를 열심히 치우는 청소 차를 지나쳐 남쪽으로 계속 걷다 보니 2시간을 훌쩍 넘겨서야 집으로 돌아왔다.

이십대 중반까지의 나, 김은아를 회상해보면, 발걸음이 가벼워지는 상큼한 음악을 두 귀에 꽂은 채 어디든 걸어 다니는 걸 정말 사랑하는 아이였다. 하지만 5년 전 푸드스타일리스트라는 일을 본격적으로 시작하면서부터는 자주 무거운 짐을 날라야 했고, 시장으로, 작업실로 또는 촬영장으로 하루에도 대여섯 번씩 바쁘게 이동해야만 했기에 자동차에 전적으로 의지하며 살게 됐다. 때문에 불행히도 근 5년간은 일상 속에서 계절의 공기를 느끼며 산책해본 일이 거의 없다. 편리하고 고마운 자동차로 인해 나는 4월 벚꽃의 향기도, 녹아내릴 듯한 무더위도, 낙엽의 사각거리는 소리도, 살을 에는 듯한 추위도 느낄 수가 없었고, 그렇게 매해 무덤덤하게 새로운 계절을 맞이하고 있었다. 하지만 이곳에 온 뒤로는 내 두 발로 걸어서 어디든 갈 수 있다는 것의 행복을 새삼 실감하고 있다. 이 도시의 소음과 냄새, 기온 그리고 사람들의 표정 하나하나까지도 적나라하게 느낄 수 있는 것에 무척 신이 났다. 큰 도시라면 트램이나 버스, 지하철을 이용해 돌아다니겠지만, 피렌체는 도시 외곽으로 나가지 않는 이상 건강한 두 다리만 있으면 자유롭게 산책할 수 있다. 또한 도심 곳곳의 작은 골목들은 자동차가 진입조차 할 수 없어 더 여유롭게 걸을 수 있으니 이곳은 진정 보행자를 위한 도시라고 할 수 있다.

언젠가부터 나에게 있어 '여행'은 '산책'과 동의어가 됐다. 가벼운 운동화를 신고 발길 닿는 대로 걸어보는 것, 아침에 무작정 걷다가 어느 가게에 들러 오늘 첫 번째로 구워져 나온 빵과 함께 커피 마시는 것, 이런 시간들을 보내고 있을 때 나는 비로소 여행의 느낌을 받는다. 서울에서도 마음만 먹으면 충분히 누릴 수 있는 이 소소한 즐거움을 왜 낯선 곳까지 와서야 만끽하게 되는지. '매일매일을 여행자처럼 살아야지.' 하고 마음먹었던 20대에는 자주 있던 일이었는데 지금은 마음의 여유가 없다는 뜻인 것 같아 사뭇 서글프고 안타깝다.

그래도 서울로 돌아가면 다시 한 번 여행하듯, 그렇게 산책하며 살아봐야지. 그럼 나에게 있어 여행은 더 이상 산책이 아니겠지만, 대신 또 다른 무엇이 되겠지.

아티초크 샐러드

재료

아티초크 1개
피스타치오 한 줌
올리브유 2큰술
소금·후추 약간씩

만드는 법

1   아티초크는 겉의 진한 색 잎은 떼어내고 기둥은 잘라낸다. 잎 끝부
분의 뾰족한 쪽은 0.5cm 정도 잘라내고 8등분한다. 피스타치오는
껍질을 벗기고 굵게 다진다.

2   팬에 올리브유를 두르고 센 불에서 피스타치오와 썰어둔 아티초크
를 볶는다. 노릇하게 익으면 소금, 후추로 간을 하여 완성한다.

297

Trattoria
Za-Za
트라토리아 차차

위치 : Piazza Mercato Centrale 26/r
메뉴 : 닭가슴살 구이 12.00유로, 트뤼플
소스의 카르보나라 12.00유로, 비스테카
1kg 38.00유로

이곳은 오해하기 딱 좋은 식당이다. 피렌체의 레스토랑을 소개하는 우리나라 가이드북의 첫 자리를 차지하고 있는 데다 실제로 가보면 80% 이상이 동양인들이라. 뜨내기 관광객들의 주머니나 터는 시시한 식당인가 싶어 실망하지만 음식을 한입 먹어보면 고개를 갸웃하게 된다. 어, 제법인데. 감탄은 그때부터 시작이다. 특히 트뤼플 소스를 쓴 메뉴들이 우리의 까다로운 입맛을 어김없이 충족시켰던 까닭에 피렌체에서 한 달간 체류하는 동안 무려 세 번이나 찾았다. 이곳만의 비밀 레시피가 담긴 요리책도 절찬리에 판매 중이니, 요리에 관심 있는 사람이라면 그 맛을 서울에서 한 번 재현해보는 것도 좋겠다.

피 렌 체
24
일
째

AM 09:30 얼마 남지 않은 피렌체 체류의 추억을 조금이라도 더 가슴속에 담으려 오늘도 가벼운 발걸음으로 시내 산책.

AM 11:00 두오모 앞 가게에서 피자를 테이크아웃. 산 로렌초 (San Lorenzo) 성당 앞 계단에서 햇살을 즐기며 점심 식사.

PM 13:00 아내의 컨디션이 저조한 까닭에 오늘 요리교실은 가지 않는 걸로. 총 6번 수업 중 한 번 빠지는 게 아쉽긴 하지만 무엇보다 건강이 우선이니.

PM 18:00 컨디션이 썩 좋지 않아 집에서 간단하게 저녁을 해결하다.

PM 21:00 체력이 저하된 아내를 위해 다시 한 번 정성스레 비노칼도를 끓여주다. 뜨겁게 한잔하고 컨디션 회복하길!

PM 22:00 늦은 시각이지만 물과 휴지 등이 필요해서 데스파르 (Despar) 슈퍼마켓으로 향하다. 편의점이 없는 피렌체에서는 11시까지 손님을 맞는 이 작은 슈퍼가 때론 매우 유용하다. 물론 비싸긴 하지만.

남 편 의 피 렌 체

✤

줄곧 우리 부부 얘기만 하다가 여동생 얘기를 꺼내자니 조금 느닷없다는 생각도 들지만, 30년 가까이 한 집에서 살아온 네 살 터울의 여동생은 나와 닮은 점이 제법 많다. 글 쓰는 걸 좋아하고, 즐겨 듣는 음악적 취향이 비슷한 데다, 밝고 긍정적인 면이 나와 닮았다. 남들은 여동생과 티격태격, 못 볼 꼴 다 보며 자란다고 하는데 우린 이상하게도 그런 일이 없었다. 흡사 훈훈한 가족드라마에 나오는 모범 가정의 남매마냥 서로 힘이 되어주고, 격려해주고, 내가 군복무를 하던 때는 종종 편지도 주고받으며 좋아하는 글귀를 나누곤 하던, 아무튼 현실에서는 볼 수 없는 남매라고 남들이 드러내고 부러워할 정도였다.

하지만 이런 우리도 결정적으로 갈라서는 지점이 있었으니 그건 바로 정리에 관한 것이었다. 2주에 한 번 정도는 옷장을 다 뒤집어 옷을 다시 개어 각을 잡고, 중학생 시절부터 모아온 500여 장의 CD는 반드시 맞춤법 순서에 따라 정렬이 되어 있어야 하며, 책상 위엔 시선을 어지럽히는 잡동사니가 없어야 그제야 비로소 펜을 들 수 있는 나와 달리 여동생의 방은 흡사 6.25 전란의 한가운데 있는 듯했다. 도대체 그 방에서는 무슨 일이 벌어지고 있는 건지 당최 모르겠다며 문을 열 때마다 엄마와 난 늘 기가 막혀했고, 되도록 동생 방에 발을 들여놓지 않는 게 내 정신건강을 위해서도 중요했다. 여자에 대한 환상을 내가 일찍 깬 데에는 다 그만한 이유가 있었던 셈이다. 마침내 여동생이 나보다 1년가량 일찍 결혼을 하게 되면서 울타리를 떠났고, 나는 이게 '정리하지 않는 여자'와 사는 마지막이겠구나 싶어 섭섭하면서도 한편으로 안도했다. 하지만 그것이 끝이 아니었다.

내 또래라면 누구나 한 번쯤 제목이라도 들어봤을 법한《화성에서 온

남자, 금성에서 온 여자》라는 책이 있다. 20세기말에서 21세기 초에 걸쳐 오랜 시간 장안의 화제가 되었던 책이라 나도 대학 시절 읽어보고 당시 여자친구에게 일독을 권하기도 했는데, 모든 사례가 다 들어맞진 않았지만 비슷하게 적용할 만한 얘기가 많아 무릎을 치며 봤던 기억이 있다. 결혼 2년차에 접어들며 꽤 오랫동안 '여자'라는 사람과 전에 없이 가깝게 지내며 관찰해본 경험에 따르면 아내 역시 남자인 나와 다른 점이 확실히 많았다. 남자와 여자라는 지나친 일반화가 껄끄럽다면 '인간 대 인간'으로서 우리는 정말 다른 종류의 사람이었다. 연애할 때와는 차원이 달랐다. 결혼하고 1년 정도는 서로의 차이점을 은밀하고도, 샅샅이 탐색하는 시간이 계속됐다.

그렇게 2년차가 되자 적당히 포기할 게 보이기 시작했다. 그녀도 나름대로 나의 못난 점을 감내하며 살아가고 있겠지만, 난 그녀가 집에 들어와서는 옷을 소파에 던져두지 않고 깔끔하게 개어 넣어두게 하는 걸 일단 포기했다. 침대와 화장대 주변을 치우게 하는 것도, 영수

증이나 서류를 찾기 쉽게 정리하게 하는 것도 어느 정도 체념하며 살아가고 있다. 처음엔 그녀의 '나의 여동생 같은' 면모 때문에 낙심도 하고, 심하게 다투기도 했다. 하지만 밖에서 원체 접시며 소품들을 벌였다가 치우는 일을 반복해야 하는 삶을 견디고 있다는 걸 알고 난 뒤에는 군말 없이 내가 치운다.

부러우면 지는 게 아니라 못 참으면 지는 거다. 하지만 지는 게 또 이기는 것임을 하루하루 배우며 살아가고 있다.(굳이 이길 필요가 없는 사이인 것도 맞다.) 정리를 잘 못하는 사람들 중에 창의적인 사람들이 많다고 하던데 어쩌면 진정 그녀들은 천재일지도. 아무튼 '난 오직 천재적인 창의성을 가진 여자들과 살아갈 운명인가 보다.' 하고 생각하니 마음이 몹시 편안해졌다. 다만 언젠가 이 세상 빛을 보게 될지도 모를 우리 딸은 엄마나 고모를 닮아 너무 창의적이지 않기를. 아멘.

아 내 의 피 렌 체

✣

피렌체에 오기 전 우리는 가장 대중적인 이탈리아 여행 가이드북을
서점에서 한 권 구입한 뒤 피렌체 부분만 잘라 왔다. 피렌체가 난생
처음이기에 여행 초반에는 지도나 기차 시간, 그리고 대표적인 관광
명소 정도는 가이드북에 의지할 수밖에 없었다. 다만 우리에겐 한 가
지 고집이 있었다.
'가이드북에 나오는 맛집은 절대로 가지 않는다.'
관광객들이 우르르 몰려와서 줄 서서 기다리는 집에 우리까지 갈 필
요는 없다고 생각한 것이다. 솔직히 말하면 가이드북이나 포털에 소
개되는 맛집 자체를 불신했다. 좋게 봐준다고 해도, 맛은 그저 그런

수준인데 가격 대비 양이 많은 정도일 거라고 생각했다. 아니면 다들 맛집, 맛집 하니까 너도나도 앞다투어 먹어보고는 별다른 고민이나 이의 없이 휩쓸려 포스팅되는 '블로그상의 맛집'일 뿐일 거라 단정 지어버렸다. 그건 서울에서 '강남 맛집'을 검색했을 때 진짜 맛집이 더 이상 순수한 의도로 블로그에 소개되지 않는다는 것을 경험한 후 자연스레 가지게 된 선입견이었다.

여행 중반 즈음 우리는 대표적인 피렌체의 '맛집'에 가게 되었다. 집 근처에 있는 '차차(Za-za)'라는 레스토랑이었는데, 이미 많은 가이드 북이나 블로거들이 너나 할 것 없이 소개하고 있었다. 우리가 저녁에 슬금슬금 산책을 나서면 이 식당만은 늘 사람이 바글바글했다. 관광객뿐 아니라 현지인들도 가게를 빽빽이 메우고 있는 것을 보고는 여기가 정말 '맛집'일지도 모른다는 생각이 들었다. 그렇다면 우리도 한번 가보자 결심한 것이다.

결론부터 말하자면 '차차'에서 맛본 '트러플 크림소스 스파게티'는 정말 최고였다. 비프 타르타르 역시 더할 나위 없이 신선했기에, 이 메뉴를 좋아하는 사람이라면 누구라도 맛있다고 입을 모아 감탄했을 것이다. 결국 우리는 한국으로 돌아가기 전 몇 번이고 더 들러서 차차의 다른 메뉴까지 맛보기로 했다. '이래서 다들 그렇게 꼭 가보라고 맛집으로 소개했나봐.' 하며 예상치 못한 미식의 즐거움을 남편과 나눴지만, 기어코 직접 확인을 하고 나서야 맛집인 걸 믿을 수 있게 된 것에는 조금 씁쓸해졌다.

오랜 시간 옳다고 믿어 왔던 생각들이 가끔은 틀릴 때가 있다. 그리고 때로는 성급한 일반화의 오류를 범하기도 한다. 당연히 정답이라고 생각했던 것이 어느 날 갑자기 답이 아니게 되기도 하고, 말도 안 된다고 생각했던 것들이 정답이 되기도 한다. 그렇기에 끊임없이 두드려보고 되묻고 경험해봐야 하는 게 아닐까.

피렌체 **둘러보기**

Despar
슈퍼마켓
데스파르

위치 : Piazza San Lorenzo 20/r

편의점이 없는 도시를 지금까지 본 기억이 없다. 적고 많음의 차이는 있었지만. 도시 전체를 통틀어서 단 하나의 편의점도 없는 도시는 피렌체가 처음이었다. 이탈리아 전역에 하나도 없는 건 아니겠지만 피렌체에는 확실히 없다. 한 골목에도 몇 개의 편의점이 난립해 있는 서울과 비교해볼 때 조금은 낯선 풍경이다. 그래도 '편의점스럽게' 운영되는 슈퍼가 산 로렌초 성당 입구 쪽에 하나 있으니 그게 바로 이곳이다. 오후 11시까지 오픈하며, 유명 관광지의 코너에 자리 잡은 탓에 주고객은 세계 각지에서 온 관광객들이다. 가격은? 편의점이 마트에 비해 비싼 건 우리나 이탈리아나 마찬가지다.

피 렌 체

25

일

째

AM 09:30 일어나자마자
DHL부터 검색. 작전명 : 벼룩시
장에서 산 물건들을 차질 없이
한국으로 배송하라!

AM 11:30 가벼운 마음으
로 중앙시장행. 오늘 구입 리스
트는 생닭. 뭘 먹고 자란 건지
한국의 닭들보다 훨씬 큰 느낌.

PM 12:20 우리가 사랑해
마지않는 중앙시장 내 가게에서
칼라마리 튀김 벌써 두 접시째.
그리고 이미 화이트 와인은 세
잔째. 인생은 아름답다. 정말.

PM 15:00 '아카데미아 미술
관'에서 미켈란젤로의 다비드를 마
주하다. 예상치 않은 건 아니지만.
훨씬 더 거대하고도 장엄한 감동이
몰려오다.

PM 16:45 미술관에
서 나와 카페에서 카푸치
노 한 잔씩.

PM 20:00 레푸블리카 광장쪽
으로 저녁 식사를 위한 산책. 오늘
은 어디서 무엇을 먹을까? 앗, 피렌
체에 이렇게 세련된 식당이 있었나.
오비카(Obika)로 확정!

PM 21:00 피렌체에서의 가장 '트렌디'한 저녁.
피렌체가 아니라 뉴욕이나 밀라노 같던. 물론 밀라
노는 가본 적 없지만, 왠지 이런 느낌이 아닐까?

PM 23:15 식사 종료. 장장 2시간 15분의 만
찬. 그리고 서로의 마음을 아낌없이 나눈 둘만의
오붓한 대화. 서울에서도 이렇게 살 수 있다면…….

남 편 의 피 렌 체

✤

짧게 일본을 여행하고 돌아온 주변 사람들이 가끔 "도쿄는 서울과 너무 비슷해서 재미가 없어."라고 말하면 나는 짐짓 모르는 채 "그래? 뭐가 그렇게 비슷한데?" 하고 되묻는다. 거리나 간판이 비슷하고, 생김새에 큰 차이가 없으며, 서울에도 지천으로 널려 있는 이자카야가 다를 바 없다는 얘길 들으면 나는 조금 답답해진다. 가까운 사이라면 "그건 네가 도쿄를 전혀 안 보고 왔단 얘긴데?" 하고 타박을 주기도 하고, 그보다 조금 먼 사이라면 "그럴 수도 있겠다."라며 웃어넘기고 만다. 비록 짧은 체류였지만 그래도 일본을 여행이 아닌 생활로서 경험해본 내가 주관적으로 말하자면 도쿄와 서울, 한국인과 일본인은 거의 모든 면에서 180도 다르다고 생각하고 있다. 그중 가장 분명히 갈라서는 면모 중 하나는 자동차를 대하는 태도에 있다.

나 역시 2008년 4월, 8개월 여정으로 도쿄에 갔을 때는 '일본이 우리와 크게 다를 게 뭐 있겠어.' 하는 생각이었다. 그 기억이 피렌체에 와서 문득 생생해진 건 길거리를 가득 메우고 있는 경차들 때문이었다. 도쿄도 그랬다. 세계 제 1의 자동차 생산국 수도라는 명성이 무색(?)할 정도로 도쿄 거리에는 작은 차들이 압도적이었다. 당연히 렉서스나 혼다의 고급 대형차들이 길거리를 메우고 있으리라 기대했지만 거리에서 마주할 수 있는 가장 큰 차들은 대개가 택시였고 오히려 자전거와 전차가 시민들에게 훨씬 더 친숙한 듯했다. 그것이 일본에서 가장 크게 충격 받은 일이었다.

'우리처럼 큰 차를 고집하지 않는다! 그리고 차의 크기로 사람을 판단하지 않는다!'

물론 인간과 마차 중심으로 설계된 옛날 거리가 대부분 그대로 남아 있어 큰 차가 다니기 불편하다거나, 주차장이 확보되지 않으면 차량을 구입할 수 없게 해둔 사회 시스템이 뒷받침된 결과이기도 할 것이다. 그러나 큰 차, 좋은 차, 편안하고 안락한 차만을 추구하는 듯한 서울에서 줄곧 살아온 내게는 지금까지 당연하다고 믿었던 세상의 한 축이 와르르 무너지는 듯한 큰 충격이자 그 전에는 보지 못했던 도쿄의 맨얼굴이었다.

2001년이었나, 주말 외에는 거의 운전을 하시지 않는 아버지께서 큰 마음 먹고 차를 하나 바꾸기로 결정하셨고, 우리 가족은 모두 이 차 저 차 골고루 비교해보며 숙고에 숙고를 거듭했다. 난 직감적으로 이번에 구입하게 될 차가 우리 가족의 마지막 자가용이 되리라는 것을 알았다. 그래서 더욱 필사적이던 가운데, 아버지께서 어느 날 느닷없이 대형차가 아닌 준중형 차로 바꾸시겠다는 게 아닌가. 그때 내 입에서 튀어나온 첫마디는 "왜 우리가 이렇게 작은 차를 타야 해요?"였다. 소형차도 아니고 1500CC 이상의 준중형이었지만 내겐 하나의 부끄러움으로 여겨졌다. 여자친구를 태우고 드라이브하기도 창피할 차라면 차라리 사지 않는 편이 낫겠다 싶었다. 결국 끈질긴 설득 끝에 중대형 세단으로 결정하고 난 뒤 나는 한동안 의기양양해했지만 그 기쁨은 오래가지 않았다. 지금 떠올리면 내 인생에 있어 가장 부끄러운 기억 중 하나다.

그랬던 나도 지금은 아내와 함께 국산 소형차를 타고 있다. 청담동의 고급 레스토랑을 갈 때나(자주 갈 일도 없지만) 호텔에서 발레 파킹을 맡길 때 조금 쑥스러운 기분이 드는 건 여전하지만, 점점 나이가 들수록 '작은 것이 아름답다'는 생각이 확고해지고 있다. 사실 작은 차를 운전해보면 주차도 편하고, 기름은 덜 먹고, 게다가 운전하는 느낌도 훨씬 드라마틱해서 오히려 거친 남성미를 뽐내는 남자에게도 잘 어울릴 수 있다는 걸 금세 알 수 있다. 물론 나 역시 차에 대한 관심은 예전에 비해 조금도 줄지 않았지만, 대형차에 대한 욕망은 일찌감치 버렸다. 국산차든 수입차든 우리 분수에 맞는 그런 차를 언제고 타고 싶다. 사실 자동차가 아닌 버스나 지하철로 이동하며 두 발로 걷는 게 내겐 가장 익숙하기도 하고.

"우리 모두 작고 앙증맞은 차를 탑시다!"라고 주변 사람들에게 말하고 다니긴 그렇지만, 내 또래의 친구들이 소나타나 K5 정도의 중형차를 아무런 고민 없이 생애 첫 자가용으로 삼는 건 조금 지루하다. 세상에 이렇게 작고 예쁜 차가 많은데, 왜 다들 디자인도 고만고만, 스타일도 엇비슷한 고급 중형차를 고집하는지 의아해진다.

피렌체를 가득 메우고 있는 '피아트' 경차를 보는 건 그런 점에서 내게 작지만 신선한 기쁨이었다. 통통한 바디가 여간 귀여운 게 아니었고, 엔진 소리는 더없이 경쾌했다. 아내와 침대에 나란히 누워 "우리도 서울 가면 피아트 같은 차로 바꿔볼까?"라고 속닥거리다 깊은 잠에 빠져들기를 벌써 보름째. 오늘 밤에도 꿈속에서 아내와 나는 작고 앙증맞은 피아트의 피치를 한껏 올리며 토스카나 지방의 와이너리(winery)를 열심히 휘젓고 있을게 분명하다. 그렇지 않고는 잠든 아내의 새근대는 콧바람이 그렇게도 경쾌할 수는 없을 테니까.

PS. 피렌체에서 돌아온 지 1년 만에 마침내, 피아트 친퀘첸토로 차를 바꾸었습니다. 피렌체가 저희 인생을 바꿔가고 있네요.

아   내   의   피   렌   체

✤

오전에 아빠에게서 문자가 왔다. '둘이 사이좋게 잘 지내고 있느냐'
는 간결하고 평범한 문자였는데 왠지 가족이 보고 싶은 마음에 눈물
이 핑 돌았다.

출국 전날 부모님께 잘 다녀오겠다고 인사를 드리러 갔다가 집을 나
서며 아빠와 포옹을 하는데, 내 통장에 용돈을 조금 넣었다고 하시는
거다.

"거기까지 갔으니 먹고 싶은 것 있으면 하나라도 더 먹어보고, 해보
고 싶은 것 있으면 최대한 많이 경험하고 사이좋게 지내다 와라, 딸!"
집에 돌아와 확인해보니 용돈이 제법 두둑이 들어와 있었다. 전날에는 이미 시댁 어른들께도 용돈을 받은 터였다. 당연히 이제는 부모님께 용돈을 드려야 할, 나이 서른 넘은 자식들이 여행을 떠난다는 이유로 부모님들께 용돈을 받고 있자니 왠지 철부지 어린아이로 돌아간 느낌이 들었다. 남편이 과감히 사직서를 낸 사실에 양가 부모님께서는 적잖이 걱정하시며 우려의 말씀도 몇 번이고 전하셨지만, 그보다는 묵묵히 우리를 응원해주고 계신다. 가족은 그런 존재다. 이렇게 말없이 지켜봐주는 것만으로도 정말 큰 힘이 된다. 더불어 앞으로 더 잘해야겠다고 몇 번이고 다짐하게 된다.

신랑과 나는 하고 싶은 것도 많고 고집도 센 편이다. 서로의 어린 시절 이야기를 듣고 있으면 양가 부모님께서 우리의 이런 남다른 고집에 한 번쯤은 남몰래 눈물을 훔치셨을 것 같다는 생각이 든다. 하지만 고집을 억지로 꺾으려 하지 않고 스스로 깨닫게 해주신 깊은 뜻을 지금에 와서야 조금이나마 이해할 수 있을 것 같다.

옛날 얘기를 조금 덧붙이자면, 언니와 나는 대학에 들어가면서부터 용돈을 스스로 마련해야만 했다. 아빠의 반강제적 권유 때문이었다. 아빠는 휴대폰 요금 역시 대학 입학과 동시에 각자의 통장에서 자동이체로 출금되도록 돌려버렸다. 속된 말로 정말이지 '얄짤없었다.' 거기에다 또 얼마나 보수적이셨는지 저녁 8시만 되면 당장 집으로 들어오라며 어김없이 전화를 하셨다. 해가 떨어진 지가 대체 언제인데 여자애가 아직 집에 들어오지 않느냐는 것이었다. 용돈을 벌기 위해서는 학교 수업이 끝난 뒤 저녁 6~7시부터 최소한 밤 10시까지는 아르바이트를 해야 하는데, 그런 와중에 8시만 되면 집으로 들어오라 채근하시는 아빠를 우리는 도저히 이해할 수 없었다. 어쩔 도리가 없어 하루에 한두 시간만 하면 되는 과외나 인턴십 활동으로 용돈을 벌고 주말 아르바이트도 병행했다. 생활비를 충당하기 위해 동시에 다섯 개의 아르바이트를 한 적도 있었는데 친구들 사이에서 그때 나는 자연스레 '박경림'으로 통했다.(박경림은 당시 시트콤에서 온갖 부업과 아르바이트를 다해내는 생활력 강한 캐릭터로 열연을 펼쳤다.)

하지만 학교를 오가는 차비와 밥값 그리고 책값을 제하고 나면 영화한 편을 보며 팝콘을 마음 편하게 사 먹기도 어려울 정도였다. 아르바이트비가 조금이라도 늦게 들어오는 날에는 지갑을 탈탈 털어도 점심 대신 사 먹을 우유 값 600원이 없어서 굶은 적도 있다. 연극이나 뮤지컬을 마음껏 볼 수 있는 멋진 대학 생활을 꿈꿨던 나는 어느 날 아르바이트로 지친 채 집에 돌아와 아빠의 가슴에 못을 박고 말았다. 공연을 너무 보고 싶은데 지금 하는 아르바이트로는 턱없이 부족하니 용돈을 조금이라도 주셨으면 좋겠다고 했더니 "본인의 능력껏 누리는 거다. 돈이 부족하면 공연은 못 보는 거다."라고 단호하게 말씀하시는 게 아닌가! 그래서 "저는 아빠처럼 밥만 먹고 살 수는 없어요! 공연도 보고 취미생활도 즐기며 좀 더 즐겁게 살고 싶다고요!"라고 내질러버렸다. 하지만 나는 이 말을 뱉는 순간 곧바로 후회했다. 아빠는 내 마음속 깊은 원망을 눈치 채셨을 것이다. 그 뒤로 그 말에 대해 가타부타 말씀은 없으셨지만, 나는 아직도 그렇게 말한 것에 대해 죄송한 마음을 갖고 있다.

그렇게 2년 정도를 지내자 언니와 나는 스스로도 모르는 새 생활력이 무척 강해져 있었다. 용돈을 아끼기 위해 대학생 체험단을 신청해 화장품이나 생활 용품을 챙겨온다거나, 공부를 열심히 해서 전액 장학금을 받는다거나, 학교의 인턴십 프로그램에 지원해서 공짜로 해외여행을 다녀오는 등, 지금 돌이켜보면 그때 용돈이 늘 부족했기 때문에 대학생활을 다른 방식으로 즐길 수 있는 나름의 방법들을 찾아내고자 이를 악물었던 것 같다.

이쯤 되니 아빠도 우리를 조금씩 인정해주기 시작하셨다. 그리고 타당한 이유가 있고 우리가 최선의 노력을 다하고 있다는 걸 보여드리면 무엇이든 물심양면으로 응원해주셨다. 결국엔 앞으로의 구체적인 목표와 계획을 상세히 말씀드린 뒤 푸드스타일리스트로서의 첫 발을 내딛을 수 있는 요리 학원까지 아빠의 도움을 받아 다닐 수 있게 되었다. 아빠는 늘 사소한 일이어도 구체적인 계획을 물으셨고, 그 덕에 난 어떤 일을 하든 구체적인 계획과 예산을 짜는 것에 익숙해져갔다. 지금 이 일을 하고 있는 데에도, 가정을 꾸려 살림을 사는 데에도 당연히 많은 도움이 되고 있다.

어른이 되면 다 알게 될 거라는 어른들의 말을 믿지 않았는데, 지금은 예전의 부모님 말씀과 가르침을 대부분 이해하고 있다. 몇 만 원의 용돈을 주는 대신 험난한 인생에서 스스로 걸어갈 수 있는 생활력과 자립심을 길러주려 했던 아빠의 깊은 마음을 그때는 미처 몰랐다. 아직도 다 헤아릴 수는 없겠지만 아빠의 '고집'에 진심으로 감사하다.

판체타 스파게티

재료

스파게티 150g

양파 1/2개

판체타 2줄

마늘 1톨

이탈리안 파슬리 적당량

올리브유 3큰술

소금 · 후추 약간씩

만드는 법

1 양파, 이탈리안 파슬리는 굵게 다지고 판체타는 1cm 길이로 썰고 마늘은 곱게 다진다.

2 끓는 물에 소금을 넣고 스파게티를 8분간 삶아 건진다.

3 팬에 올리브유를 두르고 다진 마늘을 볶다가 마늘이 노릇하게 익으면 양파와 판체타를 넣고 볶는다.

4 삶아둔 스파게티를 3에 넣고 소금, 후추로 간하고 버무린 뒤 불을 끈다. 접시에 담고 이탈리안 파슬리를 뿌려 완성한다.

피렌체 **둘러보기**

Galleria dell'
Accademia
아카데미아
미술관

오전 8시 15분부터 오후 6시 50분까지 개장. 월요일은 휴무.

피렌체에는 사실 볼거리가 많아도 너무 많다. 다른 도시라면 국립 혹은 왕립 박물관에 있을 법한 작품들이 몇 블록마다 하나씩 있기 때문에. 이 방면으로 테마를 잡자면 한 달이 아니라 1년을 머물러도 다 볼 수 없을지 모른다. 하지만 미술에 조예가 깊지 않은 까닭에 우리도 이쯤 되자 슬슬 미술관이 지겨워지기 시작했는데, 우리와 비슷한 심정이더라도 아카데미아 미술관만큼은 꼭 방문하길 추천한다. 당연히 그 유명한 미켈란젤로의 '다비드상' 때문인데, 베키오 궁전이나 미켈란젤로 광장에 있는 실물 크기의 복제품과 같지 않느냐고 물어본다면, 확실히 다르다고밖에 말할 수 없다.

사실 그리 큰 규모의 미술관도 아니니 여의치 않다면 그냥 다비드상만 바라보다 나와도 좋다. 다만 시간을 두고 말을 걸듯 오래 보는 것이 좋다. 직접 보면 무슨 뜻인지 알 수 있다.

피렌체 **맛보기**

Moyo
모요

이 가게 앞을 지나칠 때마다 자꾸만 간판이 한국말 '뭐요'로 읽혔다. 다소 시비 거는 듯한 말투.

"당신 도대체 '뭐요'."

좀 시끄럽다. 고즈넉한 르네상스 도시 피렌체에 이런 곳이 어울릴까 싶을 정도지만 제법 많은 청춘 남녀들이 모여 있다. 그들에게도 이런 해방구가 필요할지 모른다. 확실히.

피렌체에서 즐긴 아페리티보 중 가장 무거운 메뉴를 선보인다. 식사 대용으로 찾아도 적절하다는 의미다. 홍대 앞 분위기를 피렌체에서 살짝 맛보고 싶다면 이곳을 추천한다.

위치 : Via dei Benci 23/r
메뉴 : 아페리티보(음식 제공)
7.00유로

피렌체 **맛보기**

Obika
Mozzarella bar
오비카
모차렐라 바

위치 : Via del Tornabuoni 16/r
메뉴 : 앤초비 피자 11.00유로, 살라미와
프로슈토 기본의 안티파스토 7.00유로,
참치 그릴 18.00유로

'토르나부오니' 거리라는 곳이 있다. 우리로 치자면 청담동쯤 될 법한 거리인데, 구치나 페레가모의 본점은 물론 세계 유수의 명품 숍들이 즐비해 있어 우리는 되도록 이쪽으로는 발걸음을 하지 않았다.(살 수 없는 걸 보는 건 괴롭다.) 하지만 피렌체 체류를 일주일도 채 남겨두지 않고 밤길을 정처 없이 걷다가 우연히 이 길로 접어들었는데 이곳을 발견하곤 이끌리듯 예약을 덜컥 해버렸다. 가게 이름에서 유추할 수 있듯이 모차렐라 치즈로 명성을 날리고 있는 곳이기도 하다. 고즈넉한 르네상스 도시 피렌체에서는 보기 힘든 높은 천장과 세련된 인테리어 덕에 마치 뉴욕의 한 고급 식당에 온 듯한 착각을 불러일으킨다. 식전주부터 시작해서 디저트까지 우리 부부가 가장 오랜 시간 뜸을 들여 식사를 한 곳. 그리고 서로의 진심을 모두 꺼내 보여준 가장 허심탄회했던 저녁으로 기억될 아름다운 곳이다.

피 렌 체
26
일
째

AM 04:00 갑자기 잠에서 깨어 급히 처리해야 할 이메일을 몇 통 발송하고 다시 잠자리에 들다.

AM 10:30 칼라마리 튀김을 직접 만들어보기 위해 중앙시장으로 식재료를 구입하러 가다. 이번 주말 메뉴인 봉골레도 함께 구입. 칼라마리는 500g에 5유로, 봉골레는 한 봉지에 10유로.

AM 11:20 남편의 생애 첫 칼라마리 튀김. 오, 마이 갓. 혹시 요리에 재능이 있는 거 아니니?

PM 13:00 피렌체에서의 마지막 요리 수업. 3주간 정든 이탈리아 선생님. 그리고 세계 각지에서 온 친구들과 아쉬운 작별. 차오(Ciao), 또 만날 수 있을까.

PM 15:30 시뇨리아 광장에 앉아서 오늘 만든 레몬 타르트 시식. 날씨가 좋아도 너무 좋다. 이탈리아 와서 처음으로 '덥다'는 생각이 들 정도.

PM 16:20 피렌체의 필수 쇼핑 아이템인 가죽 제품을 사기 위해 베키오 다리 쪽으로.

PM 16:45 멋진 메디치 가죽 가방 하나 구입하다. 서로 나눠 쓸 수 있을 법한 중성적인 디자인이 좋겠지?

PM 18:45 질리(Gilli)에서 처음으로 아페리티보를 즐기다. 이런 운치구나.

PM 19:30 저녁 식사를 위해 그 유명하다는 식당 '마리오(Mario)'를 찾았으나 이미 모든 메뉴가 팔린 뒤. 이 식당의 매력은 무엇이기에? 내일 다시 오자.

PM 19:50 대신 전부터 봐둔 '알란티코 비나요(All'Antico Vinaio)'에서 프로슈토 샌드위치에 토스카나 와인을 곁들이다. 길거리에 털썩 앉아서 먹고 마셨지만 그 어떤 고급 식당보다 기억에 남을 법한 저녁.

PM 20:55 플루트 소리에 이끌려 시뇨리아 광장으로. 30분 넘게 앉아서 서로 손을 꼭 맞잡은 채 음악에 귀 기울이다. 피렌체에 온 뒤 처음으로 거리 악사의 CD도 구입하고 오는 길에는 사람들의 눈을 피해 왈츠도. 그대와 함께여서 행복하다.

PM 21:50 집 도착. 또 한 번의 아름다운 밤이 이렇게 흘러가다.

남 편 의 피 렌 체

✤

왜 비슷한 재능을 타고났는데 누군가는 전용기를 타고 다니는 뉴욕
필하모닉의 플루티스트가 되고, 또 누군가는 해 저문 피렌체 시뇨리
아 광장의 모퉁이에서 스스로 녹음한 CD를 팔며 살아가는 거리의
악사가 되는 걸까. 그리고 왜 우리는 세속적인 성공이 행복을 보장해
주리라 믿으며 후자는 불행할 것이라고 지레짐작하는 걸까.

또 왜 우리는 하룻밤 30만 원짜리 싱글몰트 위스키를 위해서는 아무
렇지 않다는 듯 지갑을 열면서, 동시대를 살아가는 이웃들을 위해서
는 단돈 몇 천 원도 아까워하는 걸까. 피렌체에 온 뒤로 수많은 거리
의 악사들을 만났지만 12유로를 기꺼이 내고 CD를 구입한 건 처음

이었다. 그래도 나와 아내에게, 눈물이 날 만큼 아름다운 인생의 한때를 선사해준 대가로는 지나치게 싼값이었다.

피렌체의 스물여섯 번째 밤이 어느새 이렇게 저물어가고 있다. 그리고 처음으로, 모든 걸 잠깐 내려놓고(생각보다 긴 시련이 될 수도 있겠지만) 피렌체에 한 달간 오길 정말 잘했다고, 다비드 복제상을 바라보며 아내와 어설픈 왈츠를 추면서 생각했다. 그리곤 한참을 깔깔댔다.

피렌체를 사랑하게 됐다. 정말 그렇게 됐다.

잊지 못할 거다.

아 내 의 피 렌 체

✤

오늘은 느지막이 일어나서 중앙시장의 칼라마리로 브런치(?)를 하기
로 했다. 이젠 우리가 가게에 가기만 해도 와인을 따라주며 알아서 칼
라마리를 내어주는 친근한 아저씨들. 이탈리아어를 하나도 모르는
우리지만 이렇게 따스한 정을 느낄 수 있다는 것에 매번 감동을 받는
다. 이제 여길 올 수 있는 시간이 얼마 남지 않았다고 생각하니 벌써
부터 섭섭하다. 이 집 칼라마리는 우리에게 특별한 인연을 만들어주
기도 했는데, 그건 어김없이 늦잠을 자고 일어나 칼라마리 브런치로
하루를 시작하던 어느 날이었다. 곁들여 마신 와인에 취기가 돌아 둘
이서 신나게 떠들며 집으로 걸어가고 있었는데 누군가 뒤에서 "혹시

김은아 씨 아니세요?" 하며 말을 걸어왔다. 두오모가 멀리서 보이는 피렌체 중앙시장 앞에서 처음 보는 한국 사람이 내 이름을 부를 확률이 도대체 몇 퍼센트나 될까? 당연히 난 취기에 헛소릴 들은 줄로만 알았다. 그래도 혹시나 해서 뒤를 돌아보았는데, 누군가 다급한 표정으로 나를 보며 "김은아 씨 맞죠?" 하는 거다. 이럴 수가. 이 곳 이탈리아 피렌체, 시장 골목 앞에서 한국 사람을 마주치는 것만으로도 반갑기 짝이 없는데, 내 이름까지 아는 분을 만날 줄이야.

이 친구는 피렌체의 요리학교에 유학을 와 있는 학생이고, 푸드스타일리스트에도 관심을 갖고 있어서 내 이름을 알고 있다고 했다. 내 블로그를 보고 내가 피렌체에 와 있다는 것도 알고 있었다고. 피렌체는 워낙 작으니 어쩌면 마주칠 수도 있겠다 싶었는데, 이렇게 정말 만나게 되었다며 반가워했다. 우리는 연락처를 주고받았다. 그날 오후에 그녀, 현지 씨에게 문자가 왔고, '아페리티보'를 함께하자며 약속날짜를 잡았다.

아페리티보(Aperitivo)? 이탈리아어는 모르지만 에피타이저 같은 말인 것 같아 구글에 검색을 해보니 이탈리아 사람들이 식사 전에 간단히 칵테일이나 와인을 마시며 이야기를 나누는 문화를 말하는 것이었다. 현지 씨가 소개해준 바에 먼저 들렀다가 프로슈토 바에도 가서 와인 한 병을 시켜놓고 수다를 떨었다. 푸드스타일리스트가 된 나를 부러워하는 현지 씨와 피렌체에 요리유학을 온 현지 씨를 부러워하는 나. 서로가 아직 가보지 못 한 길에 대한 동경과 부러움에 많은 이야기를 나눴고, 서로 아낌없는 응원과 격려를 해줬다. 인연이란 이렇게 우연히, 느닷없이 갑작스럽게 찾아온다. 우리가 이곳 피렌체에 오지 않았다면, 내가 늦잠을 자지 않았다면, 그 날 우리가 중앙시장 칼라마리를 먹지 않았다면, 이 용기 있고 멋진 여인을 평생 만날 수 없었을지도 모른다.

칼라마리 튀김

재료

칼라마리 5마리
라임 1개
튀김용 기름
밀가루 적당량

만드는 법

1 일단 깨끗이 씻은 칼라마리의 몸과 다리를 분리하고 내장은 깔끔
   하게 제거한다.(생물의 미끈미끈한 느낌이 남자들에겐 사실 상당히 낯
   설죠.)

2 마지막에 맛을 돋울 라임을 크게 썰어놓는다.

3 칼라마리는 먹기 좋은 크기로 썬다. 잘 튀겨지려면 너무 크지 않은
   게 좋다.(짠! 이 정도면 둘이서 사이좋게 나눠먹을 수 있겠죠?)

4 밀가루 옷을 입힌다.(예쁘게 잘 입혀졌나요? 칼라마리의 변신은 무죄.)

5 지글지글 맛있는 소리를 내는 기름 속으로 칼라마리를 살포시 넣어
   준다.(기름이 튀지 않도록 조심하세요. 덤벙대면 위험합니다!)

6 너무 많이 익히지 않고 촉촉한 바삭함이 돌 때 빼는 것이 포인트.

7 그 위로 라임즙을 살살 뿌려주면 완성!

All'Antico
Vinaio
알란티코 비나요

위치 : Via dei Neri 65/r
메뉴 : 프로슈토/살라미 샌드위치
5.00유로, 와인 11.00유로부터

왜 이 가게를 좀 더 일찍 찾지 못했을까? 피렌체에서 남긴 몇 가
지 아쉬움 중 으뜸으로 꼽을 만하다. 도시마다 이런 가게들이 꼭
하나씩은 있다. 좁고 소박하지만 운치가 있고 사람들의 이야기
로 넘쳐나는 곳. 다만 짧은 시간 훑듯이 도시를 스쳐가는 관광객
들의 눈에는 띄지 않을 뿐이다. 좌석은 없다. 기껏해야 3~4평 정
도 되는 조그만 가게에 사람들이 빼곡하다. 각자 와인 한잔과 프
로슈토나 살라미가 올라간 빵을 들고선 옆 사람과 눈빛을 나누기
바쁘다. 너무 좁기 때문에 우리는 늘 와인 한 병과 빵을 몇 개 집
어서는 가게 밖 길바닥에 앉아서 술잔을 기울였는데 전혀 불편
하지 않았다. 오히려 너무 사랑스러워서 미칠 지경이었다. 재밌
는 건 모든 계산이 후불이라는 것. 밖에서 먹고 그냥 가버리면 어
쩌나 싶었지만, 그렇게 많은 사람들이 들락날락하는데도 몇 시간
전에 시킨 메뉴를 거의 정확히 기억하곤 가격을 청구한다. 피렌
체는 여러모로 놀라운 도시다.

AM **08:00** 눈이 번쩍 뜨였다. 이젠 한국으로 돌아갈 날이 얼마 남지 않았다. 최대한 긴 하루를 보내야 해!

PM **12:10** '마리오(Mario)'에서 점심 식사. 이 집이 대박난 이유가 있었구나.

PM **12:40** 식사 종료. 식당 안이 다소 부산한 데다 밖에서 기다리는 사람이 너무 많아 일어나지 않으면 안 될 듯하다. 사람들이 이렇게 몰리는 이유를 첫 숟갈 뜨는 순간 이해했다.

PM **15:00** 아직 구입하지 못한 가족 선물 구입하러 또다시 베키오 다리 쪽으로.

PM **19:30** 며칠 전 중앙시장 부근에서 우리를 알아보고 인사를 나눈 피렌체 유학생 현지 씨 만나러 '모요(Moyo)'로 향하다. 피렌체에서의 두 번째 아페리티보.

PM **20:45** 다소 시끄럽고 산만했던 모요에서 나와 어제 갔던 '알란티코 비나요'로. 조곤조곤 이야기를 나누기 위해.

PM **22:45** 다음을 기약하곤 현지 씨와 작별. 즐거운 저녁이었다!

PM **23:00** 화장실이 급한 남편 때문에 산타 크로체 성당 옆 어느 바(bar)로. 오늘만 벌써 3차지만 그래도 흐르는 시간이 아쉽고 야속하기만 하다.

남 편 의 피 렌 체

✤

누구나 비슷하겠지만 나 역시 나이가 들며 여러 번 꿈이 바뀌어왔다. 가장 진지하게 꿈을 꾸기 시작한 고등학교 때 나의 첫 번째 꿈은 우주비행사가 되는 것이었다. 우주항공학과를 졸업해서 NASA(미국항공우주국)에 취직한 뒤, 한국인으로는 최초로 달나라를 여행하는 것, 그게 나의 첫 번째 꿈이었다. 하지만 수학을 비롯해 지구과학을 제외한 과학탐구 전 영역, 즉 물리, 화학 그리고 생물에 전혀 관심도, 재능도 없다는 걸 깨달은 뒤 우주와는 작별을 고했다. 우주에 가기 위해서는, 아니 적어도 NASA에 가기 위해서는 최소한의 수학과 과학적 소양이 필요했는데, 내겐 그게 절대적으로 부족했다.(그럼에도 불구하고

공대로 진학한 건 참으로 아이러니이자, 남들보다 이른 나이에 한량으로서의 기질을 쌓게 된 결정적 계기가 됐다.)

우주항공사의 꿈을 버린 뒤엔 영화감독이 되고 싶었다. 수리적 재능이 부족한 대신 언어와 사회탐구 전 영역에 걸쳐 비교적 탁월한 재능을 발휘했던 나는 스크린을 통해 이야기를 담아내고 싶었다. 한국의 스필버그가 되겠다고 결심했다. 그럼 굳이 복잡한 수학 공식 외우며 NASA에 가지 않아도 달에도 다녀오고, 화성에도 잠시 들렀다가, 시간을 뛰어넘어 조선시대로도 훌쩍 떠났다가 조금 여유 생기면 2500년의 서울에도 다녀올 수 있을 게 아닌가. 하지만 영화감독의 꿈을 꺾은 건 아버지의 반대도, 영화적 재능이 부족하다는 것도 아닌 지극히 개인적인 두려움 때문이었다. 가정적인 남자가 되지 못할 거라는 두려움. 어릴 때부터 입버릇처럼 '패밀리맨'이 되겠다고 말해온 나의 인생 속에 거의 사생활은 포기해야 할 것 같은 영화감독이 자리잡을 여지는 애당초 없었다. 연일 계속되는 촬영 때문에 내 아이의 첫

번째 운동회에 빠져야 할지도 모른다는 걱정은 생각보다 만만치 않았다.

그 뒤로는 '꿈의 소년 앤드류'라는 내 별칭에 걸맞게 수많은 꿈들이 내게로 왔다가 허공으로 스러져갔다. 굵직굵직하게는 안도 타다오 같은 건축가, 리영희 선생 같은 언론인, 빌리 빈 같은 야구단 단장이 있었고, 그보다 스케일이 작은 꿈들은 셀 수도 없이 많았다. 사랑이라는 감정 그 자체를 사랑하는 사람들처럼, 나는 어쩌면 진심으로 꿈을 좇았다기보다 꿈이라고 불릴 만한 것을 찾아내고 상상하는 일을 더 즐겨왔다. 그러는 동안 나의 20대는 지나갔다.

이랬던 내게 극적인 변화가 찾아온 건 내 나이 서른 둘, 아내를 만나기 시작하면서부터였다. 스무 살 때부터 푸드스타일링이라는 오직 한 길만 보고 걸어온 여자, 최고의 푸드스타일리스트라는 '무엇'이 되고자 했던 게 아니라 순수하게 요리하고 예쁘게 꾸미는 일이 좋아서 그 일의 끝까지 걸어가고자 했던 여자, 꿈이 '요리사'나 '포토그래퍼'처럼 명사가 아니라 '최고의 스타일링과 음식으로 사람들에게 행복을 주고 싶다.'라는 문장이 되어도 좋다는 걸 스스로 증명해온 여자, 김은아라는 여자를 만나고 난 뒤였다. 역시 남자는 여자하기 나름인가 하는 생각을 처음으로 진지하게 하기 시작한 것도 이때부터다. 나는 이제 더 이상 꿈을 명사로 말하지 않는다. 지금 이 순간 유쾌하게 걷고 있는 이 길의 끝에 다다르면 결국 무언가가 되어 있으리라 기대할 뿐이다. 다만 조금씩 더 구체적인 그림을 그려가고 있다. 여행과 음식에 관한 주제에 집중한 출판사를 운영하는 것, 그리고 그 테마를 세계의 도시별로 나눈 '시티 라이브러리'를 대한민국 곳곳에 열어 다음 세대를 살아갈 청춘들이 언제든 들러, 책을 부담 없이 접하고 더 넓은 세계를 향한 꿈을 펼칠 수 있는 공간을 넘겨주는 것, 오직 그것만 생각하고 있다. 앞으로 10년 남았다.

아 내 의 피 렌 체

✽

한 달 가까이 이탈리아에 있었지만 아페리티보 문화를 몰랐던 우리는 현지 씨 덕에 이제야 비로소 바(bar)와 레스토랑에 붙어 있는 아페리티보 시간과 가격이 보이기 시작했다. 보통 저녁 7시 정도부터 시작되는 아페리티보는 간단한 핑거푸드부터 샐러드, 누들 메뉴까지 소규모 뷔페 정도의 음식이 준비되어 있고 가격도 저렴해서 우리 같은 여행자가 저녁 식사를 대신하기에도 좋다.
시간이 얼마 남지 않았으니 매일 이 아페리티보를 즐겨보기로 했다. 여기 사람들은 주로 식전주로 '아페롤 스프릿츠(Aperol spritz)'를 마신다. 이탈리아산 와인에 오렌지향의 리큐르인 아페롤과 탄산수를

섞어서 만드는데, 와인으로는 이탈리아의 발포성 와인인 스푸만테 중 베네토 지역에서 나는 프로세코라는 품종을 주로 사용한다. 달지 않은 발포성 와인에 약간 단맛이 도는 아페롤이 더해져서 산뜻하게 입맛을 돋운다. 이것 말고도 바텐더가 만들 수 있는 모든 종류의 칵테일과 와인, 위스키와 브랜디까지 기호에 맞게 주문해서 즐기면 된다. 함께 준비되는 음식들은 주로 바게트 위에 토마토나 치즈, 프리타타 등을 얹은 브루스케타 또는 샐러드, 프로슈토를 올린 크래커, 피쉬볼 등의 핑거푸드인데 바마다 아기자기하게 차려둔 음식을 구경하는 것도 하나의 볼거리다.

말이 엄청 많은 이탈리아 사람들은 식전주라는 말이 무색할 정도로 오랜 시간 동안 바에 머문다. 자리도 넉넉하지 않아서 절반은 벽에 기대거나 문 앞에 서서 칵테일을 한두 잔 마시면서 친구, 동료 혹은 연인과 끊임없이 이야기를 나눈다. 이탈리아 말을 하나도 알아듣지 못하는 우리는 이탈리안 특유의 억양과 큰 목소리 때문에 새벽 수산시장의 경매장에라도 온 것 같다고 느꼈다.

7시쯤 마시기 시작한 사람들은 9시가 넘어서야 식사를 하기 위해 레스토랑으로 이동하기 시작한다. 두 시간이나 지났지만 취기가 과하게 오른 이는 없고 두 볼에 발갛게 홍조를 띠며 기분 좋게 문을 나선다. 본격적인 이야기는 저녁 먹으면서 하자고 말을 하는 것 같다. 우리도 이야기를 나누다 보니 벌써 두 시간이 지나버렸다. 서울에선 밥 먹는 시간이 30분이면 충분했는데, 어느덧 식사든 아페리티보든 두 시간은 기본이 되어버린 듯하다.

마시멜로 초콜릿 비스킷

재료

비스코티 8개
다크초콜릿 150g
호두 1/2컵
마시멜로 2컵
버터 1큰술
슈가파우더 2큰술

만드는 법

1 비스코티를 한입 크기로 부순다.

2 호두는 4등분한다.

3 냄비에 버터와 다크초콜릿을 넣고 녹인다.

4 초콜릿이 녹으면 부숴둔 비스코티와 마시멜로를 넣고 고루 섞는다.

5 용기에 종이호일을 깔고 4를 채워서 꾹꾹 눌러 담은 뒤 슈가파우더를 뿌린다.

6 냉장고에서 3시간 이상 굳히고 먹기 좋은 크기로 썬다.

• 크기가 큰 마시멜로를 사용할 때는 가위로 작게 잘라서 사용하세요.

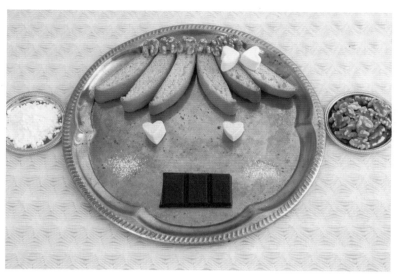

피 렌 체

28

일

째

AM 07:30 더 이상 무슨 설명이 필요하랴. 유럽 최대의 벼룩시장이 열린다는 아레초에 갈 준비로 부산한 아침.

AM 10:10 정성스레 도시락을 싸다. 여행의 묘미는 역시 음식이 아닐까?

AM 10:47 아레초행 급행열차 탑승. 피렌체에서의 마지막 기차 여행.

AM 11:43 드디어 아레초 도착. 심장이 두근두근. 발걸음도 자연스레 빨라지다.

AM 11:55 슈퍼에 들러 와인과 음료수 한 병씩 사고 벼룩시장 초입에서 여유로운 피크닉을 즐기다. 오늘의 긴 쇼핑을 앞두고 마음을 다시 한 번 다지다.

PM 12:45 본격 벼룩시장 탐방 시작!

PM 14:00 쇼핑. 쇼핑 그리고 쇼핑. 지치지도 않는 아내.

PM 15:00 페트라르카의 생가로 알려진 집 앞을 지나치다. 아내는 여전히 열심히 벼룩시장 쇼핑 삼매경.

PM 17:00 쇼핑 종료. 끝나긴 끝나는구나. 갖고 온 돈도 이제 다 떨어졌고.

PM 17:20 역 근처 이탈리안 패스트푸드점에서 가볍게 허기를 달래다.

PM 18:10 피렌체행 완행열차에 탑승.

PM 19:40 급행보다 30분 정도 더 걸려 피렌체 도착. 집에 오니 좋구나.

PM 22:00 아레초서 획득한 전리품 정리하다 보니 시간이 훌쩍. 값진 물건들이 뿌듯하지만 한편으론 짐을 어떻게 갖고 가야 하나. 또다시 가슴이 답답해져온다. 뭐. 어떻게든 되겠지.

남 편 의 피 렌 체

✿

결혼 이후 내가 가장 많이 들은 인사말은 "집에서 밥을 굉장히 잘 먹고 다니시겠어요."이고 가장 자주 들은 질문은 "와이프가 집에선 어떤 특별한 음식을 해주나요?"였다. 이건 뭐랄까, KBS 프로그램 '개그콘서트'의 '네 가지'라는 코너에서 촌놈으로 나오는 양상국이 겪을 법한 '고향에선 전복 먹고 싶으면 바다에 들어가서 주워오고, 아버지가 아프시면 산에서 산삼을 캐오며, 피부가 까무잡잡한 건 집에 내려가면 농사를 도와야 하기 때문'일 거라 생각하는 것과 비슷하다. 마음만은 '특별시'였던 양상국처럼 우리 집도 밥상만은 평범하고 조촐하다.

엄청나게 화려하고 근사하기 짝이 없는 두바이 7성 호텔급 테이블

세팅을 마음만 먹으면 해내는 그녀이긴 하지만 보통 때는 당연히 그렇게 하지 않는다. 김연아가 집에서 트리플 악셀을 하지 않는 것과 같은 이치다. 사람들은 내가 집에서 매일 저녁마다 30첩 반상의 전라도 한정식을 눈앞에 두고 먹을 거라 종종 착각을 하는데, 전혀 그렇지 않다. 오히려 우린 설거지를 줄이려고 되도록 그릇을 많이 쓰지 않는다. 식판이라는 것도 중학교 이후에 처음으로 써봤다. 물론 추억의 철제 식판은 아니었지만.

사실 서울에서는 집에서 함께 밥을 해 먹은 기억이 많지 않다. 직원 3~4명의 생계를 책임지고 있는 아내가 나보다 훨씬 더 바쁜 건 꽤 타당한 이치다. 게다가 매일 밖에서 요리를 하고 또 차려내야 하는 그녀가 집에 돌아와서 또 주방 기구를 마주했을 때의 시큰둥함도 쉽게 짐작이 간다. 나 역시 네이버에서 스포츠를 담당한 뒤론 집에서 스포츠 채널을 시청했던 기억이 거의 없다.

한 달여가 지난 지금 피렌체에서의 한 달이 내 인생에 있어 더욱 특별한 순간으로 기억될 거라 확신하는 건 아내와 함께 장을 보고, 냉장고를 정리하며, 요리 기구를 하나씩 꺼내 서로의 역할을 나눠 음식을 차려내는 그 모든 과정에서 오는 기쁨과 즐거움을 온전하게 누렸다는 데 있다. 그녀가 요리를 하면서 그렇게 즐거워하는 모습은 정말이지 몹시 오랜만에 봤다. 요리를 대하는 순수한 즐거움이 그렇게 넘치리라고는 생각지 못했다.

그렇게 차려진 음식을 앞에 두고 짧게는 한 시간, 조금 길게는 두세 시간에 걸쳐 서로의 이야기와 눈빛을 나누며 와인을 천천히 목으로 넘긴다. 이곳에서 우리는 대체로 5유로가 넘지 않는 싸구려 와인을 즐겼지만 서울에서 마신 어느 고급 와인보다 보드랍고 감미로웠다. '아, 이게 행복이구나, 다른 먼 곳에 행복이 있는 게 아니구나.' 하고 매번 감탄하지 않을 재간이 도무지 없었다.

지금까지 의심 없이 받아들인 '짧은 시간 내에 여러 도시를 찍고 지나치는 여행' 대신, '한 도시에서 현지인의 집을 빌려 오래 머무는 방식의 여행'을 처음으로 시도하며 우리는 색다른 즐거움을 발견하고 있다. '뻔한' 관광지에서 사진을 찍고 음식을 사 먹을 시간 동안 마켓에서 장을 보고, 시장 사람들과 이야기를 나누는 건 우리가 음식을 해 먹는 쪽을 선택했기 때문에 가능한 일이다. 같이 밥을 지어 먹을 사람이 있다는 것의 행복, 이적이 괜히 '다행이다'라는 가사를 쓴 게 아니다.

아　내　의　피　렌　체

아레초를 배경으로 한 로베르토 베니니의 영화 〈인생은 아름다워〉
는 내 인생의 영화다. 1999년 개봉한 영화인데, 사실 난 2년 뒤인
2001년에 EBS에서 재방송하는 것을 보았다. 정말 감명 깊게 봐서
그때부터 온라인상의 모든 비밀번호 힌트 질문을 '좌우명이 무엇인
가?'로 설정해두고, 그 답을 '인생은 아름다워'로 했을 정도다. '싸이
월드' 배경음악도 '인생은 아름다워'의 OST로 하고, 한동안 휴대폰
배경화면의 문구도 '인생은 아름다워'였다.

영화를 볼 때만 해도 배경이 어디인지에 관해선 관심이 없었는데, 피
렌체 여행을 준비하면서 알아보니 피렌체에서 당일치기로 갈 수 있

는 아레초라는 마을이 〈인생은 아름다워〉의 배경이 된 곳이었다. 더구나 여기서 유럽의 3대 벼룩시장도 열린다고 하니 이번 피렌체 여행 중 내가 가장 기대했던 곳이라고 해도 과언이 아니다.

아침 일찍 기차를 타고 한 시간가량 달려 아레초에 도착했다. 한 달에 한 번 열리는 벼룩시장 날을 놓치지 않고 올 수 있게 되어 얼마나 행운인지. 역 앞에서 곧장 직진으로 쭉 올라가다 보니 저 멀리 사람들이 까맣게 줄지어 서 있는 것이 보인다. 하나의 거대한 장관이다. 길을 따라 올라가본다. 온몸에 짜릿하게 소름이 돋는다. 왕복 2차선 도로 정도의 폭으로 높은 언덕의 골목 구석까지 빼곡하게 차 있는 벼룩시장의 상점들 한가운데 서 있자니 시간을 거슬러 올라간 듯하다. 피사, 피에솔레, 피렌체 시내에서 봤던 벼룩시장이나 앤티크 시장은 모두 잊어라. 이게 진정한 유럽의 벼룩시장이다.

그다음부턴 말해서 무엇하리. 현금을 이것밖에 가져오지 않은 것에 눈물이 날 것 같았다. 이태원 앤티크 숍에서 촬영 때마다 대여해서 사용하던 커틀러리, 실버 트레이 그리고 접시들을 여기서는 똑같은 가격에 '구입'할 수 있다. 이 그릇들이 깨지지만 않는다면, 수화물 용량이 무제한이라면 어떻게든 이고지고 가져가고 싶은 마음뿐이다. 피렌체로 돌아가는 기차 시간까지 남은 건 길어도 4~5시간. 최대한 빠른 걸음과 매의 눈초리로 드넓은 아레초를 샅샅이 누비며 가지고 있는 현금만큼만 알뜰하게 구입했다. 현금이 거의 다 떨어져 갈 때 즈음, 대박 아이템 발견! 이태원 앤티크 숍에서 단골로 렌탈하는 원단인데, 이것으로 말할 것 같으면 국내에선 흔치 않은 소재인 데다 촬영하면 아주 잘 나오는 색감이라서 앤티크 숍에서 아무리 비싼 값을 부른다 해도 사장님들이 절대 팔지 않는 희소성 있는 원단이다. 당연히 남은 돈을 탈탈 털어 원단을 색깔별로 샀다.

현금도 다 떨어지고 두 손과 배낭 가득 '득템'을 했더니 마음도 편해져서 천천히 걸으며 아레초를 구경했다. 부산에 가면 영화 〈친구〉의 흔적이 남아 있듯 아레초에는 곳곳에 〈인생은 아름다워〉의 흔적이 남아 있다. 작은 푯말을 달아놓은 것이 고작이지만 영화를 본 사람이라면 이 장소 하나하나가 영화 속 장면과 겹치며 새롭게 와 닿는다.

오늘 쇼핑 시간을 알뜰하게 쓰기 위해 집에서 만들어온 도시락은 이탈리안 버거. 소고기 패티에 케첩 대신 직접 만든 토마토소스를 올려 산뜻하게 만드는 것이 포인트다. 점심으로 맛있게 먹었는데 집에 가는 길에 진짜 이탈리안 버거는 어떤 맛일지 궁금해서 이탈리안 패스트푸드점에 들렀다. 예상대로 빵은 무지 담백하고 토마토케첩은 사용하지 않는다. 발사믹 소스와 올리브유가 테이블마다 올려져 있는 풍경도 인상적이다. 패스트푸드점에서도 역시 이탈리아 사람들의 고집이란.

이탈리안 버거

재료

햄버거 번 2개

양파 약간

토마토 1개

마늘 1톨

다진 소고기 150g

스모크치즈 슬라이스 4장

올리브유 1큰술

토마토홀 1/2컵

디종머스터드 1큰술

소금·후추 약간씩

만드는 법

1　햄버거 번은 팬에서 앞뒤로 노릇하게 굽는다.

2　양파는 얇게 썰고 토마토는 씨 부분을 제거한 뒤 굵게 다진다. 마늘은 작게 다진다.

3　다진 소고기에 다진 마늘 1/2분량. 다진 토마토의 1/2분량을 넣고 소금, 후추로 간해서 동그란 패티를 2개 만든다.

4　만든 패티를 오븐 용기에 넣고 200도로 예열된 오븐에서 10분간 굽는다.

5　팬에 올리브유를 두르고 남은 다진 마늘과 다진 토마토, 토마토 홀을 넣고 볶아 걸쭉하게 조린다.

6　패티가 구워지면 그 위에 스모크치즈와 양파 슬라이스, 5의 토마토 소스를 올린다. 구운 번 위에 디종머스터드를 바르고 패티를 그대로 올린다.

355

피렌체 **근교 둘러보기**

Arezzo
아레초

아레초는 이번 피렌체 여행의 최대 복병이었다. 우리 중 누구도 이 도시의 깊이와 파괴력을 가늠하지 못했는데. 유럽 최대의 벼룩시장이 한 달에 한 번 열린다는 사실만으로 아레초에 갈 날을 기다렸다. 내게 이탈리아는 사실 〈대부〉나 〈로마의 휴일〉보다는 〈글래디에이터〉나 〈인생은 아름다워〉였다. 당신도 만약 그렇다면, 〈인생은 아름다워〉의 배경이 된 아레초는 웬만하면 놓쳐서는 안 되는 곳이다. 다만 매월 첫 째주 주말에 열린다는 벼룩시장의 정확한 날짜는 미리 체크를 해보는 게 좋다. 가령 11월 30일이 토요일이고 12월 1일이 일요일이라면 과연 벼룩시장은 언제 열리는 것인가? 그다음 주인 12월 7일과 8일인가? 이것 때문에 우리는 피렌체에 온 뒤로 가장 격렬한 토론을 벌여야 했는데 결론적으로 말하자면 11월 30일과 12월 1일이라는 것. 무조건 그 달의 첫 번째 일요일을 기억하면 된다.

피 렌 체

29

일

째

AM 09:00 아레초의 아련한 기억을 안고 눈을 뜨다. 날씨가 몹시 좋다. 드디어 봄인가 싶을 만큼.

PM 13:00 피렌체에서의 마지막 주말 피크닉을 위해 버터 치킨구이를 특별히 준비.

PM 15:00 피티 광장을 향해 집을 나서다. 일요일인 데다 날씨까지 따사로운 탓에 지금까지 보지 못한 엄청난 인파와 마주친다. 성수기에는 도대체 얼마나 많은 사람들이 이곳을 찾을지 상상조차 되질 않는다.

PM 16:30 피티 광장에 앉아 3월의 봄 햇살 받으며 늦은. 그러나 맛깔난 점심 겸 저녁 식사. 이런 음식과 날씨라면 철천지원수라도 사랑할 수 있을 듯한 기분이다.

PM 17:50 카페에서 카푸치노와 마키아토 한 잔씩. 화장실에서 볼일도 함께 해결하고.

PM 18:30 해 저문 미켈란젤로 광장에 서다. 이젠 정말 피렌체와의 작별을 눈앞에 두고 있다. 언젠가 다시 올 수 있겠지?

PM 20:30 집 근처 식당 '페포(Pepo)'에서 다소 우울한 저녁 식사. 메뉴는 뇨키와 닭, 토끼, 채소의 3종 튀김.

PM 23:00 멋진 하루의 마무리답지 않게 사소한 걸로 티격태격. 돌아갈 날이 다가옴에 따라 기분도 오르락내리락. 이렇게 빨리 돌아가고 싶지 않다.

남 편 의 피 렌 체

*

3월이 되자 기다렸다는 듯 피렌체에 봄이 찾아왔다. 너무나도 극적인 변화여서 다소 놀랄 정도였다. 마치 예약 기능이 세팅된 온풍기가 2월이 끝나자 자동적으로 켜진 듯 날씨가 2~3도쯤 더워졌다. 피렌체에 온 뒤 예상치 못한 추위 때문에 생체 리듬이 저하된 우리에게도 새로운 활력이 돋았다. 비로소 봄이다.

변한 것은 날씨뿐만이 아니었다. 피렌체 시내의 풍경도 드라마틱하게 바뀌기 시작했다. 사람들의 옷차림은 여름이 온 게 아닌가 싶을 정도로 얇아지거나 소매 길이가 짧아졌고, 추위에 옷깃을 여미며 귀가를 서두르던 사람들의 발걸음에도 여유가 생겼다. 무엇보다 가장 큰 변화는 시내에 사람들이 들끓기 시작했다는 것이다.

정말이지 봄이 오길 기다렸다는 듯 사람들이 쏟아져 나왔다. 피렌체 시민뿐만 아니라 이탈리아와 세계 각지에서 주말을 맞아 이곳을 찾은 사람들 때문에 두오모 앞 광장은 발 디딜 틈이 없었다. 그야말로 인산인해. 평소 10분이면 족할 두오모에서 베키오 다리까지의 동선에도 비상이 걸렸다. 인파 때문에 좀체 앞으로 나아가질 못하는 상황이 벌어진 것이다. 강 건너 남쪽의 피티 광장에도 햇살을 한 뼘이라도 더 만끽하려는 사람들로 차고 넘쳤다. 한 달을 피렌체에 있으면서도 보지 못한 풍경들이 눈앞에서 펼쳐지자, 지금까지 우리가 봐왔던 피렌체가 되레 낯설게 느껴졌다. 그렇다. 사람들은 봄이 오기를 목을 빼고 기다린 것이다.

피렌체 여행을 계획하고 있는 사람이라면 한 가지 꼭 명심해야 할 게 있다. 바로 이 도시가 세계에서도 손꼽히는 관광지라는 점이다. 그건 좋은 의미로 해석될 수도 있지만 여차해서는 불쾌한 경험을 할 가능성이 높아진다는 것도 의미한다. 두오모를 오를 때 꽉 막힌 계단에서 앞 사람의 엉치뼈만 보고 뒤따라야 한다거나, 우피치 미술관에서 보티첼리나 미켈란젤로의 예술품 감상에 빠져들기보다는 무질서하게 꽉 찬 관광객들의 웅성거림에 정신이 사나워질 수도 있음을 의미한다. 그런 점에서 2월의 피렌체는 우리가 이 도시를 천천히 음미할 수 있는 충분한 여유를 선사했고, 그게 새삼 감사하게 느껴졌다. 비록 날씨는 몹시 스산했지만.

언젠가 아이들의 손을 잡고 피렌체에 다시 오게 된다면 그때도 봄이나 여름보다는 사색하며 조용히 이 도시를 추억할 늦가을이나 겨울이 될 가능성이 농후하다. 아이들이 아빠의 성격을 닮아 내면으로 한없이 침잠하길 즐기는 스타일이라면 더욱 더 그러하다. 그 날이 벌써부터 기다려진다.

아 내 의 피 렌 체

✤

푸드스타일리스트의 닭 굽기는 좀 남다르다. 매끈하게 예쁜 닭을 사서 일단 깨끗이 목욕을 시킨 다음 뽀송뽀송하게 물기를 닦는다. 내장을 빼낸 닭 속에 티슈를 구겨 넣어 빵빵하게 채우고, 다리를 잘 꼬아 조리용 실로 묶는다. 토치를 사용해서 조심스레 겉 부분을 익힌다. 조금만 손놀림을 게을리해도 까맣게 타버리니 골고루 재빠르게 돌려가며 토치로 익혀야 한다. 껍질이 터지거나 주름이 생기지 않도록 정성스레 굽되 속까지 익는지 마는지는 염두에 두지 않는다. 껍질이 노릇노릇하게 익으면 윤기 나게 조려둔 바비큐 소스를 붓으로 발라서 조금 더 먹음직스럽게 보이도록 한다. 물론 촬영을 마치고 난 닭은 다시 오븐에 넣고 안쪽까지 바싹 구워서 스텝들과 나눠 먹는다.

오랜만에 닭 껍질이 터지거나 주름이 생길까봐 걱정하는 일 없이 노릇하고 바삭하게 닭을 구웠다. 기름진 부분도 시원하게 잘라내고 맛있게 양념해서 기름기가 쏙 빠지도록 오븐에 구웠다. 통닭을 이렇게 한 마리 구웠더니 신이 났다. 가슴살은 썰어서 샌드위치를 만들고 다리와 날개는 따로 떼어서 도시락 통에 담았다. 마침 날씨도 화창해서 도시락을 들고 피크닉을 갔다. 나란히 누워 하늘을 보고 있으니 이런 게 행복이 아닐까 싶다.

다시 푸드스타일리스트가 되어 닭을 구울 날이 얼마 남지 않았다. 피렌체가 익숙해지고 있다. 여행이 기대되고 즐거운 것은 익숙하지 않은 느낌 때문이 아닐까. 이제 서울로 다시 여행을 떠나야 할 때다.

레몬치킨 오븐구이

재료

작은 닭 1마리
아티초크 작은 것 4개
레몬 1개
로즈마리 한 줌
버터 2큰술
화이트 와인 1/2컵
소금 · 후추 · 페페로니
파우더 조금씩

만드는 법

1 닭은 기름 부분을 제거한 뒤 안쪽까지 깨끗이 씻고 물기를 제거한다.

2 레몬을 깨끗이 씻어 껍질째로 반으로 썰어 로즈마리와 함께 닭 속에 넣는다.

3 나머지 레몬은 슬라이스한다. 아티초크는 겉 부분의 진한 색 잎은 떼어내고 안쪽만 반으로 갈라서 준비한다.

4 화이트 와인, 버터, 소금, 후추, 페페로니 파우더를 잘 섞는다.

5 닭의 표면에 4를 골고루 잘 펴 바르고 레몬을 올려서 오븐 용기에 아티초크와 함께 담는다.

6 200도로 예열한 오븐에서 45분간 굽는다.

• 다 구워진 닭은 닭다리와 날개 부분은 뜯어서 아티초크와 함께 먹고, 닭가슴살 부분은 따로 썰어두었다가 샌드위치를 만들어 먹으면 좋아요.

Osteria
Pepo
오스테리아 페포

위치 : Via Rosina 6/r
메뉴 : 토끼/닭/가지 3종류 튀김
11.00유로, 파스타 10.00유로

이곳에서의 식사는 우울했다. 앞서 극찬한 '마리오', '차차'와 나란히 있는 탓에 평소에는 우리의 눈길을 거의 끌지 못했지만 이 날만은 마리오가 휴무인 데다 차차 말고 새로운 식당에 가보자는 생각으로 찾았는데 결과적으로 참패였다. 단지 두 가지 메뉴만 맛을 봤기 때문에 전체적인 가늠을 하기엔 부족하지만 사실 모든 식사를 다 해봐야 그 식당을 평가할 수 있는 건 아니다. 일본 음식평론가들은 스시집에서 계란말이만 한 점 먹어보고 식사를 더 할지 그만할지 결정한다. 하지만 상점 리뷰 사이트인 '옐프(Yelp)' 등에서의 전체적인 평가는 나쁜 편이 아니니 혹시 다른 의견이 있는 독자께서는 메일로 알려주시길 간곡히 부탁드린다. 고작 한 번 가게에 들른 우리 부부가 페포의 평판을 깎아내릴 생각은 추호도 없다.

피 렌 체
30
일
째

AM 08:20 하루 이른 체크아웃 준비를 위해 집 정리. 벌써 한 달이 흘렀다.

AM 09:00 집주인 마리클레어와 만나 체크아웃 시작. 보증금 300유로도 돌려받다. 가족들 선물 구입과 내일 공항에서의 무게 추가 비용에 대비한 비상금으로 확보.

AM 11:50 마지막을 추억하며 오늘 점심은 마리오(Mario)에서, 아페리티보는 알란티코 비나요(All'Antico Vinaio), 저녁은 차차(Za-Za)로 합의. 그리고 중간중간 시간을 내 그간 못 산 가족들 선물을 사기로 하다.

PM 12:00 정확히 오픈 시간에 맞추어 마리오에 갔음에도 세 번째로 입장하다. 그 뒤로 또 물밀듯이 밀려드는 손님들. 아무튼 우리의 오늘 메뉴는 라구소스 스파게티와 라비올리, 폭찹 그리고 삶은 콩. 물론 와인은 기본.

PM 12:40 점심 식사 종료. 마리오처럼 정신없는 곳에서는 40분 식사도 쉽지 않다.

PM 17:00 지난번에 만난 유학생 현지 씨와 작별 인사. 앞으로 피렌체 유학생활 동안 요긴히 쓰라고 남은 식재료 선물하고 그녀는 미리 정성스레 준비한 올리브유와 케이크를 우리에게 건네다. 오랫동안 기억될 인연.

PM 18:00 치옴피 광장의 벼룩시장. 페퍼 밀(Pepper Mill)을 구입 못해 다시 들렀는데 그새 다 팔렸다. 절망하는 아내.

PM 19:00 알란티코 비나요에서 아페리티보. 일주일 새 어느덧 세 번째 방문. 오늘도 역시 프로슈토 샌드위치와 와인 사서는 길바닥에 자연스레 앉아서 먹다. 정말 좀 더 일찍 이곳을 알았더라면……

PM 20:10 이제 시간이 정말 없다. 차차에서는 트뤼플 소스가 들어간 카르보나라와 라비올리 그리고 갈아서 양념한 간을 올린 브레드를 곁들이다. 마음 같아서는 이 집의 메뉴를 다 먹어보고 싶지만, 다음을 위해 남겨둬야겠지?

PM 21:50 저녁 식사 종료. 이렇게 길게 하는 저녁 식사도 이젠 한동안 없을 듯.

PM 22:00 집으로 돌아와서 마지막 짐 정리. 정들었던 이 집과도 이젠 안녕.

남 편 의 피 렌 체

✤

피렌체에서 지키겠다고 스스로에게 한 세 가지 약속. 서울에서보다
치열한 독서, 매주 금요일 두오모 등반, 그리고 아내와 다투지 않기
중 이미 두 가지는 일찌감치 어긋나버렸다. 일단 독서를 할 만한 여건
이 생각보다 주어지지 않았다. 첫째 주는 시차 적응하느라, 둘째 주는
피렌체 시내 곳곳을 쏘다니느라 녹초가 되어버렸다. 그리고 셋째 주
에는 여행자보다는 생활자에 가까워지면서 자연스레 게을러졌다. 한
국으로 돌아가기 일주일 전부터는 각종 벼룩시장에서 사들인 식기
류 등을 '어떻게 하면 서울로 안전하게 공수할 수 있을까'가 관건이
되면서 가져온 짐 중 무거운 것부터 버리기 시작했다. 그 1순위가 책

이었다.

다른 건 다 버려도 책은 버릴 수 없다고 버티려 했지만 도리가 없었다. 한국에서 가져온 책만 무려 12권. 이탈리아어 초급 교본부터 시작해서 단테 《신곡》 해설편까지, 넉넉잡아도 7~8kg은 될 무게였다. 결국 꼭 다시 봐야겠다는 몇몇 페이지만 찢어내어 챙기고, 손때가 아주 깊게 묻은 2~3권을 빼놓곤 다 버렸다.

두오모에 매주 오르는 일도 쉽지 않았다. 올라가봐야 할 곳이 브루넬레스키의 두오모 외에도 조토의 종탑이나 미켈란젤로 광장까지 한두 군데가 아니었다. 북부 이탈리아 풍광을 한 눈에 볼 수 있던 근교 소도시 피에솔레까지 합치면 이미 일주일에 두세 번은 어딘가에 오르고 있었다. 물론 두오모에 남다른 애착이 있긴 했지만 이곳에 와서 처음으로 실감한 고소공포증도 무시할 수 없었다. 그래서 두번째 두오모 등반은 마지막 날 아침으로 아껴뒀다. 명분이라면 '피날레는 두오모에서 멋지게!'

하지만 아내와 다투지 않기는 가장 자신 있었다. 피렌체에 오기 전 솔직히 싸울 만큼 싸워서 지친 데다, 여기서는 무조건 아내에게 지겠다는 일념이었기에 순조롭게 진행됐다. 남들은 우리 부부가 굉장한 환상과 기대 그리고 부푼 꿈을 안고 떠나는 줄 알고 마냥 부럽다고 했지만, 우리에겐 사실 눈앞에 닥칠 혹독한 현실이 더 크게 느껴졌다. 멀쩡하게 다니던 회사에 사표를 내는 일은 결코 남자답거나, 꿈 많은 소년의 자신감쯤으로 치부해서는 안 되는 일이었다. 그건 곧 다음 달에 낼 월세가 막막해진다는 것, 그 이상도 그 이하도 아니었다. 그만한 각오조차 없었던 건 아니지만 우린 막연한 미래 앞에서 아주 지독하게 다퉜다. 막판엔 피렌체행을 포기하겠다는 생각까지 할 정도였다.

그런 과정을 거쳐 피렌체에 와서 그런지 한 달이 다되도록 거의 다툴 일이 없었다. 결혼을 먼저 한 선배들은 아내가 긴 여행이라도 가면

'자유'를 외치며 홀가분해하거나, 차라리 주말부부로 사는 게 좋은 금슬을 유지하는 비법이라고 조언했지만 난 아내와 24시간 붙어 있으면서 밥 지어 먹고, 손잡고 거리를 쏘다니는 일이 마냥 좋았다. 서울에서는 기껏해야 하루 2~3시간 집에 같이 있었고 그 시간마저도 각자 할 일이 바빠 마주하고 얘기하는 일이 손에 꼽을 정도였는데 피렌체에서는 거의 매일 와인을 곁들이며 마음을 나눴다. 20년 동안 매달 500만 원씩 준다는 연금 복권만 당첨된다면 솔직히 평생을 이렇게 살아도 괜찮을 거 같았다. 눈빛 나누고 이야기하고 밥 짓고 서로의 어깨를 주무르며, 그렇게.

하지만 결국 떠나기 하루 전날 밤 아내가 눈물을 보였다. 그녀가 피렌체 체류 초기에 봐두었던 SIA라는 매장의 커틀러리가 누군가에게 팔려버린 것. 처음 찾았을 때 50% 세일을 하고 있었는데, 이것저것 고르다 보니 현금이 좀 모자랐다. 카드를 써도 됐지만, 피렌체에서는 철저하게 현금주의를 고집하기도 했고 앞으로 한 달 동안 몇 번이고 더

372

올 텐데 싶어 아내를 설득해 다음으로 미룬 게 화근이었다. 그때만 해도 '식기류가 다 거기서 거기 아냐?' 하고 생각했던 나도 한달쯤 겪어보자, 그녀가 결코 허튼 건 구입하지 않는다는 걸 깨달은 데다 한국에서는 못 보던 스타일이라 꼭 갖고 싶었다는 그녀의 말에 난감했다. 그러나 도리가 없었다.

나는 주로 미루고 걱정하며 사는 쪽을 택했다. 피렌체 여행의 막판에 아내는 이 지점에서 폭발했다. 꼭 사야 할 것을 다음에 사자고 한다거나, 식당에 가서도 돈 생각하며 와인이 있다는 이유로 물을 못 시키게 하는 나의 부조리.

'다음에', '돈 모으면', '우리가 좀 더 여유가 생기면' 따위의 'if(만약에) 문장'들을 난 늘 입에 달고 살았는데, 그러면서도 내 인생의 모토는 '카르페 디엠(Carpe Diem, 현재를 즐겨라)'이었다. 아이러니도 이런 아이러니가 없었다. 돌이켜보면 내가 가정하고 있는 그 미래는 결코 오지 않았다. 그게 곧 현재가 되는 순간, 또 다른 가정이 생겨나는 것은 당연한 일이었다. 피렌체에 있는 동안 이혼 사실을 접하게 된 금슬 좋기로 소문난 연예인도, 한 정당의 원내총무까지 했던 정치인도 이혼 전력을 털어놓으며 이런 이야기를 전했다.

"나에게는 늘 다음이 있을 줄 알았다. 돈 벌고 여유로워지면 그때 행복하게 해줘도 늦지 않다고 생각했다. 가진 게 없는 우리에게 지금 당장의 행복은 사치라 생각했다."

언제나 깨달음은 늦다. 진정한 행복이나 자유는 돈에서 오지 않는다. 물론 있으면 좋긴 하겠지만 그렇다고 돈 있는 사람들이 모두 행복한 건 아니다. 지금, 바로 이 순간, 있을 때 잘하는 것이 진짜 행복으로 가는 지름길 혹은 불행을 피하는 최선이다.

피렌체에서 보내는 진짜 마지막 밤이다.

아　내　의　피　렌　체

❋

우유가 끓어오르기 직전에 뜨거운 라테를 만들 것인지 부드러운 카푸치노를 만들 것인지를 결정해야 한다. 부드러운 카푸치노를 만들 거라면 우유가 끓어오르기 직전에 불을 꺼야 한다. 뜨거운 라테보다야 미지근하겠지만 그래야 풍성하고 부드러운 거품을 올릴 수 있다. 우유가 끓어오르고 난 뒤에는 이미 단백질 막이 생겨버려서 고운 거품을 낼 수 없기 때문이다. 우리 인생에서 지금 이 순간의 선택이 앞으로 펼쳐질 우리 인생을 풍성하게 만들어줄 것이라 믿는다. 선택의 순간을 놓쳐버리지 않아서 다행인 우리는 앞으로 어떤 미래도 기쁜 마음으로 받아들일 준비가 됐다.

Trattoria
Mario
트라토리아
마리오

위치 : Via Rosina 2/r
메뉴 : 라구소스 스파게티 6.00유
로, 라비올리 6.00유로, 찹스테이
크 8.50유로

올해로 60주년이 된, 현지인들이 첫 손가락에 꼽는 맛집. 12시부터 오픈인데 10분만 지나도 가게의 모든 자리가 꽉 차버릴 정도라 합석은 기본이고, 식사가 끝난 뒤에는 지체 없이 떠나야 할 정도다. 이탈리아의 여유로운 식사를 기대하고 가서는 절대 안 된다. 하지만 첫 수저를 뜨는 순간 왜 이 집에 사람들이 이렇게 몰려드는지 깨달을 수 있는데, 메뉴는 매일매일 그 날의 재료에 따라 바뀐다. 라구소스 스파게티는 반드시 맛을 봐야 후회하지 않으며(간장 베이스인가 의심이 들 정도로 우리 입맛에 꼭 맞았다). 비스테카, 홈메이드 라비올리 등 신선한 토스카나 가정식을 비교적 저렴한 가격에 마음껏 즐길 수 있다. 가게 바깥에도 메뉴가 적혀 있으니 기다리는 동안 충분히 고민 후 결정을 마치고 들어가야 우왕좌왕하는 걸 피할 수 있다. 아내가 꼽은 피렌체 최고의 레스토랑!

피 렌 체
마지막 날

AM 07:30 아침 8시 30분에 오픈하는 두오모의 첫 손님이 되겠다는 마음가짐으로 서둘러 일어나다. 하지만 준비하다 보니 1시간 30분이 훌쩍.

AM 09:00 두 번째이자 이번 여행의 마지막 두오모 등정. 오르는 길에 마음이 먹먹해지면서 눈시울이 붉어지다. 준세이와 아오이는 사라지고, 그 자리에 은아와 승규만 남다. 지난 한 달은 우리를 온전히 채우기에 부족하지 않은 시간이었던 듯.

AM 09:15 두오모 정상에 서다. 이젠 피렌체에 정말로 작별을 고해야 할 시간. 차오, 머지않은 날에 또 올게!

AM 09:55 이탈리아 수제 문구점 일 파피로(Il Papiro) 첫 방문. 아, 이곳엘 왜 이제야 왔을까. 소중한 건 아껴둔다는 마음이었지만 그래도 너무 늦었다. 만년필과 예쁜 엽서 몇 장을 구입하다.

AM 10:55 중앙시장 '울티마 스피아자(Ultima Spiaggia)'에서의 마지막 칼라마리 튀김. 아쉽고 고마운 작별 인사를 전하니 우리 둘만을 위해 마지막 샴페인을 마련해주신 두 아저씨. 진심으로 감사합니다. 잊지 않을게요, 당신들을.

PM 12:00 급히 집으로 돌아와 마리클레어가 불러준 택시를 타고 공항으로. 휴대폰으로 마지막 피렌체 풍경을 영상으로 담다. 찍던 중 용량 초과. 휴대폰까지 꽉꽉 채운 우리 인생의 피렌체.

PM 12:30 공항에 도착해서 택스 리펀드(Tax Refund) 처리하고, 탑승 수속 밟다. 초과된 짐 하나에 대해서 150유로를 지불했지만 그래도 한국으로 큰 탈 없이 붙였다는 안도감에 한숨 돌리다.

PM 14:00 루프트한자 비행기를 타고 피렌체 공항 이륙. 올 때와 마찬가지로 프랑크푸르트에서 환승 예정. 피렌체 풍경이 멀어진다.

PM 17:05 드디어 집으로. 프랑크푸르트에서 인천행 LH712편 이륙. 우리의 피렌체 테이블이 이렇게 막을 내리다. 차오 피렌체, 안녕 서울.

379

남 편 의 피 렌 체

❖

'인생의 순간'이라 불릴 수 있는 한때가 있다.
내겐 피렌체에서의 한 달이 그랬다.

잊지 않을게.
차오 피렌체.

아　내　의　피　렌　체

❖

한 달 동안의 짐을 정리하고 냉장고를 비웠다. 쓰레기 분리수거를 하고 마지막으로 두오모 성당에 올랐다. 어젯밤 과음을 한 탓에 마지막 계단을 오르는 순간 하늘이 노랗게 보였지만 쿠폴라 위에서 바라보는 피렌체는 다시 봐도 정말 아름다웠다.

이상할 정도로 아쉽지가 않다. 그건 아마 우리 여행의 다음 목적지가 서울이기 때문일 거다. 우리는 그곳이 어디든 계속 이렇게 여행을 할 것이다.

남편의
피렌체

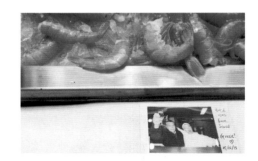

지금은 아내와 덴마크, 코펜하겐에 보름 일정으로 와 있습니다. 역시 한곳에 오랫동안 머무는 여행입니다. 우리나라는 여러 가지로 어수선하지만, 지구상에서 행복지수가 가장 높은 인간들이 살고 있다고 알려진 유럽의 북쪽은 그저 조용하고 평화롭기만 합니다. 보랏빛으로 물들어가는 창밖의 서쪽 하늘이 무척 아름답게 느껴지면서도 인생은 역시 불공평한 것인가 싶어 다소 야속한 마음도 듭니다.

피렌체를 다녀온 지 꽤 오랜 시간이 흘렀습니다. 저는 그사이 새로운 직장에 들어갔고, 아내는 합정동에 좀 더 넓은 규모의 쿠킹 스튜디오 2호점을 냈습니다. 아주 사랑스러운 조카들이 둘이나 생겼고, 전에 살던 집에서 나와 바로 3m 떨어진 빌라로 새롭게 이사도 했습니다. 안방의 발코니 밖으로 대나무 숲이 펼쳐져 있는 몹시 근사한 집이라 퇴근길이 어느 때보다 즐겁습니다. 그리고 한 동네에 오래 살다 보니 한남동과 이태원에 단골가게가 좀 더 생겼습니다. 취향이 더 뚜렷해지면서 가까웠던 사람과는 더 가까워졌고, 좀 멀게 느낀 사람들과는 아예 멀어지기도 했습니다. 그 와중에도 피렌체는 여전히 제 가슴 가장 깊은 곳에 자리 잡고 있습니다. 가만히 눈을 감으면 두오모에서 바라보던 북부 이탈리아의 풍광이 손에 잡힐 듯 펼쳐지고, 칼라마리 아저씨들은 잘 있나 문득 궁금해지기도 합니다. 이 책이 출간되면 꼭 책을 들고 그분들께 찾아가기로 아내와 약속했는데, 어쩌면 이번 겨울에 잠깐이라도 피렌체를 들를 수 있지 않을까 싶은 기대에 혼자 설레기도 합니다.

당연한 얘기겠지만 피렌체 이후 저희의 인생이 180도로 바뀌지는 않았습니다. 아내는 여전히 바쁘고, 저는 아직도 조금씩 미루며 살고 있습니다. 다만 저희가 평생을 살며 추구하고자 하는 기준이 되는 삶을 찾았다고 할까요. 지금은 설령 그렇게 살지 못하더라도, 저희 나름으로 행복한 삶의 기준 혹은 지지대로 삼을 수 있는 방식을 알게 되었다는 것만으로도 저희의 피렌체 체류는 이미 충분한 보상이 되고도 남았습니다.

아, 그리고 더 이상 저는 예전처럼 '꿈'을 자주 언급하지 않습니다. 꿈을 꾼다는 건 여전히 중요하고, 꿈이 인생을 살아내고 버텨내는 힘이 된다는 것을 어느 때보다 강력하게 믿고 있지만, 말로만 되새기는 미래의 꿈보다 지금 눈앞에서 펼쳐지는 현재가 훨씬 중요하다는 것도 피렌체가 제게 알려준 가르침입니다. 현재에 발을 딛고 살아가는 이 순간순간들이 모여서 '꿈'이라 불릴 만한 것에 가까워지는 것이겠지요. 그저 꿈만으로 머물게 하지 않기 위해 가장 중요한 것은 지금 바로 이 순간, '현재'입니다. 입버릇처럼 '카르페 디엠'을 달고 살았던 저도 이제 조금씩 지금을 살아가고 있습니다.

그래서 이 책을 마무리하는 이 순간 저의 유일한 바람은, 이 책을 읽어줄 누군가에게 저희의 여정이 '꿈'같은 소리로 들리지 않았으면 하는 것입니다. 이러한 삶을 살아가는 사람도 어딘가에 있다는 것, 인생을 마라톤 경주처럼 여기며 하나의 결승점을 향해 달려가지 않아도 좋다는 것, 모두 자기만의 길이 있기에 다른 사람과 비교하지 않아도, 길에서 벗어나 조금은 돌아가도 괜찮다는 것, 그것만 잘 전해졌으면 좋겠습니다. 다르게 산다는 것, 그 자체가 목적이 될 수는 없겠지만 그 시도는 충분히 값지니까요. 다시 한 번 마크 트웨인을 인용하자면, '해서 후회하는 일보다 하지 않아서 후회되는 일이 훨씬 더 많을' 테니까요.

여전히 방황하고 있는 저를 가장 오랫동안 지켜봐오고 변함없이 믿어주고 계신 부모님께 감사하다는 말씀 전합니다. 귀한 딸 데리고 가더니 덜컥 멀쩡한 회사 그만두고 여행가겠다고 해서 많이 놀라셨을 장모님, 장인어른께도 저희의 따뜻한 사랑을 보냅니다.

그리고 무엇보다 제 손을 꼭 붙들고 함께 걷고 있는 아내에게 제 가슴속 가장 깊은 사랑을 전합니다. 당신을 만나 내 '모든 것'이 바뀌었습니다. 앞으로도 우리 쭉 이렇게 좌충우돌, 하지만 유쾌하게 살아가봅시다!

피렌체, **그 후**

아내의
피렌체

'열심히 노력하다가 갑자기 나태해지고, 잘 참다가 조급해지고, 희망에 부풀었다가
절망에 빠지는 일을 또 다시 반복하고 있다. 그래도 계속해서 노력하면 수채화를 더 잘
이해할 수 있겠지. 그게 쉬운 일이었다면 그 속에서 아무런 즐거움도 얻을 수 없었을 것이다.
그러니 계속해서 그림을 그려야겠다.'
- 빈센트 반 고흐가 동생 테오에게 보낸 편지 중에서

'에어비앤비'를 통해 렌트한 코펜하겐의 어느 집에서 보테가 스파클링 로제를 마시며 이 글을 쓰
고 있습니다. 지난여름 한 달간의 바르셀로나 여행을 마치자마자 곧바로 예약해둔 일정입니다.
바르셀로나 이후 도쿄와 제주도 여행이 있었고 그 뒤 4개월 만에 비행기에 올랐습니다. 이곳 코
펜하겐은 피렌체나 바르셀로나와는 또 다른 느낌입니다. 여기에 와서 피렌체를 회상하고 있자니
그때 우리가 다른 선택을 했다면 지금은 어떤 모습으로 살아가고 있을지 상상해보게 됩니다.
벌써 1년이라는 시간이 지났네요. 피렌체에서의 한 달간의 기록을 원고로 정리하는 데 생각보
다 긴 시간이 걸렸습니다. 솔직히 말하자면 남편의 원고는 피렌체에서 서울로 돌아온 뒤 채 석 달
도 되지 않아 모두 완성되었는데, 제가 문제였던 것이죠. 돌아오자마자 처리해야 할 일들과 밀려
드는 촬영 때문에 원고 작업은 뒷전으로 밀려버렸습니다.

저의 글 쓰는 재주에도 문제가 있었어요. 피렌체에서 끄적여둔 메모를 하나의 문장으로, 또 에세이로 정리해서 써 내려가는 일이 생각보다 만만치 않았습니다. 원고를 쓰면서 스트레스도 제법 받았는데 자꾸 원고가 미뤄지자 남편과 싸우기도 수차례, 두 번 정도는 출판을 아예 취소할까도 고민했습니다. 하지만 추억이 담긴 사진과 남편의 원고, 그리고 제가 미완성한 원고를 들여다볼 때마다 이 책에 더 애착이 가더군요. 치열하게 싸웠던 사실도, 행복함을 느낀 순간도, 우리가 당시에 느낀 감정과 소소한 이야기들을 한 권의 책으로 남겨둔다면 이 책이 거의 팔리지 않는다 해도(그러지 않길 바랍니다만) 앞으로 키안티 와인을 한잔 할 때마다 그때를 회상하며 조잘댈 수 있다는 생각에 원고를 꼭 잘 마치고 싶었습니다.

그렇게 결국 1년이라는 시간이 흘렀고, 지난 1년 동안 저희에겐 많은 변화가 있었습니다. 남편은 꿈을 나눌 수 있는 작은 회사에 들어갔고 저는 새로운 작업실을 하나 더 냈습니다. 남편이 대기업의 연봉과 안정을 포기하는 대신 저희는 함께 마주 보고 밥 먹으며 이야기하는 시간이 훨씬 늘었고, 남편의 안구건조증도 거의 사라졌어요. 저희의 통장잔고는 거의 바닥을 드러냈지만, 그때 왜 그렇게 월세 걱정하며 치열하게 싸웠나 싶을 정도로 담담해졌습니다. 여전히 가끔은 다투지만 남편이 이런 선택을 해주어서, 이런 용기를 내주어서 도리어 제가 고맙다는 생각을 종종 하고 있습니다.

예전이나 지금이나 제 인생의 모토는 '후회 없는 삶'입니다. 하지 않고 후회하지 말고 실패하더라도 해본 뒤에 후회하자는 것이 제 인생의 철학입니다. 피렌체에 다녀온 지 이제 1년이 지났을 뿐이고 어떤 확실한 결과나 결론은 나지 않았습니다. 저희들의 선택이 옳았다는 것도 아직은 모를 일이고요. 하지만 자신 있게 말할 수 있는 것은 지금 저희가 정말 행복하다는 것입니다. 서로의 생각을 이해하고 존중하며, 서로를 응원하고 있으니 앞으로 어떤 시련이 닥쳐도 우린 이겨낼 수 있을 거라고 믿고 있습니다.

앞으로도 적어도 해보지 못한 것에 대해 후회하는 일은 없이 살고 싶습니다. '무엇 때문에 하지 못한다'는 변명을 늘어놓기보다는 '무엇 덕분에 할 수 있다'는 말을 들려줄 수 있는 어른으로 나이 들고 싶습니다. 우리의 아이가 생기면 어떤 일이든 마음먹기에 달렸다는 말을 진심으로 해줄 수 있었으면 좋겠습니다. 제 꿈도, 남편의 꿈도, 우리의 꿈도 불가능이라는 말로 가둬두지 않게 되기를 진심으로 바라고 있습니다.

피렌체 **쇼핑 다이어리**

2월 4일 쉐프 판나 200ml 1.09유로, 로제/비안코 와인 1ℓ 각 1.59유로, 산펠레그리노 750ml 0.46유로, 복숭아맛 주스 1ℓ 1.35 유로

2월 5일 피자 키트 1.95유로, 밀가루 500g 0.40유로, 올리브 290g 2.50유로, 우유 1ℓ 1.49유로, 소고기 358g 3.68유로, 토마토 통조림 400g 0.86유로

2월 5일 모카포트 캔디색 셋트(잔 3개 포함) 19.90유로, 모카포트 은색 18.90유로, 라바차 커피 2.90유로

2월 5일 모두 1유로 숍, 총 6유로

2월 6일 버터 250g 2.39유로, 리조토용 쌀 1kg 1.80유로, 버섯 중앙 2.30유로, 버섯 좌측 300g 3.09유로, 모듬 채소 422g 1.90유로

2월 6일 다나 맥주 3개 포장에 1.48유로, 모레티 비어 330ml 2개 포장에 1.40유로, 고추맛 스낵 2.35유로, 프로슈토 60g 1.99유로

2월 7일 모두 0.99유로 숍. 총 7.92유로

2월 8일 리나센테 백화점. 총 50.89유로

2월 9일 로체타 생수 1.5ℓ 0.51유로로, 키안티 와인 5.10유로로, 펩시 콜라 330ml 4개들이 1.39유로로, 바닐라맛 디저트 2개 들이 0.70유로

2월 9일 소고기 244g 2.68유로로, 닭고기 530g 3.02유로로, 마늘 1.09유로로, 프로슈토 150g 3.99유로로

2월 9일 SIA 테이블매트 4개 46.00유로로, 그릇은 50% 세일 해서 하나에 9.00유로로

2월 10일 피자이올로(피자분말) 0.78유로로, 바닐라 0.86유로로

피렌체 **쇼핑 다이어리**

2월 10일 감자 2.09유로, 레몬 500g에 1.49유로, 전자저울 24.90유로

2월 10일 주말 피사 벼룩시장에서 나무 도마 2개, 커트러리류 총 20유로(포크 7개, 스푼 4개), 테이블매트 각 2유로씩

2월 10일 페페로치니 38g 1.29유로, 아티초크 절임 2.79유로, 토마토 절임 2.75유로, 초록 파스타면 500g 2.90유로, 빵 1.90유로, 앤초비 절임 60g 2.19유로

2월 11일 딸기 500g에 2.08유로

2월 12일 두오모 모양 우산 15유로, 피사 마그네틱 2유로, 피사 모형 2유로, 휴대용 도장함 20유로, 포스트카드 각 1.5 유로

2월 13일 리나센테 백화점 22.90유로(할인가)

2월 13일 리나센테 백화점 24.90유로(할인가)

2월 13일 베트남 소스 227g 2.50유로로, 쌀국수면 1.70유로로, 키코만 간장 150ml 3.10유로로, 미소된장 400g 5.40유로로, 짜파게티 1.20유로로

2월 14일 우유 1ℓ 2.42유로로, 리코타 치즈 1.47유로로, 보콘치니 4.63유로로, 마스카포네 4.68유로로

2월 14일 모두 '코인카사'에서 양초 2.50유로로, 테이블매트 10.90유로로, 나무 접시 14.90유로로

2월 15일 쇼게튼 초콜릿 0.69유로로, 레몬맛 아이스크림 500g 3.79유로로, 포켓커피 초콜릿 1.79유로로, 하리보 멜로 1.00 유로로

2월 15일 버터 125g 0.90유로로, 레지아노 100g 1.95유로로, 모차렐라 치즈 0.99유로로, 설탕 1kg 1.05유로로, 견과류 2.39유로로, 가루설탕 0.46유로로

피렌체 쇼핑 다이어리

2월 15일 종이호일 1.52유로, 알루미늄 용기 둘 다 0.97유로, 닭고기 386g 1.21유로

2월 15일 레오나르도 키안티 와인 6.51유로, 토마토소스 690g 1.99유로, 페페로니 절임 1.30유로, 오레가노 허브 15g 1.29유로

2월 15일 모듬채소 400g 1.80유로, 가지 1kg에 2.44유로, 마늘 3개 1.12유로

2월 24일 실버트레이류 20~25유로, 케이크접시(우측상단) 5개 모두 합해서 10유로, 밀크저그 및 소금 후추통 각각 5유로씩, 미니 소스팬(중앙상단) 10유로, 커트러리 각각 2~5유로, 나머지는 모두 1유로

2월 24일 양념통 셋트 합쳐서 20유로(좌측 상단), 커틀러리 각각 5유로, 플레이트(중앙하단) 20유로, 디저트 트레이(중앙상단, 뚜껑 포함) 25유로, 케익서버와 칼 합쳐서 35유로, 나머지는 모두 1유로

2월 24일 라떼 프레스코 1.52유로, 티본스테이크 0.780kg 7.96유로, 다진 소고기 0.334kg 3.89유로

2월 24일 천으로 된 포스터 각 5유로

2월 24일 dreher 0.75유로, dana 0.88유로, nastro azzurro 1.07유로, ichnusa 1.31유로, wuhrer 0.80유로, peroni 0.98유로, moretti baffo d'oro 1.24유로, menabrea 1.54유로

2월 24일 호박 0.658kg 1.31유로로, 가늘게 다진 고기 0.356kg 2.87유로로, 생강 1.29유로로, 콩나물 1.75유로

2월 24일 가루설탕(Zucchero a Velo) 0.46유로로, 초콜렛 1.89유로로, 햄버거빵 6개들이 1.49유로로, 12개들이 일회용 호일접시 0.97유로로

2월 24일 생화 4.95유로

3월 2일 원단 각 25~40유로로, 유리잔들 20유로로, 법랑 주전자 20유로로, 틴케이스 빨강 15유로로, 파랑 20유로로, 실버트레이 25유로로, 양념병 2개 10유로로, 주사위 후추갈이 10유로로, 스푼과 포크 3유로로, 쌍안경 20유로로, 모형 자동차 15유로로, CD 2유로로

피렌체 테이블

초판 1쇄 발행 2014년 8월 7일   초판 3쇄 발행 2015년 3월 6일

지은이 김은아, 심승규
펴낸이 연준혁

출판 1분사 분사장 최혜진
1부서 편집장 가정실
제작 이재승

펴낸곳 (주)위즈덤하우스   **출판등록** 2000년 5월 23일 제13-1071호
주소 경기도 고양시 일산동구 정발산로 43-20 센트럴프라자 6층
전화 031)936-4000   **팩스** 031)903-3893   **홈페이지** www.wisdomhouse.co.kr
종이 월드페이퍼   **인쇄·제본** (주)현문   **후가공** 이지앤비

값 15,000원   ⓒ김은아, 심승규 2014
ISBN 978-89-5913-822-7 03810

국립중앙도서관 출판시도서목록(CIP)

피렌체 테이블 : 그곳에서 한 달, 둘만의 작은 식탁을 차리
다 / 지은이: 김은아, 심승규. -- 고양 : 위즈덤하우스 :
예담, 2014
p. ; cm

ISBN 978-89-5913-822-7 03810 : ₩15000

서양 요리[西洋料理]
이탈리아 요리[--料理]
피렌체[Firenze]

594.54-KDC5
641.5945-DDC21   CIP2014021750